KB003405

악어의 눈물

시즈쿠이 슈스케 지음

김현화 옮김

일러두기
1. 모든 각주는 옮긴이 주입니다.
2. 내용 특성상 일본어 표현을 일부 살렸습니다.

청렴한 백白과 야심만만한 흑黑의 대비라······.

진기한 풍경을 가만히 바라보니 검은색의 깊이감이 정직함을 드러내고, 번지르르한 흰색과 유약이 옅게 발린 틈으로 들여다보이는 붉은빛은 달콤한 색기를 뿜어내는 것처럼 느껴지기도 했다.

구노 사다히코는 그 그릇의 양면성과 살짝 일그러진 만듦새에서 느껴지는 절묘한 이미지를 즐겼다.

"나쁘진 않네."

사다히코는 기모노 소매가 다른 작품에 걸리지 않도록 조심하면서 그릇을 테이블로 돌려놓고 구노 준조에게 미소를 보냈다.

"그렇지?" 준조도 당연하다는 듯 고개를 끄덕였다.

준조가 견본으로 가지고 온 작품은 작년 국제 도자기축제 미노MINO*에서 금상을 받은 야마모토 세이치로가 구운 것이었다. 접시도 사발도 다완도 하나같이 흰색과 검은색 유약을 나눠 발랐다.

"앞으로 인간문화재가 될 친구야. 작가전 하이라이트로 나무랄 데가 없겠지."

"인간문화재라니 성격도 급하군." 사다히코는 그리 말하고 웃어넘겼다.

"물론 기이치 선생님의 경지에 도달하려면 아직 갈 길이 멀지만."

"그야 한참 멀었지."

사다히코는 가게 카운터 옆 유리 케이스에 들어 있는 시노 다완을 힐끗 쳐다보았다. 야마모토 세이치로의 할아버지이자 인간문화재였던 고故 야마모토 기이치의 작품이다. 상품이 아니라 전시품으로 놓아두기만 했는데도 가게의 품격이 높아지는 듯 느껴지는 게 신기했다.

"그래도 금상은 축하해야지. 그에 걸맞은 대접은 할 거고 말이야."

* 일본 기후현 다지미시·미즈나미시·도키시에서 1986년부터 3년에 한 번씩 열리는 세계 최대 도자기 축제.

"세이치로도 기뻐할 거야." 준조가 말했다. "깃페이 한가운데를 장식할 거라고 하니 눈을 빛내면서 '감사합니다'라고 했으니까."

"이 가게 한가운데에 놓이는 게 뭐 그리 중요한 일이라고." 사다히코는 쓴웃음을 지었다.

"기쁠 만도 하지." 준조는 농담이라고 볼 수 없는 투로 말했다. "깃페이는 간토에서 유명한 점포잖아. 도자기 장인들은 다들 그렇게 생각해."

사다히코는 그 말이 싫지만은 않은지 준조 말을 듣고 어깨를 으쓱했다.

사다히코가 경영하는 도자기점 '도키야 깃페이'는 다이쇼(1912~1926) 무렵 미노에서 도자기 도매상을 하던 '도키야 상점'의 둘째 아들 구노 깃페이가 수도권으로 판로를 확장하던 중 가마쿠라 근처의 이 지역이 마음에 들어 소매점을 차리면서 시작되었다. 이후 큰아들 일가가 대대로 본가인 도키야 상점을 이어서 현재 준조 대까지 내려왔고, 둘째 아들 일가가 도키야 깃페이를 이어 지금은 깃페이의 증손자인 사다히코가 점주를 맡고 있다.

사다히코의 아버지 요시오는 장사 수완이 있었고 시대도 타고났다. 답례품 문화가 전성기였던 거품경제 시대에 도자기뿐만 아니라 각종 답례품을 취급하며 큰 성공을 거두었다. 거품이 꺼지고 땅값이 내려갔을 즈음에는 히가시카마쿠라역 앞의 이 땅을 사서 4층짜리 상가 건물을 세 웠다.

사다히코 대에는 시시각각 변해 가는 시대에 장사의 감 각을 맞춰가는 게 큰 과제가 되었다. 오랫동안 경기가 침체 되면서 답례품 문화의 기세가 꺾이자 사다히코는 과감하게 도자기 전문점으로 업종을 돌리고 빈 층은 세를 놓았다. 지 금은 돌아가신 아버지가 병상에서 조언도 해주어 망설임은 없었다.

장사를 착실하게 해서 그 이후 성과가 불안하지 않았다. 평소 드나드는 손님이 많지는 않지만 한 달에 한 번씩 열리 는 '사발 마켓'이나 '다완 마켓' 등 이른바 기획전을 하면 계 산대에 대기 줄이 있을 정도로 시끌벅적했다.

더구나 인터넷 판매 쪽도 궤도에 올라서 한 손에 계산기 를 들고 인상을 찌푸리는 고생스러워 보이는 장사꾼의 모 습과는 거리가 멀었다. 크게 바라지 않고 여유 있게 하니 그 생활 모습이 사다히코를 명사처럼 보이게 하는지, 이따금 산지에 나갈 때도 도자기공들에게 받는 대접이 나쁘지 않 았다. 깃페이를 전문점으로 되돌린 것도 사다히코에 대한 평가로 이어지는 듯했다.

그래서 유명한 상점으로 떠받들어지는 게 다소 낯간지 럽기도 하지만 유명 도예가들이 도시 백화점의 진열대와 마찬가지로 깃페이 선반에도 자신들이 구운 그릇을 놓기를 좋아한다는 걸 자연스럽게 느꼈고 그렇게 위화감이 들지도 않았다.

"아키미 씨, 안녕하세요. 오랜만에 인사드리네요."

사다히코와 같은 남빛 기모노를 입은 사다히코의 아내 아키미가 위층 창고에서 내려와 얼굴을 보이자 준조는 서글서글한 미소를 지었다.

"어머나! 준조 씨, 힘들 텐데 먼 곳에서 와주셨네요."

아키미는 그리 말하며 미소로 화답하더니 "차 우려 올게요"라고 말하고는 다시 뒤편으로 모습을 감추었다.

"수고가 많으십니다."

아키미와 같이 내려온 아들 고헤이가 장난스럽게 미소를 짓고 턱을 쑥 내밀다시피 하며 준조에게 인사했다. 재고 정리를 했는지 걷어 올린 소매에서 한창 팔팔한 청년의 단단한 팔이 보였고 목덜미에는 땀이 송골송골 맺혀 있었다.

"어이, 고헤이, 잘 지냈어?"

"덕분에 잘 지냈죠." 고헤이는 가볍게 대답하면서 테이블에 펼쳐놓은 물건으로 시선을 보냈다. "신작이에요? 어디 가마 거예요?"

"야마모토 세이치로 군 작품이야." 준조가 말했다.

"오, 세이치로." 고헤이는 반갑다는 듯이 말하고 그릇을 들었다. "금상 받았죠? 이야, 작품에 기품이 있네요!"

미노야키는 흙의 질감이 강한 도기도, 유리 질감이 많이

나는 자기도 다루어 전국에서 유통하는 도자기의 절반 이상을 차지하는 데 이르렀다. 그만큼 도자기 기법도 다양하지만 미노야키라고 하면 대표적으로 시노야키와 오리베야키가 있다. 둘 다 모모야마시대(1574~1602)에 한창 많이 구워진 양식을 현대까지 이어받았다.

시노야키는 향도가香道家이자 다인이었던 시노 소신이 도자기공에게 만들게 한 것이 시초라고 알려져 있으며, 서양 과자의 설탕 코팅이 연상되는 두껍게 발린 흰 유약과 유약이 얇은 부분에서는 붉은 소태*가 들여다보이는 것이 대표적 특징이다. 이렇게 독자적인 배색을 감상 포인트로 삼아서 즐기는 것이다.

오리베야키는 다인 후루타 오리베가 지도한 작풍이며, 또렷하게 초록으로 발색되는 유약과 일그러진 형태를 살린 소박한 정취가 넘쳐흐르는 디자인을 특징으로 한다.

야마모토 세이치로 작품은 부분부분 시노 유약과 오리베 유약을 나눠 발랐다. 오리베는 초록색이 아니라 검은색 유약을 사용했는데 그 대비가 작품에 절묘한 강약을 주었다. 두 대표 작법의 장점을 받아들였다고 할 수 있어서 차세대 미노야키를 짊어진 기개마저 느껴졌다.

* 유약을 입히기 전 도자기의 흰 몸.

"그러고 보니 세이치로 군과 같은 학교에 다니지 않았어?"

사다히코의 물음에 고헤이는 고개를 끄덕였다. "그 무렵부터 천재라는 소리를 신물 나게 들었죠. 드디어 본격적으로 나오는구나 싶었고요."

요코하마에 부속학교가 있는 대학의 상학부*에 자동 입학**해 졸업한 고헤이를 2년간 준조 집에 머물게 하며 기후현 도키시에 있는 요업*** 학교에서 공부하게 했다. 흙을 개서 물레를 돌리는 기술을 가르치는 전문학교라서 판매업에 종사할 고헤이에게 필요한 지식은 아니었지만 사다히코 자신도 예전에 아버지 때문에 그런 길을 걸었다.

실기를 접하면 도예가 무엇인지 아는 발판이 되고 작품이 좋은지 나쁜지 판단하는 안목도 길러진다. 또 도공을 목표로 삼은 젊은 인재와 사귈 수 있다는 점도 크다.

무엇보다 고헤이는 간토에서 자라서 미노의 분위기를 거의 모른다. 미노야키를 다루려면 산지 분위기를 접하며

---

* 제품의 서비스를 만들어내는 과정과 유통, 교환을 운영하는 시장 경제의 움직임을 해명하는 학문.

** 입학시험 없이 진학할 수 있는 부속 초·중·고등학교를 갖춘 사립대학에 들어가는 것.

*** 점토나 비금속 무기 재료를 원료로 열처리 공정을 거쳐 도자기·벽돌·기와 등 생활에 필요한 물품을 만드는 제조업.

생활하는 것이 그만큼 의미가 있다고 해도 좋다. 이것도 사다히코 자신이 체험한 일이다.

고헤이는 서핑이다, 낚시다 하며 어슬렁어슬렁 놀러 다니기만 좋아하는 대학생이었다. 가업에는 흥미가 있는지 없는지도 알 수 없었다. 앞으로 2년, 대학의 연장선 같은 생활을 할 수 있다고 생각해서 준조 집에 들어갔다. 실제로 진지하게 도자기를 만들었는지 어떤지는 알 수 없다.

하지만 야마모토 세이치로와 같은 미래 도예가들의 열정을 피부로 느끼며 고헤이 내면에서도 미노야키에 대한 애정이 싹튼 듯했다. 히가시카마쿠라에 돌아왔을 때는 자연스럽게 가업을 긍정적으로 받아들이는 모습을 보여주었다. 4년 전에는 결혼을 하고 아이도 얻어 생활에 안정감이 묻어났다.

사다히코도 예순을 두 살 남짓 넘겼기에 아직 폭삭 늙지는 않았지만, 지금은 고헤이에게 맡겨두면 되는 것이 많아서 상점가의 일이나 산지의 유지와 교류에 부지런히 힘쓰면 되는 하루하루를 보냈다.

"책임지고 팔 거라고 세이치로한테 안부 전해주세요."

고헤이는 듬직하게 그리 말해서 준조를 기쁘게 했다.

그날 밤, 사다히코는 동네 요리점 '나카니시'의 객실을 예약해 준조를 대접했다.

나카니시의 그릇은 도키야 깃페이에서 사들인 것이다. 실제로 제공하는 요리를 보고 사다히코가 제안한 그릇을 그대로 사용했다. 그런 가게는 가마쿠라 근처뿐만 아니라 요코하마나 도쿄 부근에도 적지 않았다. 그 덕분에 외식할 만한 곳을 찾는 데 번거롭지 않았다.

　고후키 사발에 담은 간단한 안주가 맥주와 함께 나왔다. 준조가 "다음 달 작가전 성공을 위하여"라고 말했고 사다히코는 아키미, 고헤이와 같이 건배했다.

　"소요코가 늦네."

　맥주잔을 절반 정도 단숨에 들이켠 고헤이는 조금 초조한 말투로 읊조리며 스마트폰을 들었다. 그의 아내 소요코도 식사 자리에 불렀지만 아이를 돌보느라 그런지 아직 오지 않았다.

　"어이, 벌써 시작했어."

　통화가 연결됐는지 고헤이는 전화 상대인 아내를 그렇게 재촉했고 준조가 "천천히 와도 돼"라고 쓴웃음을 지으며 달랬다.

　"나 원 참. 준조 아저씨가 온다고 요전번부터 일러뒀는데……." 고헤이는 스마트폰을 내려놓은 뒤에도 계속 투덜거렸다.

　"나유타는 꽤 자랐지?" 준조가 고헤이의 기분을 풀어주려는 듯 물었다.

"꽤 컸죠."

"벌써 세 살이나 되다니. 한창 응석 부릴 때 아닌가?"

"아니요. 의외로 얌전하다고 할까요, 낯을 가려요." 고헤이가 기본 안주에 젓가락을 가져가면서 말했다. "도대체 누굴 닮았는지."

"고헤이는 어릴 적부터 우리 집에 오면 자기 집처럼 휘젓고 다녔으니까 고헤이는 안 닮았나 보네." 준조가 농담처럼 말했다.

"요즘은 제가 안으려고 해도 투정을 부려요." 고헤이는 탐탁지 않다는 듯 말을 이어갔다. "귀여운 구석이 없어요."

"그건 1차 반항기라고 해." 준조가 가볍게 웃으면서 고헤이의 잔에 맥주를 따랐다.

"귀여운 구석이 없다고 하면 가엽잖아."

"그러게. 한창 예쁠 때잖아." 아키미가 분위기를 수습하듯이 말한 뒤 "뭐, 실제로 육아를 하게 되면 귀여운 게 다가 아니라는 사실을 알게 되지만" 하고 고헤이를 배려했다.

요즘은 어린아이를 어린이집에 맡기고 맞벌이를 하는 부부도 흔하지만, 고헤이 가정에서는 소요코가 육아에 전념했다. 고헤이의 벌이만으로도 살기 괜찮아서일 테다.

그들 부부는 사다히코 부부와 떨어져 생활을 꾸려나가는데, 소요코는 저녁 무렵 장을 보는 김에 종종 나유타를 데리고 깃페이에 얼굴을 보여주러 왔다. 할아버지와 할머니에게 손자를 보이는 게 자기 할 일이라고 생각하는지도 모른다. 사다히코도 손자 얼굴을 보는 건 무엇보다 기분 전환이 되어 환영한다. 여느 할아버지와 마찬가지로 손자를 보면 안아주고 한없이 귀여워하지만 나유타는 확실히 낯을 가려서 조금 쭈뼛쭈뼛하며 이를 받아들인다. 그러니 귀여운 구석이 없다는 건 고헤이의 삐딱한 생각인 듯하다. 모자가 하루 종일 붙어 있다 보니 나유타로서는 엄마에 대한 의존도가 지나치게 높을 테다.

"그러고 보니 정신이 없어서 인사도 못 드렸는데, 하루코 씨는 건강하신가요?"

준조는 화제를 바꿔 아키미를 보았다.

"네. 덕분에요. 저보다 훨씬 건강해요."

깃페이 빌딩 3층에는 아키미의 친언니 쓰카다 하루코가 남편 다쓰야와 주방 관련 잡화를 다루는 가게를 열었다.

"건강한 게 제일이죠." 준조가 말했다. "제가 걱정하기도 그렇지만 하루코 씨네는 고헤이처럼 도와줄 자녀가 없으니까 자기들이 건강하게 열심히 일해야겠네요."

"가마쿠라 가게도 있으니 이쪽은 무슨 일이 있으면 그냥 접으면 된다는 정도로 생각하더라고요." 아키미는 시원시원한 언니의 생각을 대변하듯 말했다. "형부도 사소한 일에 집착하는 사람은 아니니까요."

준조로서는 하루코 부부의 사정을 마음에 두기보다 절

반은 고헤이라는 후계자가 있는 사다히코 부부의 행운을 말하고 싶은 것이다. 미노라는 보수적인 지역에서 대대로 이어온 가업을 상속받은 그에게는 그것이 아주 자연스러운 사고방식임에 틀림없고, 사다히코도 노포의 간판을 짊어지고 온 만큼 그런 가치관은 위화감 없이 받아들였다.

"늦어서 죄송합니다."

오리베야키로 구워진 마나이타자라 접시에 놓인 회가 나왔을 무렵 소요코가 나유타의 손을 이끌고 마침내 모습을 드러냈다.

"아, 어서 와, 어서 와요. 먼저 한잔하고 있었어요."

준조의 인사에 소요코는 희미한 미소를 지으며 "오랜만에 뵙네요"라고 고개를 숙였다.

"자, 도키 할아버지한테 '안녕하세요' 해야지?"

소요코가 재촉하자 나유타는 뭐라고 우물우물 입을 움직였다. 그리고 바로 자기 엄마 뒤에 숨고 말았다.

"이야, 나유타. 많이 컸네." 준조는 기분 좋다는 듯 말을 건넸다.

소요코는 고헤이 곁으로 가더니 나유타를 옆에 앉혔다. 조금 전까지 초조한 표정을 보이던 고헤이는 소요코가 와서 기분이 안정되었는지 오히려 그녀가 눈에 들어오지 않는 듯 묵묵히 회를 집어 들었다.

소요코는 물수건으로 손을 닦더니 재빨리 맥주병을 들

고 빈틈없이 각각의 잔에 맥주를 따랐다. 준조가 잔에 술을 따라줄 때는 양손으로 잔을 들어 받았고 절반 정도 따랐을 무렵에 이제 충분하다는 듯 고개를 숙였다.

길고 가는 눈매에 입도 크고 이목구비가 수려했지만 겉으로 보이는 인상과 반대로 조용한 여성이었다. 천진난만하게 소리 내며 자지러지게 웃는 모습을 사다히코는 본 적이 없다. 처음에는 시부모 앞이라서 얌전하게 행동하는가 싶었지만 결혼하고 세월이 흘러도 그 모습은 거의 변함없었다. 원래 그다지 명랑한 성격이 아닌 모양이었다.

물론 그건 조심성이 많다는 뜻이기도 해서 같이 있어도 꺼림칙한 기분은 들지 않았다. 화장이 잘 받는 이목구비에는 독특한 요염함이 감돌아서 고헤이가 이끌린 이유도 이해가 갔다. 아마 고헤이가 먼저 반하지 않았을까. 두 사람의 관계에 끼어들 생각은 없지만 고헤이의 평소 말과 행동에서는 소요코를 속박하려는 모습이 약간씩 보일 때가 있다. 그건 그녀에 대한 마음을 정반대로 표현하는 것이라고 사다히코는 느꼈다.

준조가 나유타에게 이런저런 말을 걸었지만 나유타는 도와달라는 듯 소요코를 쳐다보기만 해서 결국 질문에 답하는 사람은 소요코였다. 그런데도 이따금 나유타가 무언가를 말하면 준조는 밝게 웃으며 기분 좋은 듯 한잔했다.

"그거 어디서 다친 거니? 아팠겠네."

준조가 문득 무언가를 알아차리고 소요코의 팔 부근을 가리켰다. 쳐다보니 블라우스 소매 사이로 하얀 위팔에 난 푸른 멍이 들여다보였다.

질문을 받은 소요코는 당황한 목소리로 "아, 네……"라고 하면서 손으로 블라우스 소매를 잡았다.

테이블에 가려진 무릎 언저리에서 아무래도 고헤이의 손이 움직인 듯한 느낌이 들었다. 소요코의 고개가 순간 고헤이 쪽으로 향했다. 무언가 신호를 주고받는 것 같기도 하고 단순히 질문을 받았으니 얼른 대답하라고 재촉하는 것 같기도 했다.

"여기저기 부딪혀서……." 소요코는 결국 그리 말하고 무언가 감추듯 쓴웃음을 지었다.

"육아를 하면 말이죠." 고헤이가 덧붙이듯이 입을 열었다. "나유타도 여기서는 이래 보여도 집에서는 아기 고질라나 마찬가지라서 보기가 힘들어요."

"그렇구나. 나유타는 아기 고질라였구나."

준조는 껄껄 웃으며 나유타의 머리를 쓰다듬었다. 나유타는 그가 하는 대로 가만히 있을 뿐 아기 고질라 모습은 보이지 않았다.

"이 정도 크면 좀 멀리 나가도 되지 않니? 작가전이 끝나면 여름에 나유타 데리고 우리 집에 놀러 오렴. 고헤이도 어릴 적부터 자주 왔으니까."

준조 집과는 대가 바뀔 때마다 혈연이 옅어졌지만 사업상 관계가 있어서 여느 친인척보다 교류가 깊다.

"소요코 씨는 오니이와나 나기소 부근 온천에라도 가서 몸을 푹 담그고 오면 좋을 거야."

"감사합니다."

소요코는 내키는지 내키지 않는지 알 수 없는 말투로 그저 온화하게 감사 인사를 했다.

"고헤이는 이쪽에 오면 은어 낚시나 해야지."

"오랜만에 좋겠네요."

고헤이는 거리낌 없이 선뜻 말했다. 준조는 만족스럽게 뺨을 누그러뜨리고 소요코와 나유타에게 시선을 되돌렸다.

"사다히코는 도시 사람이라 손자한테까지 억지로 말하지 않을지도 모르지만, 나유타의 장래를 생각해서 말할게. 장사라는 건 본래 만만치 않아. 그래도 깃페이라면 지금 있는 걸 그대로 잇기만 해도 편하게 살 수 있을 거야. 이건 정말 복받은 일이지. 고헤이는 그걸 알아차렸기에 이렇게 가게 일을 하는 거겠지…… 그렇지?"

"벌써 그런 말씀을 해봤자 이해를 못 해요." 고헤이는 나유타를 힐끗 보고 우습다는 듯이 말했다.

"하긴." 준조가 말했다. "그러니까 지금부터 우리 집에 놀러 오게 하려는 거지."

사다히코도 쓴웃음을 가볍게 지으며 얘기를 들었지만

사실은 참견으로라도 벌써 그런 분위기를 만들어주어 고마운 마음이 있었다. 사다히코로서는 나름대로 시기가 오지 않으면 말을 꺼낼 수 없고, 또 그 시기가 올 때까지 자신이 살아 있을지 없을지 알 수 없었다.

준조는 아마 고헤이처럼 언젠가는 나유타를 맡아서 고향의 요업학교에 다니게 하는 것도 정해진 노선처럼 생각할 테다.

"나유타는 소꿉놀이를 할 때도 인형보다 도자기 난쟁이 인형을 가지고 놀고 싶어 해요." 소요코는 이 자리에 있는 사람들을 기쁘게 하고 싶은지 그런 말을 하며 나유타 얼굴을 들여다보았다.

"난쟁이 인형이 마음에 들지?"

"목이 부러졌어." 흥미 있는 이야기를 꺼내서인지 나유타가 의외로 큰 소리로 대답했다.

"붙여도 금방 부러지지? 다시 붙여야겠네."

"할아버지한테 가지고 오면 절대 안 부러지게 붙여줄게."

도자기를 접착하는 일은 대수롭지 않아서 사다히코가 그리 말하자 나유타가 "정말?" 하고 눈을 빛냈다.

"다행이네. 할아버지는 전문가니까." 소요코가 그렇게 장단을 맞춰주었다.

"전문가?"

"그래. 그 난쟁이 인형들을 잘 아셔."

"우아!"

무엇을 어디까지 이해했는지 모르지만 나유타가 감탄한 듯 사다히코를 보았기에 사다히코는 기분이 썩 나쁘지 않았다.

"아키미 씨도 오랜만에 놀러 와요. 프리미엄 아웃렛이든 어디든 데리고 가줄게요."

소요코와 나유타가 오고 나서 묘하게 조용해진 아키미를 배려하듯이 준조가 이야기를 건넸다.

"저까지 가게를 비울 순 없죠." 아키미가 받아넘기듯이 말했다.

"다른 직원이 가게를 보면 되죠."

준조가 말한 대로 기획전이 없는 주라면 아르바이트 스태프만으로 충분해서 시간 여유가 있다. 아키미는 원래 외출을 싫어하지만 억지로라도 데리고 나가면 거절하지는 않았다. 나름대로 여행을 즐길 테다.

사다히코는 그것보다 아키미와 소요코 사이에 자리한 미묘한 긴장감이 더 신경 쓰였다. 소요코가 시집와서 4년 가까이 지났는데도 아직 서로 서먹서먹한 분위기가 가시지 않았다. 아니, 소요코가 임신했을 무렵이나 나유타가 태어났을 무렵에는 아키미도 신경 써 두 사람 사이에 나름대로 대화가 오갔다. 하지만 나유타가 자라면서 어느새 그런 대화도 자취를 감추고 말았다.

같은 지붕 아래에 살면 또 다를지도 모르지만, 그렇지 않으니 거리가 좀처럼 좁혀지지 않았다. 소요코 같은 며느리는 의외로 시어머니 티를 내는 타입이 더 잘 어울릴지도 모른다. 아키미는 섬세한 사람인 만큼 소요코를 조심스러워한다. 그리고 소요코도 하고 싶은 말을 시원스럽게 하는 타입은 아니어서 시부모 앞에서는 실수하지 않으려고 몸을 사려서 더욱 서로 녹아들기 힘들었다.

"아키미 씨는 옛날부터 너무 무리해서 일해요. 고헤이가 지금의 나유타 정도였을 때 이미 가게에 나왔잖아요. 소요코 씨가 조금 더 가게를 도우러 나오게 되면 아카미 씨도 도움이 되지 않으려나?"

준조는 절반은 외부인이라서 하고 싶은 말을 해대지만 이런 거침없는 말이 때로 필요한 것도 사실이다. 고헤이가 가업을 이을 마음이 든 것도 이따금 준조가 부추겨서이기도 하다.

소요코가 가게를 도운 적은 지금까지 한 번도 없었다. 결혼이 정해졌을 때는 이미 임신 중이었고, 나유타를 낳고 나서는 아이를 어린이집에 맡기지 않고 달라붙어 육아를 하고 있다. 가게에 얼굴을 내미는 이유도 나유타를 보여주기 위해서다.

"그건 재촉하지 않아도 돼요." 아키미가 부드럽게 말했다. "새아가한테는 새아가만의 생활이 있으니까요."

아키미의 말투가 소요코를 배려하는 것처럼 들리지만 아마도 그렇지 않을 테다. 아직 자기 성에 들이고 싶지 않다는 마음이 있어서일 테다.

소요코도 그 사실을 민감하게 알아차린 듯 준조의 말을 미소 지으며 흘려듣기만 하고 아무 반응도 하지 않았다.

지금은 육아를 이유로 호지부지되었지만 꽤 어려운 문제라고 할 수 있다. 10년 후일지 20년 후일지 알 수 없지만 언젠가 고헤이 대에 가게를 물려줄 때가 온다. 그리고 그때는 소요코도 여사장으로 가게를 꾸려나갈 수 있어야 한다.

아키미가 어떻게 생각하는지는 둘째치고 머지않은 시기에 소요코에게도 가게 일을 돕게 하고 싶은 게 사다히코의 본심이었다. 가게의 장래를 생각하면 아키미도 반대하지 못할 테다.

그리고 지금은 어떤 의견도 말하지 않는 소요코도 사다히코가 등을 떠밀면 의외로 긍정적으로 받아들이지 않을까 예상했다. 소요코는 결혼 전 요코하마의 꽃가게에서 일했다고 들었다. 사교적인 성격으로는 보이지 않지만 고객 응대가 서툴지는 않을 테다.

그래서 가게의 장래를 사다히코는 매우 낙관적으로 생각했다.

〇

준조가 도키로 돌아가고 며칠 후 8월의 기획물인 작가전 작품이 연달아 들어왔다. 전시 전날인 휴업일에 아키미는 고헤이, 아르바이트 스태프들과 분담해서 작가전을 준비했다. 평소 판매하는 상품을 4층 창고로 올리고 각 작가의 작품을 손수레에 쌓아서 1, 2층으로 내렸다. 층마다 작가별로 여러 점을 진열하고 작품명과 가격을 표시한 팻말을 놓아 두었다. 가격표나 작가의 프로필과 사진을 붙인 피오피POP를 만드는 것도 아키미가 하느라 요 며칠 밤 늦게까지 컴퓨터와 씨름했다.

"이렇게 고급스럽게 진열하니까 가게가 평소와는 달라 보여요."

아르바이트 스태프인 야마나카 쇼코가 80퍼센트 정도

전시 준비가 끝난 매장을 보며 감탄하듯 말했다.

이런 가게는 물품의 종류가 다양할수록 만족스러운 쇼핑을 즐길 수 있어서 평소 선반 한 단에 얼마나 많은 작품을 실수 없이 놓는지가 진열하는 사람의 솜씨에 달려 있다고 할 수 있다.

하지만 작가전에서는 공간에 여유를 두어 구입하는 사람이 한 작품을 여유 있게 볼 수 있도록 진열하려고 신경쓴다. 작품 수가 적어도 작가의 개성이 배어 나온 물건들을 접한 고객에게 평생 단 한 번 만나는 기회라고 느끼게 하는 흡인력이 있다. 잘 팔리니까 특별 취급을 할 수 있다.

"어때?"

고헤이가 근처를 지나가자 아키미가 판매장 중앙의 큰 테이블에 진열된 야마모토 세이치로의 작품들을 가리켜 보였다.

프로필 소개 피오피 위에는 '작년도 미노 국제 도자기축제 금상 수상'이라는 글자도 장식되어 있었다. 아키미가 애써 만든 것이었다.

"괜찮네." 고헤이가 말했다. "마지막 날도 되기 전에 완판되는 거 아냐?"

이번 전시의 하이라이트라서 야마모토 세이치로 작품을 많이 들여왔는데, 만약 완판된다면 기뻐서 소리를 지르게 될 테다.

"아, 그쪽은 기이치 씨 작품을 진열할 거야." 고헤이는 카운터 옆 유리 케이스에 전시된 소장품을 교체하는 사다히코에게 시선을 보냈다. "근사하겠어. 할아버지와 손자의 작품이 같이 전시되면."

아키미 일행이 창고에서 전시할 상품의 포장을 푸는 동안 사다히코도 창고 안 선반에서 소장품이 담긴 오동나무 상자를 꺼내 내용물을 확인하고 이걸로 할지 저걸로 할지 고민했다.

작가의 작품이라도 10만, 20만 엔 하는 작품은 벽 쪽 유리 케이스에 진열되지만, 그와 별개로 카운터 옆 유리 케이스에는 소장품이 장식되어 있다. 가격을 매기면 100만 엔 이상 나가는 물건이 여럿 있으나 사다히코가 팔 마음이 없어서 가격표를 놓지 않았다.

소장품은 시노, 오리베, 기세토에서 한 점씩 내서 전시하는 경우가 많다. 하나같이 미노가 낳은 인간문화재나 전통 도예가가 심혈을 기울여 만든 작품이다. 사다히코나 선대인 요시오가 꼬박꼬박 수집한 상품들 가운데서 달마다 바꿔 전시하고 있다.

인간문화재 야마모토 기이치라고 해도 그 작품이 늘 바깥에 나와 있는 건 아닌데 이번에는 그걸 다 내놓아서 야마모토 세이치로의 전시에 아름다움을 더할 모양이었다.

다만 판매 상품이 아닌 소장품 전시에 주목하는 고객은

호사가뿐이라서 누구 작품을 진열할지는 사다히코의 자기만족에 달려 있었다. 그런데도 그런 섬세한 고집이 노포의 품격 자체라는 사실은 아키미도 경험이 쌓이면서 이해하고 있었다. 감상하는 손님이 적어도 신경 쓰지 않았다.

작가전 준비가 대강 마무리된 저녁 무렵 소요코가 나유타와 함께 뒷문에서 얼굴을 내밀었다.

"수고가 많으세요."

소요코가 조심스러운 목소리로 아르바이트 스태프에게 인사하자 야마나카 쇼코가 얼른 "어머나, 나유타, 왔어?" 하고 나유타를 상대했다.

나유타는 가게에 놀러 오는 데 익숙해서 그녀와 다른 아르바이트 스태프들을 피하지 않지만, 그렇다고 해서 다른 아이처럼 어리광을 부리지도 않았다. 소요코에게 떠밀려 작은 목소리로 인사하고 나서 좋아하는 동물 장식품 코너로 갔다.

"접시 만지면 안 돼."

소요코는 늘 부드럽게 조심하라고 일렀다. 나유타는 예전에 받침대에 진열된 커피잔을 건드려 바닥에 떨어뜨려 깬 적이 있다. 나유타도 놀랐는지 불에 덴 것처럼 울어서 작은 소동이 일어났다.

아키미는 문득 그때 일을 떠올렸다.

나유타가 다치지 않았다는 사실을 알고 야마나카 쇼코가 깨진 유리를 정리하는데 고헤이가 나유타를 달래던 소요코 곁으로 다가갔다. 그리고 "애 좀 잘 봐" 하고 억누른 목소리로 나무라며 그녀의 위팔을 쿡쿡 찔렀다.

찔렀다기보다 때렸다고 하는 편이 맞을지도 모른다. 소요코는 아픈지 얼굴을 찡그리며 맞은 팔을 부여잡았다.

물론 아키미는 나중에 고헤이와 둘만 있을 때 "아무리 친해도 손을 들어선 안 돼" 하고 나무랐다. 고헤이는 "세게 치지 않았어" 하고 가볍게 말대답했지만 이해력이 달리는 아이는 아니니 아키미가 무슨 말을 하는지 이해했을 테다.

지금 그 일을 떠올리니 오싹한 감각이 피어오른 건 먼젓번 준조를 대접할 때 나카니시 자리에서 있었던 일이 생각나서였다. 소요코는 위팔에 푸른 멍이 들어 있었다. 나유타가 커피잔을 깬 것은 몇 개월 전 일이라서 그때의 멍은 아니다.

육아로 여기저기 부딪쳤다는 이야기를 듣고 그때는 그런가 보다 하고 대수롭지 않게 넘어갔는데 사실은 어떨까? 하지만 다 큰 어른이 아니라고 하는데 깊이 의심해서 따지는 것도 좀 그렇지 않은가 싶었다.

"이렇게 바쁠 때 눈치 없이 오고."

각 작품의 디스플레이를 사진에 담던 고헤이가 혀를 차더니 소요코에게 잔소리를 했다.

고헤이의 이런 말투는 사실 한두 번 들은 것이 아니다. 소요코를 향한 그의 목소리가 조금 낮아지는 일이 잦았다. 소요코가 조심스러운 성격이라서 자연스럽게 두 사람의 관계에서도 고헤이가 우위에 서는 모양이었다.

고헤이는 외동이라서 그런지 어릴 때부터 고집이 셌다. 부모에게 대든다든가 난폭하게 굴었지만 손을 쓸 수 없는 지경은 아니라서 아키미는 그걸 보듬고 가야 할 부분으로 받아들였는데, 결혼생활은 고헤이 자신이 바라는 대로 되지만은 않을 테다. 소요코와는 그게 어떤 형태를 이루는지는 모른다.

소요코에게서 고민하는 모습이 보이지 않는 것도 그걸 상상하기 힘든 한 가지 원인이다.

아키미는 소요코가 무슨 생각을 하는지 여전히 잘 모르겠다. 아무래도 마음을 터놓기 어려운 상대였다.

말수가 적다고는 하나 싹싹한 구석이 없는 건 아니다. 배려한다고 여겨지는 일도 종종 있다.

다만 모든 게 의례적인 것 같아서 본심이 어디에 있는지 전혀 보이지 않았다. 종잡을 수 없어서 조금은 감정을 드러내기를 바랄 정도였다.

한 가족이라도 피가 섞이지 않았다는 게 이런 걸까……. 아키미는 그런 생각을 하기도 했다. 자신과 시어머니는 어땠을까. 적어도 아키미 자신은 그렇게까지 거리를 두지 않았다. 친딸로 생각하고 대한다는 말을 들었고 아키미도 그런 마음가짐으로 시어머니를 대했다. 같이 살았기 때문인지도 모른다. 생활에서도 일에서도 얼굴을 맞대고 사는 상황에서는 자신을 가장할 여유 따윈 없어진다.

시대가 변해 소요코와 함께 살지 않으니 거리도 전혀 좁혀지지 않았다. 아키미도 소요코가 평온하게 생활하도록 배려하지만 그게 효과가 있다는 보람까지는 좀처럼 느껴지지 않았다.

지금도 고헤이가 해대는 잔소리를 소요코는 흘려듣는 게 낫다고 생각하는 듯 표정을 바꾸지 않았다. 어떤 의미에서는 아키미가 알고 있는 그녀의 평소 모습이었다. 이쪽을 쳐다보고 아주 살포시 입가를 누그러뜨렸다.

"내일부터 나흘 정도 친정에 가야 해서 잠시 인사드리러 왔어요."

돌아가신 할머니의 7주기라고 한다. 오봉*이 겹치면 절에서 제사를 드릴 수 없어서 이 시기가 된 듯했다.

"그래…… 고헤이도 같이 가면 좋을 텐데 하필이면 행사가 열리는 시기니 참." 아키미는 무난하게 그리 대답했다.

"갈 수 있을 리가 없잖아."

* 일본의 추석.

32

고헤이는 이 바쁜 시기에 제사를 지내는 게 오히려 비상식적이라고 말하는 듯 내뱉었다.

소요코가 평소 가게 일을 도왔다면 그게 안 된다고 생각할지도 모르지만, 그렇지 않으니 아키미로서는 그녀가 하고 싶은 대로 해도 된다고 생각했을 뿐이다.

"나유타는 어떻게 할 거니?" 그것만 신경 쓰였다.

"데리고 가려고요. 어머니도 손자 얼굴 보기를 기다리셔서요."

"그래."

그렇다면 고헤이에게도 부담이 가지 않는다. 아무 문제가 없다.

할머니 제사라면 이쪽도 너무 나서지 않는 편이 좋을지도 모른다고 생각해서 아키미는 애도의 말을 보내는 대신에 제수용품이라도 사가지고 가라고 소요코에게 꼬깃꼬깃한 1만 엔짜리를 건넸다.

"감사합니다."

"사돈어르신께 모쪼록 안부 잘 전해드리고."

"네."

"사돈어르신께 인사 한번 드리러 가야 할 텐데." 귀 기울여 듣고 있었던 모양인 사다히코가 이야기에 끼어들었다. "가게가 있으니 시간이 좀처럼 나지 않아서…… 정말 미안하구나."

"아니에요." 소요코가 송구스럽다는 듯이 고개를 가로저었다.

소요코의 친정은 규슈 사가에 있다.

사가는 가라쓰야키 등 니시니혼의 도자기 명산지로 알려져 있다. 소요코네 집은 도자기업과 전혀 관계가 없는 듯하지만 그녀의 출신을 들은 사다히코는 편한 대로 인연이라고 느꼈는지 소요코에게 가라쓰야키는 어떻다는 둥 아리타야키는 어떻다는 둥 했다. 그리고 시간이 나면 사돈댁에 인사하러 가는 김에 가라쓰야키, 이마리야키, 아리타야키 등의 산지도 볼 겸 방문하고 싶다고 했다. 지금도 소요코의 친정 나들이 이야기가 나오면 한번 인사하러 가야겠다고 말한다. 소요코는 아버지는 안 계시고 어머니만이 할아버지를 돌보는 모양이지만 아키미네 식구는 결혼식 이후 사돈 얼굴을 본 적이 없다. 안사돈도 차분하고 조심성 있어 보이는 인상이었다.

"오랜만의 친정 나들이니 천천히 다녀오거라." 사다히코는 눈가에 주름을 새기며 말했다.

사다히코는 예순을 넘긴 뒤 자산가로 보이게 하는 너그러움이 태도나 말에서 배어 나왔다. 가게는 고헤이에게 맡겨도 별 탈 없이 돌아가고 손자도 태어나서 뭔가 속을 끓이는 일이 사라져서 그럴 테다.

지금 사다히코에게 고민이 있다면 언제 소요코에게 가

게를 돕게 할까 하는 정도 아닐까……. 아키미는 먼젓번 준조가 한 이야기를 떠올리며 그런 생각을 했다. 사다히코가 말로 꺼내지는 않았지만 소요코도 가게에 나오면 좋겠다고 생각할 테다. 오랜 세월 부부로 살다 보니 그 정도는 알 수 있다.

아키미의 본심을 털어놓자면 그렇게 하는 데 거부감이 없는 건 아니다. 하지만 언젠가는 고헤이 대에 가게를 물려줄 날이 올 테니 어딘가쯤에서 받아들여야 한다.

옛날 집도 그렇게 시어머니가 며느리에게 부엌을 내주었다. 그날이 오면 그게 인생의 순리라며 의외로 속 시원하게 생각할지도 모른다……고 아키미는 현실감 없이 그렇게 생각했다.

아키미는 소요코와 나유타가 돌아간 뒤 4층으로 올라가 창고 정리를 했다.

날은 이미 저물었지만 에어컨이 없는 이 공간에서는 조금만 움직여도 땀이 송골송골 맺혔다. 더위를 견디다 못해 문과 창문을 열어젖히고 박스와 완충재를 정리하는데 "바쁜가 보네"라는 목소리가 뒤에서 들렸다.

돌아보니 언니 하루코가 문 앞에 서 있었다.

언니 부부가 3층에서 운영하는 '쿡 하루'의 창고도 이 옆에 있다.

"이렇게나 더운데, 아이고." 아키미의 이마에 맺힌 땀도 보였는지 하루코는 쓴웃음을 지으며 말을 이었다. "너무 무리하면 안 돼."

어릴 적부터 병치레라고는 몰랐던 하루코와 달리 아키미는 허약체질이라서 자주 녹초가 되었다. 그래서 하루코는 아키미의 건강을 신경 쓰는 게 습관이 되었다.

"응, 이제 끝나가."

"이번 달 행사는 내일부터야?"

"응. 작가전이야."

"보러 가야겠네."

한낱 도자기점 여주인 말고 아무것도 아닌 아키미와 달리 하루코는 경력이 화려해서 한때는 매스컴에서 인기를 끌 정도로 '자유로운 여성'이었다.

젊은 시절에 스튜어디스로 일한 뒤 긴자의 문단바* 호스티스로 직업을 완전히 바꾸었다. 거기서 편집자에게 글재주를 인정받아 잡지에 에세이를 실어 상당히 좋은 평가를 받았다.

텔레비전과 라디오에 출연하며 얼굴이 알려진 뒤 어느 밴드의 기타리스트와 불륜에 빠져 그 가정을 파탄 내고는

* 문단 관계자들이 단골로 모여서 운영되는 일본의 바를 통칭하는 말.

그와 결혼했다. 그게 지금의 남편 다쓰야다. 그 소동의 영향도 있어서인지 밴드는 내분이 일어나 해체되었고, 하루코도 더는 스포트라이트를 받지 않게 되었다.

그런데 하루코에게는 장사 수완이 있어서 가마쿠라에 연 샌드위치 가게가 지금은 관광 가이드에서도 다루는 인기 있는 가게가 되었다. 더구나 가마쿠라 문화센터에서 에세이 강좌 강사로 일하는 등 아키미보다 세 살 위인데도 활발하게 활동하고 있다.

한편 남편 다쓰야는 장사에 재주가 없는지 깃페이를 도자기 전문점으로 되돌렸을 때 점포가 비었다는 말을 들은 하루코가 놀고 있던 그에게 악기점을 차려주었지만, 5년도 되지 않아 망했다. 임대료를 시세보다 깎아주었는데도 일이 잘 풀리지 않았던 듯하다. 그 후 액세서리 가게도 했지만 바로 말아먹었다. 지금 가게는 하루코가 주도하고 있고 다쓰야는 꿔다놓은 보릿자루처럼 점장 일을 하고 있다.

여러모로 소란스러운 부부지만 야무진 언니가 가까이에 있는 건 갱년기다 고혈압이다 해서 마음의 갈피를 잡지 못하는 일이 많았던 아키미에게도 든든하게 느껴졌다. 자매 사이도 나쁘지 않았다.

"그러고 보니 그 개발 계획, '마루사와'도 매각하기로 했다고 들었는데 진짜야?"

하루코는 최근 이 역 앞 구역에서 말이 나오는 재개발 이야기를 꺼냈다. 전철 회사가 주도해서 8층짜리 대형 상가를 지을 계획이었다.

건설 예정인 땅에는 깃페이 빌딩도 포함되어 있었다. 땅을 팔아도 되고 완성된 시설의 권리증과 교환해도 되지만, 사다히코는 반대했다. 동네 상점가의 임원을 맡은 데다 남겨진 상점과의 관계도 깊고, 무엇보다 임대 상가에서는 가게가 대로변에 위치하지 않게 되는 점이 마음에 들지 않았다. 깃페이 빌딩은 길가에 있어 장을 보는 시간이 되면 수많은 사람이 가게 앞을 오간다.

마루사와는 쇼와(1926~1989) 때부터 있었던 식료품 가게지만 완성된 시설 지하에는 전철 계열의 가게가 들어설 예정이었다. 임대 상가에 입주하지 않고 매각할지 말지 결정하는 문제라서 강경하게 거부할 거라고 여겼다. 하지만 요즘 들어 매각에 응했다는 소문이 흘러왔다.

"조건이 어지간히 좋았나 보네." 사다히코에게서 이미 들은 이야기지만 아키미는 포기하다시피 그리 답했다. "업자도 애쓸 테니까."

"거기 사장, 이미 나이도 지긋하니 지금이 물러날 때라고 생각할지도 모르지." 하루코는 어쩔 수 없었을 거라는 듯 말했다. "우리도 이 빌딩이 개발에 들어가면 가게를 닫는 것도 생각해야 할지 모르지."

지금까지 애써왔더라도 그런 변화를 계기로 자신감을

잃기도 한다. 하지만 그건 역시 서운한 일이다.

"걱정하지 마." 아키미가 말했다. "우리는 개발 계획 구역의 끄트머리에 있고, 꼭 해야 한다면 우리 땅은 빼고 하라고 하면 돼."

옆에 큰 건물이 서는 건 환영할 만한 일이 아니지만 그 정도로 존재감이 음지에 가려질 만한 가게는 아니라고 아키미는 자부했다.

"그러게." 하루코가 말했다. "제부도 이제 이 부근의 얼굴마담이라고 할 수 있으니까 쉽게 휘청이는 일은 없을 거야."

아키미가 들어도 낯간지럽게 느껴질 정도로 치켜세웠지만, 오랜 세월 노포 주인으로 일해서 지역에서도 그렇게 보일 위치가 된 것은 확실하다. 아마 사다히코도 의식할 테니 이런 일에도 신중하게 대응할 것이다.

다음 날 가게 앞에 깃발을 세우고 8월의 이벤트인 작가전을 시작했다.

근처에 배달되는 신문에 전단지를 접어 넣은 효과도 있어서 평일인데도 손님의 발길이 끊이지 않았다.

작가의 작품은 평소에 취급하는 좋은 물품과 비교해도 가격이 두세 배 붙는 일이 드물지 않다. 그런데도 차분하게 음미한 것 한두 개를 마음먹은 듯 계산대에 가지고 오는 손님이 드문드문 이어졌다. 오동나무 상자가 딸린 고가의 찻잔 세트나 말차 다완은 쇼케이스에 나란히 내놓았는데, 그들 중에도 첫날 팔린 것이 있었다.

"역시 세이치로 작품이 가장 많이 팔리네."

작가전의 하이라이트인 야마모토 세이치로의 작품은 올해 사실상 첫 공개이기도 하다 보니 가격이 베테랑 작가만큼 비싸지 않아서 그랬는지 매상도 다른 작가와 차이가 벌어졌다. 그의 재능을 학창 시절부터 높이 샀다던 고헤이도 자기 일처럼 기뻐했다.

"첫날은 눈이 높은 손님이 많으니까. 그래도 이만큼이나 팔렸다면 내일도 기대가 되네."

사다히코도 평소와 달리 기분이 좋았다. 이런 날에는 반주로 맥주를 한 병 정도 비운다.

"오늘은 새아기가 없잖니. 가끔은 아버지 반주 상대라도 해드리렴."

가게 문을 닫은 뒤 아키미가 고헤이를 반주 자리에 불렀지만 그의 대답은 쌀쌀맞았다.

"가끔 누리는 혼자 있는 날이야. 다른 데서 느긋하게 한잔할래."

부자지간이지만 업무로 하루 종일 얼굴을 마주하는 상대와 밤까지 어울리는 건 사양하고 싶다는 말투였다.

고헤이는 미혼 때부터 가업을 돕는 이상 사생활은 내버

려둬 달라는 면이 있어서 집에 빈방이 몇 개나 있는데도 일찍 독립했다.

아키미는 조금 서운했지만 사다히코는 자신도 걸어온 길이라서 그 심정을 이해하는지 마음대로 해도 좋다는 태도였다.

"우리 집에서 먹어봤자 따분하기만 할 거야. 혼자 즐기게 돼."

아니나 다를까, 사다히코는 이날도 그리 말하고 고헤이를 혼자 가게 했다. 고헤이는 갈 곳이 정해졌는지 어둠이 내리는 거리로 사라졌다.

그날 밤 아키미는 상점가 생선가게에서 산 은어를 소금구이해서 식탁에 내놓았다.

"오봉이 되면 쓰케치가와강에서 잡은 걸 먹을 수 있지만, 어쨌든 지금은 이런 양식도 감사히 여겨야지."

사다히코는 중얼중얼 그런 불평을 하면서도 맥주를 한 손에 들고 좋아하는 음식을 맛있게 먹었다. 준조의 초대에 응해 오봉에는 고헤이네 가족과 함께 도키로 놀러 가기로 했다. 그것도 기대되어 참을 수 없는 모양이었다.

"저쪽 선물은 어떻게 하려고?"

"생각하고 있는데…… 역시 햄이 무난하지 않을까?"

"햄은 연말 선물로 보냈잖아. 이 부근의 상점가에도 좋은 가게가 있어. 그런 데서 파는 맛있는 거면 돼."

"그럼 '가마쿠라팜' 씨 댁 스모크치즈는 어떨까? 꽤 멀리서도 사러 오는 사람이 많나 봐."

"괜찮겠군. 그거 꽤 맛있었어."

부부의 대화는 그렇게 흘러갔다. 텔레비전을 틀어놓았지만 두 사람 다 거의 보지 않았고, 그 소리는 창밖에서 벌레가 우는 소리와 역할이 다르지 않았다. 적적하다고 하면 적적하지만 고헤이가 집을 나가고 시부모가 돌아가신 이후 이런 삶에 완전히 익숙해졌다. 지금은 이 평온함이야말로 흡족함의 상징이라고 해도 좋다고 생각하게 되었다.

"그러고 보니 언니가 마루사와 씨네 소문을 들었는지 개발 계획을 걱정하더라고."

피로를 느껴 침실에 들고서야 아키미는 사다히코에게 말했다.

"처형도 꽤 걱정이 많네."

사다히코의 그런 반응에서도 그가 개발 계획에 휘말릴 생각이 없다는 것을 알 수 있었다.

"이 집도 재건축해서 마당을 조금 더 넓히는 것도 방법이겠네."

침대에 누운 사다히코는 하품을 한 후 느긋한 말투로 말했다.

재건축을 한다면 가게가 아니라 이 집이 먼저라고 말하

고 싶은 모양이었다. 딱히 사는 데 불편한 점은 없지만 지은 지 40년 이상 되었고, 무엇보다 2층은 거의 사용하지 않는다. 나이를 먹으니 집을 조금 더 손질하기 쉽게 고치는 선택지도 있을 테다.

불을 끄고 여러 상상을 하다가 잠에 빠져들었다.

전화벨 소리에 눈을 떴다.

잠이 들고 나서 시간이 얼마 지나지 않았다. 아직 날짜도 바뀌지 않았고 늦게 자는 사람이 이런 시간에 전화를 걸어오는 일은 가끔 있다. 누군가 싶어서 졸린 눈을 비비고 침실에 놓인 무선전화기를 들었다.

'구노 씨 댁인가요?'

낯선 남자의 목소리가 귀에 닿았다.

"그런데요?"

'구노 고헤이 씨가 그 댁 가족이 맞으신가요?'

"맞아요."

무슨 전화인가 하는 의심스러운 생각이 졸음을 어딘가로 밀어냈다.

'여긴 히가시카마쿠라 경찰서입니다.' 남자는 그렇게 이름을 댔다. '실은 구노 고헤이 씨로 보이는 남성이 다쳐서 지금 히가시카마쿠라 시민병원으로 실려 갔습니다.'

"네?"

'부인이 친정에 갔다고 해서 이쪽으로 연락드립니다. 급히 시민병원으로 와주셨으면 합니다.'

"저기…… 다쳤다니, 어떻게요?" 아키미는 흥분한 목소리로 물었다.

'자세한 건 알 수 없지만 누군가의 칼에 찔린 듯합니다.'

"찔렸다고요?"

핏기가 가시고 현실감이 흐려졌다. 리모컨으로 방의 불을 켰다. 옆의 침대를 보자 사다히코도 잠에서 깼는지 아키미를 빤히 보고 있었다.

"부상 정도는 어떻게 되나요?"

'지금 병원에서 응급처치를 하고 있습니다.'

응급…… 아키미는 그 말이 주는 무거운 느낌에 할 말을 잃었다.

'어쨌거나 빨리 병원으로 와주세요.'

전화가 끊어지고 아키미는 그저 멍하니 한 번 더 사다히코를 보았다.

"무슨 일이야?"

"고헤이가……" 목이 조여들어 고작 그렇게 말할 뿐이었다.

밤 11시 반을 넘긴 차였다.

마음이 다급하기만 해서 옷을 갈아입는데도 몸이 자기 것이 아닌 듯 감각이 무뎌져서 답답했다.

사다히코가 맥주를 마셔서 운전은 아키미가 했다.

"서두르지 않아도 돼. 조심히 운전해."

사다히코의 목소리는 차분했지만 뭔가 억누르는 것처럼 느껴졌다.

"술집에서 싸움이라도 났나?"

사다히코가 불쑥 혼잣말처럼 했다. 한잔하러 간다고 했으니 아키미의 머리에도 그럴 가능성이 떠올랐다.

병원으로 향하는 도중 고혜이 부부가 사는 아파트 근처를 지날 때 경찰차 사이렌이 빈번히 들렸다. 그리고 아파트로 통하는 길을 건널 때는 안쪽에서 적색등이 몇 개나 돌고 있는 게 보였다. 아무래도 어딘가의 가게에서 싸움이라도 한 건 아닌 모양이었다.

"강도라도 당했나?" 사다히코가 또 읊조렸다.

그런 유의 나쁜 사람이라면 칼을 휘두르는 데도 망설이지 않았을지 모른다……. 그런 생각을 하자 공포가 더해졌다. 경찰은 응급처치라는 말을 사용했다. 말 그대로의 의미가 아니라고 생각하고 싶었다. 최악의 상황으로 어느 정도 중상을 입었다고 해도 목숨에는 지장이 없는 상태이기를 바랐다.

지금은 그렇게 바라는 수밖에 없었다.

시민병원에 도착하자 응급 외래 출입구 근처에 적색등을 켠 경찰차와 암행순찰차가 있어 그 어딘가에 연락을 준

경찰관도 있을 듯했다.

차에서 내려 경찰관에게 찾아온 이유를 말하자 관내 통로에 있던 사복형사 옆으로 데리고 가주었다.

바깥의 모습과는 반대로 응급 외래 로비나 통로는 한여름 밤이 으스스하게 느껴질 정도로 고요했다.

"고헤이의 상태는 어떤가요?"라고 형사에게 물었을 때 자신의 허덕이는 숨결만이 귀에 울리는 것 같았다.

"구급대원이 달려갔을 때는 아직 대화가 가능한 상태였는데……."

형사는 말을 고르는 듯 침묵한 뒤 그런 단편적인 정보를 말했다.

일단이라는 듯 형사는 통로의 의자에 두 사람을 앉혔다. 아키미는 앉고 싶지 않았지만 그곳에 앉았다. 고헤이는 치료실에 있을까. 하지만 눈앞의 문은 닫혀서 안의 모습은 아무것도 들여다볼 수 없었다. 이따금 간호사나 의사들이 드나들었지만, 그들이 고헤이를 치료하는지 어떤지 알 수 없었다.

"칼에 찔렸다고 했는데 대체 어쩌다가……?"

아키미를 대신해서 사다히코가 물었다. 그의 말투에서도 평소와 달리 경직된 느낌이 엿보였다.

"찌른 사람이 도망가서 자세히는 모릅니다." 형사는 대답했다. "구급대원이 본인에게 들은 말로는 아파트로 돌아오는 길목에서 기다리던 범인한테 찔렸다고 하더군요.”

“아는 사람이라는 건가요?”

형사는 그 질문에는 대답하지 않고 “고헤이 씨와는 최근에 언제 만나셨나요?”라고 사다히코에게 물었다.

“오늘이요. 히가시카마쿠라역 앞에 있는 도키야 깃페이라는 가게에서 같이 일해요.”

“무슨 말이라도 들으셨나요?”

“며느리가 손자랑 같이 친정에 가서 오늘은 어딘가로 한잔하러 간다고 했는데 자세한 이야기는…….”

“일 관계든 뭐든 좋습니다. 최근에 누군가와 트러블에 휘말린 적은 없나요……?”

“아뇨. 아무 말도 못 들었습니다.”

사다히코는 아키미에게도 확인하는 시선을 보냈지만 아키미도 고개를 젓기만 했다.

“오늘 어느 가게에 가는지도 못 들으셨나요?”

“네……. 역 쪽으로는 안 가서 전철은 안 탔을 겁니다.”

형사가 묻는 대로 몇 가지 질문에 대답하는데 치료실 문이 열리고 의사로 보이는 남자가 얼굴을 내밀었다.

“형사님.”

형사는 의사에게 다가가 뭔가 이야기를 들었다. 형사가 아키미 부부 쪽을 보면서 뭐라고 말했고 의사는 두 사람이 있는 곳까지 걸어왔다.

"구노 고헤이 씨의 부모님 되십니까?"

"네."

아키미가 일어났다.

의사는 고개를 살짝 끄덕이더니 말하기 힘든 듯 간격을 두고 나서 이어나갔다. "복부를 찔려서 출혈이 좀처럼 멈추지 않았습니다. 응급수술을 준비했습니다만 그 전에 혈압이 떨어져 위험한 상태에 빠졌습니다. 수혈을 시작해 가능한 한 응급처치를 했습니다만 안타깝게도 심정지에 이르렀습니다. 소생할 가능성은 없을 듯합니다……."

"말도 안 돼……."

다른 가능성은 없는지 매달리다시피 의사를 보았지만 그가 한 말은 이제 흔들리지 않는 사실인 모양이었다.

바로 몇 시간 전에 팔팔한 모습을 보았는데…… 너무나도 잔혹한 현실을 마음이 전혀 따라잡지 못해 아키미는 망연자실하게 서 있을 수밖에 없었다.

의사가 사망 확인을 받고 싶다고 말해 아키미 부부는 치료실 안으로 들어갔다.

고헤이는 환자 운반카에 누워 있었다. 눈을 살포시 감은 얼굴은 생기가 빠져나가 있었다. 기분 탓인지 평소의 고헤이보다 어려 보여서 학생 시절로 돌아간 듯 장난스러운 모습이 얼굴에서 묻어났다. 이렇게 젊은데, 격한 슬픔이 아키미의 마음을 뭉개버렸다.

의사가 사망을 선고하는 중에 아키미는 고헤이의 이름을 부르면서 울었다. 사다히코도 목소리를 억누르다시피 해서 울고 있었다. 태평스럽게 빈정거리며 건방진 소리를 하는 아이지만 아키미 부부의 보물이자 미래의 희망이었다. 그런데 이렇게 허무하게 목숨을 잃었다니 도무지 믿을 수 없었다.

치료실에서 나가고 나서도 형사에게 몇 가지 질문을 받았지만 거의 아무 대답도 하지 못했다. 사다히코가 대답하는 말도 전혀 머리에 들어오지 않았다.

새벽 무렵 집으로 돌아왔다. 한바탕 흘린 눈물이 마르고 다소 냉정함을 되찾았을 텐데 머릿속은 이날 밤의 일이 현실이라고 인정하고 싶지 않은 듯 시종 멍하니 있었다. 돌아오는 길에도 아키미가 운전했지만 전혀 실감이 나지 않아서 정신을 차리고 보니 집에 돌아와 있는 느낌이었다.

"가게는 쉬는 수밖에 없겠네."

창밖이 하얘지기 시작했을 무렵 식탁 의자에 앉은 채 내내 입을 다물고 있던 사다히코가 한숨을 섞어서 말했다. 아키미로서는 당연한 일이라서 고개를 끄덕이지도 않았다.

"조금 있다가 새아가한테 전화해서 알려줘."

아내가 친정에 갔으니 연락은 부모님에게 해달라고 고헤이가 구급대원에게 이야기한 모양이었다. 그래서 소요코는 아직 이 사건을 모를 터였다.

사다히코는 그 일을 아키미에게 맡기고 거실 소파에 힘없이 누웠다. 아키미도 침실로 가서 잠시 몸을 뉘였다. 눕자마자 두 번 다시 일어날 수 없다는 느낌이 들 만큼 몸이 무거웠지만 잠은 전혀 오지 않았다.

눈을 감으면 가게에서 일하는 고헤이의 모습이 바로 뇌리에 떠올랐다. 고객을 응대하는 그 씩씩한 목소리도 아직 귀에 생생하게 남아 있다.

하지만 고헤이는 이제 이 세상에 없다.

그 생각을 하기만 해도 팔다리가 비틀려 끊어지는 듯한 기분이 들었다. 아키미는 평범한 행복을 바라며 살아왔을 뿐 이런 날이 올 줄은 꿈에도 몰랐다.

사다히코가 침실로 얼굴을 내밀었다.

"범인이 잡히지 않았으니 지금 아파트에 돌아가는 건 위험해. 새아기한테는 이쪽으로 오게 하는 편이 낫겠어."

생각이 전혀 거기까지 미치지 않았지만 사다히코의 말이 맞았다. 대체 누가 무슨 원한으로 이런 짓을 했을까…….
다시 생각하자 희미하게 서늘한 공포가 더해갔다.

시계를 보니 6시가 가까워졌다. 일어났는지 일어나지 않았는지는 모르지만 이럴 때 예의를 차려도 상황에 맞지 않는다. 아키미는 소요코에게 전화하기로 했다.

전화는 의외로 바로 연결되었다.

"여보세요, 새아가니?"

'네, 어머니…… 안녕히 주무셨어요.'

소요코는 평소와 다름없는 다소곳한 목소리로 인사했다. 이미 일어나 있었던 모양이다.

"이른 아침부터 전화해서 미안하구나. 그런데 큰일이 생겼어. 진정하고 들으렴. 저기 말이지……"

'진정하고'라고 자신이 말하면서 아키미는 감정이 멋대로 고조되어 눈물에 겨운 목소리가 이어 나왔다.

"고헤이가 말이지…… 어젯밤에 어떤 사람한테 찔렸어. 그래서 병원에 이송됐는데…… 구하질 못했어."

'네? 구하질 못했다면……?' 소요코의 목소리도 딱딱해졌다.

"죽었어." 아키미는 오열을 섞어가며 목소리를 쥐어 짜냈다. "가엽게도……."

'그럴 리가…….' 소요코는 그리 읊조린 후 말을 잃었다.

"그러니 그쪽에 막 도착해서 힘들겠지만 바로 다시 이쪽으로 돌아와 주겠니?"

'네…… 그래도…….'

갑작스러운 말에 당혹스러워만 하는 소요코에게 아키미는 "그래도라고 할 때가 아니야"라고 강하게 말했다. 친정 제사를 기다린다고 해도 남편이 죽은 것 이상으로 중요한 문제가 있을 리 없다. 그녀는 아직 젊다. 자신이 야무지게 이끌어줘야만 한다고 생각했다.

"바로 돌아오렴. 그리고 범인이 아직 잡히지 않았다고 하니 아파트가 아니라 곧장 우리 집으로 오고."

'죄송합니다…… 알겠습니다.' 소요코는 기에 눌린 듯 얌전하게 대답했다.

전화를 끊고 아키미는 견딜 수 없는 마음을 한숨으로 대신했다. 평소에 성격이 맞지 않는 면이 이런 때도 드러나는 기분이 들었다. 소요코도 나름대로 혼란스러운 것은 상상할 수 있지만, 배어 나오는 감정 표현을 건져내고도 같은 슬픔을 공유한다는 느낌이 들지 않았다. 남편이 죽었다는 말을 듣고도 '그래도'라니 대체 뭐지……. 그런 말에 답답한 기분이 들어 자신이 평정심을 잃어서 그런가 하고 고개를 갸웃거렸지만 꺼림칙함만 남았다.

아키미는 언니 하루코에게 전화했다. 하루코는 기겁이라는 표현이 걸맞은 반응으로 놀라며 어쨌거나 지금 그쪽으로 간다고 말하고는 전화를 끊었다. 아르바이트 스태프인 야마나카 쇼코 일행에게도 전화를 걸어서 오늘은 임시휴업을 한다고 전하던 중에 하루코가 남편 다쓰야와 함께 달려왔다.

"아키, 대체 무슨 일이야?"

하루코는 한 손에 손수건을 들고 아키미의 어깨를 부둥

켜안은 채 같이 울어주었다. 이렇게 상처받은 마음에 다가와 주는 건 친언니뿐이라며 아키미는 다시 솟구치는 눈물과 함께 그 인연에 감사함을 되새겼다.

"미안하지만 오늘 가게 열 때 우리 가게 앞에 이거 붙여줄래요?"

사다히코는 붓으로 임시휴업을 알리는 벽보를 써서 다쓰야에게 건넸다.

"한 사람 몫을 다 하게 돼서 앞으로가 기대되던 이런 때에…… 가게 생각을 해도 비통한 마음뿐이군." 다쓰야는 벽보를 받아들고 그렇게 사다히코를 동정했다.

"우리 가게도 열 기분이 아닌데"라며 두 사람은 미안한 듯 일하러 나갔고 집 안은 다시 외로운 고요함에 휩싸였다.

동네가 움직이기 시작할 시간이 되자 여러 사람에게서 전화가 걸려왔다. 대부분 소문을 들은 상점가의 오랜 지인이라 사다히코가 상대했다.

매스컴에서도 드문드문 문의가 왔고 개중에는 직접 방문해서 인터폰을 울리는 언론사도 있었다. 그러한 상대도 사다히코는 인터폰 너머가 아니라 바깥으로 나가서 대응했다. 이럴 때야말로 지역에 이름이 알려진 사람으로서 꼴사나운 행태를 보일 수 없다는 생각이 발동하는 듯했지만, 그 모습은 아키미가 봐도 안쓰럽게 느껴지고 시시각각 정신적인 피로에 좀먹혀가는 걸 알 수 있었다.

점심이 지나 마침내 집이 조용해졌을 때 사다히코는 조금 쉬겠다며 침실로 들어갔다. 아키미도 부엌에 서 보았지만 식욕이 없어서 무언가 만들 마음이 들지 않았다. 소파에 나른하게 눕자 졸리지 않다고 생각했는데 의식이 날아갔다.

인터폰 소리를 듣고 잠에서 깼다. 또 매스컴이 쳐들어왔나 생각했지만 나가보니 소요코였다.

"늦어서 죄송합니다."

그녀는 조심스럽게 그리 말하면서 캐리어를 끌고 들어왔다. 아키미가 권했듯이 아파트에는 돌아가지 않고 바로 이곳으로 온 모양이었다.

"나유타는 어떻게 하고 왔어?"

"감기에 걸린 듯해서 친정어머니한테 맡겨두고 왔어요."

장거리 여행에 몸살이 났구나. 혹은 돌아오라고 말했을 때 말투에서 주저하는 모습이 배어 나온 것은 그 때문인가도 생각했지만 일일이 따지는 것도 피곤해서 깊이 생각하지 않기로 했다.

"고헤이는 부검이 있는지 바로는 못 돌아온대."

아키미는 휑한 거실과 다다미방을 내다보며 거의 혼잣말처럼 현재 상황을 이야기했다.

"못 믿겠어요." 소요코가 멍하니 그리 말했다. "그런데 인터넷 뉴스에도 나와 있어서 진짜구나 싶더라고요……."

아키미는 잠자다 막 일어나서인지 하루코가 방문했을 때처럼 감정이 고조되는 기분은 들지 않았다.

한편 소요코 또한 현실을 받아들이기 힘들다는 듯 망연자실한 모습을 보였다. 죽은 당사자의 아내이니 더 이성을 잃어야 한다고 생각하는 건 당연하지 않을지도 모른다. 다급히 탄 비행기 안에서 내내 울었을지도 모르고 사체를 보지 않아서 실감이 나지 않을지도 모른다.

다만 이렇게 단둘이 있자 자기감정이 고조되지 않는 건 잠이 덜 깨서가 아니라 그런 소요코의 모습 때문이라는 생각도 들었다. 감정이 보이지 않는 상대를 앞에 두고 아키미도 자기감정을 어디로 끌고 가야 할지 알 수 없었다.

소요코는 다다미방으로 가서 불단 앞에 앉아 합장했다. 그녀가 이 집을 방문할 때는 늘 무엇보다 먼저 그렇게 했다. 그게 예의라고 생각했을 것이다.

하지만 오늘만큼은 그 착실한 태도를 좋게 평가할 수 없었다. 그런 일상을 잊을 정도로 혼란스러워하기를 바랐다.

불단 앞에서 가만히 앉아 있던 소요코는 이윽고 조용히 흐느끼기 시작했다. 그 등이 가늘게 흔들렸다. 손수건을 얼굴에 가지고 가는 것을 보고 아무래도 우는 것 같다고 생각했다.

그녀의 감정이 조금 보이는 듯해서 아키미는 그걸로 위화감을 끊어내기로 했다.

선 잠에서 깨어나 침실을 나가서 보니 소요코가 다다미 방에 앉아 있었다. 손수건을 든 채 눈이 조금 붉어져 있었다. "조금 전에 왔어요"라고 작은 목소리로 사다히코에게 인사했다.

"먼 데서 오느라 힘들었지?"

나유타는 감기 기운이 있어서 친정에 남겨놓고 왔다고 했다. 부랴부랴 달려온 듯했다.

거실에서는 아키미가 소파에 몸을 맡긴 채 멍하니 있었다. 두 사람이 다른 방에 앉아 있는 건 왠지 기묘한 느낌이 들었지만, 피곤함을 숨기지 않는 아키미를 보고 소요코가 배려한 듯하다고 여겼다.

"편히 앉아 쉬렴."

사다히코는 다다미 위에 정좌하고 있는 소요코에게 그리 말을 하고 부엌으로 향했다. 그러자 소요코는 다다미방을 나와 "차 우려 드릴까요?" 하고 쫓아왔다.

"그럼, 부탁하마."

차 우리는 걸 소요코에게 맡기고 사다히코는 식탁 의자에 앉았다.

"경찰한테서 고헤이 주변에서 트러블이 없었는지 질문을 받았는데 새아가는 뭔가 들은 거 없니?"

사다히코가 그리 묻자 소요코는 힐끗 돌아보고 "글쎄요" 하고 고개를 갸웃거렸다.

"어젯밤에 전화로 고헤이와 연락한 적은 없고?"

"무사히 도착했다는 문자는 어젯밤에 보냈어요. 그리고 나유타가 열이 좀 나서 둘이서 얼른 자야겠다고 문자를 보낸 것도 어제 9시 무렵이었고요."

"고헤이한테서는?"

"안 왔어요"라고 그녀가 고개를 저었다. "읽음이라는 표시는 바로 떴지만요."

아무래도 평소에도 답장을 하지 않는 건 흔한 일이었나 싶었다.

"어제는 어딘가에 한잔하러 간 것 같아. 그곳에서 누군가와 트러블에 휘말렸는지……. 그런데 사고가 난 건 아파트 앞이야. 숨어 있었던 것 같다고 구급대원에게 말한 모양이지만, 무슨 사정인지 잘 모르겠구나."

소요코는 고헤이가 갈 만한 가게를 두 곳 정도 말했다. 예전에 같이 간 적이 있다고 했다.

경찰도 고헤이가 어느 가게에 갔다는 경로 정도는 이미 파악하지 않았을까. 그 이상은 경찰의 조사를 기다려야만 알 수 있다.

"당분간 여기에 묵으렴. 2층이 비었으니 마음대로 사용하고." 사다히코가 말했다.

"감사합니다." 소요코는 감사 인사를 하고 나서 "그런데 아파트를 누가 헤집어놓지 않았는지······"라고 불안해하며 말했다.

그런 흔적이 있으면 경찰에게서 연락이 올 거라고 생각하지만 만약을 위해서 확인하는 편이 좋을지도 몰랐다. 사다히코는 소요코와 같이 아파트에 가보기로 했다.

아파트 앞에는 통제선이 있고 제복 경찰관이 서 있었다. 피는 씻어낸 뒤인지 현관 타일이 물에 젖어 있었다. 이곳에서 고헤이가······ 하고 사다히코는 뭐라고 말할 수 없는 기분이 들어 소요코와 같이 합장했다. 꽃을 바치러 다시 와야겠다 싶었다.

경찰관에게 고헤이 가족이라고 말하고 신분증을 제시하고서 아파트 안으로 들어갈 수 있었다.

엘리베이터를 타고 그들이 사는 층으로 올라갔다. 캐리어를 끌고 집으로 들어간 소요코는 "별일은 없네요"라고 상황을 보고 말했다. 월세 아파트이기는 하지만 입구와 각 집이 이중으로 잠금장치가 되어 있어서 보안은 철저하다. 이런 유의 집에 쳐들어온 강도가 목표물을 정할 가능성은 낮으리라고 생각했다.

하지만 그렇다면 누가 고헤이를 찔렀을까. 자기 아들이 끔찍한 일을 당할 만한 원한을 누군가에게 샀다고 생각하는 것도 우울한 이야기라서 사다히코는 답이 보이지 않는 생각을 도중에 끊어냈다.

소요코가 당분간 생활하는 데 필요한 일용품이나 의류를 챙기는 동안 사다히코는 또 다른 생각으로 향했다.

소요코와 나유타는 앞으로 어떻게 살아가게 될까 하는 것이었다.

당분간은 사다히코 집에 몸을 맡긴다고 해도 그 후 일은 소요코의 의사에 달렸다. 한동안은 사건 생각을 내내 하겠지만, 언젠가는 그 생각을 떨쳐낼 때가 찾아온다.

옛날이라면 일단 시집온 이상 그 가문에 뼈를 묻어야 한다는 사고방식도 이상하지 않았을지 모른다. 하지만 지금은 시대가 다르고 고헤이 부부는 사다히코 가족과 한 지붕 아래에서 살지 않았다. 그녀가 시댁과 거리를 두다가 언젠가 누군가와 재혼해도 불평할 처지가 아니었다.

다만 그렇게 됐을 때를 생각하자 신경이 쓰이는 건 나유타였다. 사다히코와도 피로 이어진 손자다.

이따금 얼굴을 보여주면 그걸로 만족한다는 이야기가 아니다. 고헤이는 우여곡절이 있었지만 도키야 깃페이를 잇는 길을 선택했다. 그리고 손자인 나유타도 현명하다면 장래에 같은 선택을 하리라고 기대했다. 그게 사다히코에게 남겨진 작은 꿈이었다.

하지만 고헤이를 잃는 바람에 나유타도 사다히코 곁에서 멀어질 수 있다. 그렇게 되면 비극은 곱절이 된다. 자기 대에서 가게를 닫을 수밖에 없다면…… 지금까지 간판을 소중히 지켜온 노력이 모두 헛일로 돌아가는 기분마저 들었다.

이런 생각이 섣부르다는 걸 안다. 아직 고헤이가 죽은 지 반나절밖에 되지 않았다. 하지만 이 반나절 동안에 큰 상실감에 시달리면서 여러 생각을 했다. 그만큼이나 소중한 것을 잃고 마음에 그리던 것이 어그러졌다.

상심에 잠긴 채 거실에서 소요코가 채비하는 걸 기다리는데 갑자기 인터폰이 울렸다. 소요코가 침실에서 나와 응답했다. 형사가 온 모양이었다. 아마 고헤이의 아내가 돌아왔다는 사실을 제복 경찰관에게서 전해 들었을 테다.

이윽고 현관을 노크하고 형사 두 사람이 얼굴을 내밀었다. 한 사람은 어젯밤에 시민병원에 있던 형사로 고야나기라고 이름을 댔다.

"구노 고헤이 씨의 아내 되시나요?" 고야나기 형사는 그리 확인하고 "남편분의 삼가 명복을 빕니다"라고 소요코를 위로했다.

형사들은 친정에 가자마자 바로 돌아온 소요코의 알리바이를 얼추 물어본 후 사진이 프린트된 종이 한 장을 펼쳐 보였다.

"갑작스럽지만 이 남자와 아는 사이인가요?"

방범 카메라에 찍힌 사진인 모양이었다. 적외선 카메라에 찍힌 듯하지만 가로등 불빛이 적당히 비쳐서 눈언저리는 또렷했다. 다만 야구 모자와 검은 마스크를 써서 눈언저리밖에 알 수 없다고도 할 수 있었다. 체격이 비교적 다부지다는 건 알 수 있었다.

사다히코는 소요코의 어깨 너머로 사진을 보다가 소요코의 어깨가 흠칫하는 걸 알 수 있었다.

"낯이 익습니까?"

소요코의 안색이 달라졌는지 고야나기 형사가 확인하듯 물었다.

"네, 네……."

형사는 시선으로 그다음 말을 재촉했다.

"확실하지는 않지만." 소요코는 망설이듯 그리 말하고 나서 이어나갔다. "구마모토 씨가 아닌가 해요."

형사들은 이미 예상했는지 그 답을 아는 것처럼 고개를 살짝 끄덕였다.

"구마모토라는 사람은 이 남자인가요?"

고야나기 형사가 사진을 한 장 더 꺼냈다. 흰 벽을 배경으로 정면에서 찍은 사진으로, 어떤 혐의로 잡힌 사람이 경찰서에서 찍힌 사진이었다.

"맞아요." 소요코가 답했다.

"아버님은 이 남자를 아시나요?" 고야나기 형사는 사다히코에게도 시선을 보냈다.

"아니요." 사다히코는 고개를 가로저었다. "이 남자가 범인인가요?"

형사는 사다히코의 질문에는 대답하지 않고 소요코에게 시선을 되돌렸다.

"부인, 피곤하실 텐데 죄송하지만 저희한테 협조해주실 수 있을까요? 서에 오셔서 이야기를 좀 더 들려주셨으면 합니다."

소요코는 당혹스러운 듯 사다히코를 보았다.

"다녀오렴. 짐은 내가 우리 집에 옮겨놓을 테니."

사다히코가 말하자 소요코는 순순히 따르듯 고개를 끄덕였다.

옷 등을 채워 넣은 캐리어를 소요코가 맡겼다.

"구마모토가 누구니?"

집을 나가기 직전 사다히코가 소요코에게 물었지만 그녀는 "다녀와서 말씀드릴게요"라고 대답할 뿐이었다.

소요코가 시댁으로 돌아온 것은 밤이 되고 나서였다.

하루 꼬박 아무것도 먹지 않았으니 무언가 요리를 해야겠다고 생각한 아키미가 부엌을 사용하고 있었지만, 소요코가 돌아오자 그녀는 가스 불을 껐다. 소요코가 범인을 아는 모양이라고 사다히코에게 들어서 그걸 얼른 묻고 싶은 모양이었다.

다만 소요코의 어두운 표정이 긴 여행이나 긴 시간 조사를 받아서 쌓인 피로와 관계가 있다는 생각에 사다히코는 "피곤할 테니 샤워라도 하고 오렴"이라고 배려했다.

하지만 소요코는 "아니요. 그 전에 말씀드릴 게 있어요"라고 다부지게 답했다. 이야기를 듣고 싶다는 마음은 사다히코도 아키미와 마찬가지여서 그렇다면 하고 소요코를 식탁 의자에 앉혔다.

"형사님이 보여준 사진 속 남자가 사건의 범인이니?" 사다히코는 그 사실부터 물어보았다.

"……그런가 봐요." 소요코는 작은 목소리로 대답했다.

"소요코도 아는 남자지?" 사다히코는 이어서 물었다. "구마모토라고 했는데…… 어떤 남자니?"

그러자 소요코의 입은 무거워졌고 고개를 숙인 채 침묵

이 이어졌다.

"안다면 알려주렴." 아키미가 참다못해 몸을 내밀면서 말했다.

"……그이한테 너무 미안해요."

소요코는 그 말만 하고 도톰한 입술을 앙다물었다. 고개를 숙이고 무언가를 참는 듯한 그녀의 눈에서 이윽고 눈물 한 방울이 떨어졌다.

"울기만 하면 우리가 어떻게 알겠니? 그러지 말고 어서 말해보렴."

아키미가 그렇게 몰아붙이자 소요코는 고개를 한 번 끄덕이고 눈가를 손가락으로 훔쳐내고 나서 마침내 입을 열었다.

"구마모토 씨는 그이와 사귀기 전에 만났던 남자예요."

그 한마디로 사건이 얼추 파악되는 느낌이었다.

"그때부터 성격이 조금 집요해서 헤어질 때도 다퉜어요. 아마 절 빼앗겼다는 생각으로 그이한테 적반하장으로 나온 게 아닐까 싶어요."

소요코는 그리 말하고 어깨를 떨었다.

"그런데, 왜 다시, 몇 년이나 지나서 이런 짓을 한 건지……." 아키미가 탄식하며 읊조리듯이 말했다.

소요코는 고개를 가로저을 뿐이었다.

아마 그 질문에는 구마모토 본인만 대답할 수 있을 테다.

그에게는 몇 년의 긴 세월이 마음을 정리하는 데 아무 의미도 없었을지 모른다. 그러기는커녕 오히려 거무칙칙한 원한의 감정을 키우는 시간이 되었을 가능성조차 있다.

"최근에 갑자기 연락이 왔어요." 소요코가 잠긴 목소리로 말했다. "감정적으로 나오는 느낌이 아니어서 일이 이렇게 흘러갈 줄은……."

"사는 곳을 알려줬어?" 아키미가 물었다.

"알려주지 않았어요." 소요코가 고개를 저었다. "그런데 지인한테 연락해서 알아봤는지 알고 있었나 봐요."

"고헤이는 그 구마모토라는 남자의 존재를 알았니?" 사다히코가 물었다.

"사귀기 시작했을 무렵에요." 소요코는 그렇게 인정했다. "두 사람이 얼굴을 맞대고 험악한 분위기였던 적도 있었어요. 그래도 그때는 폭력적인 분위기가 아니라서 설마 했지요. 최근에 연락이 왔을 때도 괜한 일로 걱정시키면 미안해서 그이한테는 이야기하지 않았어요. 이런 일이 벌어질 줄 알았더라면 한마디라도 해둘 걸 그랬어요……."

소요코는 눈물이 글썽한 눈으로 말하더니 양손으로 얼굴을 덮고 오열했다.

잠시 한숨으로 답하는 수밖에 없었지만 이윽고 사다히코는 간신히 정신을 차리고 "네 잘못이 아니야"라고 말을 걸었다. "널 탓해도 소용없어. 고헤이도 알고 있을 거야."

실제로 범인 말고 누가 이런 일을 예측할 수 있을까. 인간의 비정상적인 행동은 설령 조짐을 느꼈다고 해도 그게 얼마나 심각한 일을 불러올지 평범하게 사는 사람은 파악할 수 없다.

아키미도 주체할 수 없는지 그저 견딜 수밖에 없다는 듯 괴로워했다. 눈물을 참는 것처럼 얼굴을 일그러뜨리고 침실로 들어갔다.

범인은 사건이 발생하고 사흘 후 체포되었다. 경찰이 쫓던 구마모토 시게쿠니였다.

구마모토는 3년 전에 데이트 어플에서 알게 된 여자를 상대로 상해 사건을 일으켜 재판에서 집행유예를 받았다고 한다. 현재 집행유예 기간이지만 직장에서도 문제를 일으켜 해고된 모양이었다. 즉 소요코와 헤어지고 나서 구마모토의 인생은 모든 게 틀어져 자신을 올바로 제어할 수 없었던 듯하다. 그리고 그러한 원인인 고헤이와 소요코 사이를 시샘해서 적반하장으로 범행에 이르게 된 게 아닐까…… 하고 매스컴 등의 단편적 정보에서 언급하는 사건의 배경은 그러했다.

"왜 그렇게 위험한 사람이랑……" 사귀었냐고 아키미는 소요코가 없는 곳에서 하소연했다. 소요코 귀에 들어가면 그건 비난이 된다는 최소한의 자제력은 발동하는 듯했다.

사람의 본성은 간단히 알 수 없다. 소요코도 나중에 적어도 그가 평범한 사람이 아니라는 사실을 깨달았기에 고헤이를 선택하고 구마모토와 헤어졌을 테다. 그녀를 비난해도 소용없다.

그저 마음속 어딘가에서 그런 관계를 제대로 마무리했으면 좋았을 텐데 하는 심정은 사다히코에게도 있었다. 그래서 그 말을 나무라면서도 아키미의 속상한 마음을 충분히 이해할 수 있었다.

구마모토가 체포된 이튿날 고헤이가 시신이 되어 집으로 돌아왔다. 시신은 월세 아파트가 아니라 사다히코 집으로 옮겨져 불단이 있는 다다미방에 뉘어졌다.

이날 가게가 휴일이었던 하루코는 아침부터 와서 하루종일 아키미 옆에 붙어 있었다. 고헤이를 맞이하고 나서는 "고헤이, 네가 자란 집이야." "아팠을 텐데. 이렇게 잠든 것처럼 아무 일도 없었던 얼굴을 하고" 등 슬픔을 참으며 아무 말도 없는 아키미 기분을 대변하듯이 고헤이에게 말을 걸어 아키미의 눈물을 한층 더 자아냈다.

"소요코도 가엽게시리. 어린 아들을 데리고 이렇게 일찍 혼자 남겨지고."

하루코는 고헤이 옆에서 움직이지 않는 소요코에게 그렇게 말을 걸었다. 소요코는 몇 번이나 고개를 끄덕이면서 손수건을 눈가에 대고 있었다.

한편 아키미의 심정을 헤아린다면 따끔하게 한마디 하지 않고는 마음이 풀리지 않을 듯했다.

"그건 그렇고 나쁜 남자한테 걸렸나 보네. 소요코가 잘못한 건 아니지만."

이런 말도 소요코는 감수하고 받아들이는 듯 일일이 사과해서 하루코도 집요하게 말하지는 않았다.

여름철이기도 하고 길일을 고려해 경야*는 그날 중 가마쿠라의 보다이지에서 끝내기로 했다. 요즘에는 가족장이 드물지 않아서 고헤이의 장례도 그렇게 치르는 방법이 있었지만, 세간의 시선을 피하는 듯 보이는 게 사다히코는 싫었다. 노포의 간판을 짊어지고 지역에서 얼굴을 알려온 사람의 고집으로, 아무것도 켕기는 짓을 하지 않은 이상 어떤 사건에 휘말렸다고 해도 당당하게 하고 싶었다. 크게 지내지는 않았으나 지역 상점가의 관계자나 친인척에게는 얼추 연락을 돌렸다.

경야를 치르려고 어수선하게 준비하는 와중에 저녁 무렵 소요코의 친정어머니인 기시카와 도시요가 나유타를 데리고 사가에서 달려왔다. 어제 시점에서 고헤이가 돌아온다고 소요코에게서 들은 모양이었다.

* 죽은 사람의 유해를 지키며 밤을 새우는 일.

조문 복장으로 나타난 도시요는 소요코보다 한술 더 떠서 조심스럽게 사다히코 부부를 앞에 두고 공손하게 위로의 말을 전했다. 그리고 그길로 어중간하게 소요코 근처에 앉아 있었지만 이따금 봐도 두 사람 사이에 대화가 없었고, 어쨌거나 이 자리에 방해가 되지 않도록 배려했다.

한편 나유타는 아빠가 죽었다는 걸 이해하지 못하는 모양이었다. 소요코의 손짓에 잠시 눈을 감은 고헤이를 봤으나 본능적으로 봐서는 안 되는 것이라고 느낀 듯 다다미방에서 나가버렸다. 그 이후 고헤이가 관에 담겨 보다이지로 옮겨질 때까지 소요코 근처에도 오지 않았고 웬일인지 사다히코 곁에 붙어서 시간을 때우고 있었다.

경야와 장례는 차분히 진행되었다.

지역 상점가 관계자들은 장례식과 영업시간이 겹쳐서 경야에 얼굴을 비추는 사람이 많았다.

또한 준조를 비롯해 도키의 요업관계자도 몇 사람인가 먼 길을 와서 참석했다.

"오봉에 만나길 기대했는데 이런 일이 벌어질 줄이야."

준조도 잠긴 목소리로 그리 한탄할 수밖에 없는 듯했다.

야마모토 세이치로와 같은 요업학교 동급생들 모습도 보였다.

"고헤이 형한테 학창 시절부터 동생처럼 예쁨을 받았습

니다. 깃페이의 작가전도 강력하게 추천해서 판매하겠다고 얼마 전에 메시지를 주고받았는데…….”

대학을 거쳐 요업학교에 들어간 고헤이는 야마모토 세이치로를 비롯한 학생들과 나이 차가 있었다. 그런데도 학창 시절에 형·동생 하며 어울려서 그들이 고헤이를 따랐던 것 같다.

고헤이와 관계가 있는 사람들의 목소리를 들을 때마다 앞날이 창창한 젊은 생명을 빼앗겼다는 슬픔이 더해져 사다히코는 눈시울이 뜨거워졌다.

고헤이는 장례가 끝난 뒤 화장되었다.

대기실에서 화장이 끝나기를 기다리는 사이에 사다히코는 강한 허탈감에 휩싸였다. 이 비극을 어딘가에서 매듭짓고 일상으로 돌아가 평소처럼 가게를 열어야 한다. 그리고 그 매듭은 장례가 끝나는 오늘이어야 한다.

하지만 사다히코는 예전처럼 힘차게 가게를 꾸려나가는 자신을 상상할 수 없었다. 성실하게 가게를 지켜간다고 해도 대체 어떤 미래가 기다릴까. 미래가 전혀 보이지 않아 이대로 가게를 닫고 숨어 지내고 싶다고 생각했다.

대기실에는 가게를 쉬는 하루코가 아키미와 어깨를 바짝 대고 조용히 앉아 있었다. 한편 소요코는 나유타를 내내 돌보고 있었다. 고헤이를 관에 넣은 뒤부터 나유타는 다시 소요코 곁에서 떨어지지 않았다.

소요코의 어머니 도시요는 혼자서 등을 웅크리고 안뜰을 바라보다시피 하며 앉아 있었다. 사다히코 부부보다 젊어서 아직 50대일 텐데 늘어뜨린 어깨에서 젊음을 엿볼 수 없었다. 남편이 일찍 죽고 지금은 여든을 넘긴 시아버지를 돌본다고 들었다. 그러한 인생의 노곤함이 배어 나오는 듯한 모습으로도 보였다.

기껏 멀리서 와주었는데 형식적인 인사밖에 나누지 못한 것도 미안해서 사다히코는 묵직한 허리를 움직여 그녀에게 발걸음을 옮겼다.

"사돈댁 어르신은 상태가 좀 어떠신가요?" 사다히코는 그녀 옆에 앉아 말을 걸었다. "혼자서 돌보느라 힘드시지 않나요?"

"아니에요. 신경 써주셔서 감사합니다." 도시요는 송구스럽다는 듯이 대답했다. "늘 이용하는 시설에서 돌봐주고 있어요."

"그러신가요?" 사다히코는 말했다. "멀리서 와주셔서 정말 감사합니다."

도시요는 아니라고 말하며 고개를 가로저었다.

"새아가도 한창 행복해야 할 시기인데 젊은 나이에 혼자 남게 해서 정말 죄송합니다."

"사과드려야 하는 건 이쪽이지요." 도시요는 고개를 조아리고 말했다. "소요코가 없었다면 애초에 사위가 이런 일을 당하지 않았을 테니까요. 정말 죄송합니다."

"그렇게 말씀하지 않으셔도 됩니다."

"그런데 저 아이도 실마 일이 이렇게 될 줄은 몰랐을 거예요. 그것만큼은 부디 이해해주세요."

"물론이죠." 사다히코는 말이 떨어지기가 무섭게 답했다. "새아가한테 신경 쓰지 말라고 했는데도 괴로워하는 마음이 전해져 옵니다. 나유타를 데리고 살아가야 할 앞으로 일도 걱정이겠죠. 새아가가 어머님께 뭐라고 말하지 않았나요?"

"무슨 말씀이신지요?" 도시요는 고개를 문득 들고 눈치를 살피며 사다히코에게 물었다.

"앞으로 어떻게 살아가나 하는 그런 말이요……. 예를 들어 친정에 돌아가고 싶다는 그런 바람 같은 거 말이죠."

"아뇨. 앞날의 일은 전혀 생각도 못 하는 것 같아요." 도시요는 그리 말하고 나서 말을 아끼다시피 하며 이어나갔다. "게다가…… 저희 집에 돌아올 생각은 안 할 거예요. 출가외인이고 나유타도 태어났으니 저 아이는 이미 구노가 사람이라고 저는 생각합니다. 저도 그렇게 살아왔고 저 아이도 그건 알고 있을 겁니다."

그렇다, 도시요는 남편을 먼저 보내고도 기시카와가에 남아 지금도 시아버지 수발을 들고 있다. 남편이 죽은 것은 소요코가 10대 초반 무렵이라고 들었다. 즉 기시카와가에

72

들어간 지 오래된 데다 시부모와 같이 살았으니 그게 자연스럽다고 하면 자연스럽고, 그런 어머니의 삶이 소요코에게 영향을 미치고 있다고도 생각할 수 있었다.

"물론 사돈댁에서 소요코가 가까이에 있는 게 곤란하다면 본인에게 생각해보라고 하겠지만요."

도시요의 그 말에 사다히코는 "터무니없습니다"라고 부정했다. "새아가는 아직 젊으니 장래의 일에 대해서는 본인 의사를 존중하고 싶을 뿐입니다. 육아를 포함해 앞으로 생활이 힘들 게 당연하니 저는 친딸이라고 생각해서 버팀목이 되어주려고 합니다. 부디 걱정하지 마세요."

사다히코의 말에 도시요는 "감사합니다"라고 말하며 고개를 몇 번이나 숙였다.

고헤이의 유골을 가지고 돌아와 준조와 도시요 일행을 배웅하고 난 뒤 현실이라고는 생각할 수 없는 여러 가지 일에서 벗어나 잠깐 휴식을 취했다.

"가게도 다음 주쯤에는 다시 열어야지."

닳아서 해진 듯한 몸과 마음으로 침대에 파고들어 피곤함을 큰 한숨으로 대신한 다음 사다히코는 혼잣말처럼 했다.

옆 침대에 누워 있는 아키미는 반응이 없었다. 그녀야말로 몸과 마음이 지칠 대로 지쳐서 가게 일은 신경 쓸 수 없는 심경일 테다.

하지만 사다히코는 그럴 수 없었다.

"새아기 말인데." 사다히코는 생각을 말로 꺼냈다. "지금은 긴급 상황이라서 우리 집에 있지만 앞으로도 사건이 일어난 아파트에는 심적으로 괴로워서 못 돌아갈 거야. 새 거처를 찾는 것도 힘들 테니, 이대로 2층을 사용하게 하는 건 어떨까?"

"뭐……?"

작지만 당혹스러운 목소리가 아키미에게서 새어 나왔다.

"어차피 비어 있잖아. 새로운 곳을 찾는 데도 돈이 드니 냉정하게 나올 때가 아니잖아."

사다히코가 신경 쓰지 않고 그리 이어서 말하자 아키미는 그 이상 뭔가를 말하려다가 포기한 모양이었다. 원래 집 문제든 가게 문제든 결정해야 할 일이 있을 때는 늘 사다히코가 판단했다. 아키미도 의견을 말하지만 그 의견을 받아들일지 말지는 사다히코 마음에 달렸다. 안사람의 지혜라고 해야 할까. 아키미도 그렇게 사다히코의 체면을 세워주는 게 이 집을 꾸려나가는 데 제일 좋은 방법이라고 이해했다.

"그리고." 그러한 아키미의 반응을 틈타서는 아니지만 사다히코는 이어서 말했다. "먹고살려면 새아가도 일을 해야겠지. 하지만 나유타를 돌보기도 해야 하니 융통성이 있는 곳이 아니면 어려울 거야. 그러니 마음이 진정되었을 무렵 우리 가게에 들이면 어떨까 해. 고헤이가 없어서 가게는 가게대로 힘드니까."

아키미는 잠시 침묵한 뒤 "그 애도 생각하는 게 있겠지"
라고 너무 앞서가는 생각을 충고하는 듯한 투로 말했다.

"물론 그렇지."

사다히코는 그리 동의하고 이야기를 마쳤다.

자신이 앞서간다는 생각은 들지만 소요코에게 가게를
돕게 해서 나유타를 곁에 두고 성장하는 모습을 지켜보는
선택지를 고려할 때 고헤이의 죽음으로 눈앞이 캄캄했다가
한 줄기 빛을 되찾은 듯한 것은 사실이었다.

이튿날 사다히코는 점심을 먹은 후 소요코를 다다미방
으로 불렀다.

"이건 네 마음에 달린 일이긴 한데……."

그리 말하고 사다히코는 어젯밤 아키미에게도 상담한
자기 생각을 털어놓았다.

소요코는 정좌한 채 잠자코 사다히코의 말을 들은 뒤
"어떠니?"라는 물음에 긴장감에서 안도감으로 바뀐 듯한
미소를 입가에 띠어 보였다.

"감사합니다. 이런 저와 나유타를 위해 주셔서."

"아니, 당연한 일이지. 나유타는 소중한 손자고 너도 친
딸이라고 생각한단다."

소요코는 내리뜨다시피 하던 눈을 들고 흠칫한 듯 사다
히코를 쳐다보았다. 그렇게 생각해서인지 그 눈동자가 글

썽이는 듯했다.

"저도 앞으로 어떻게 살아야 할지 몰라서 망연자실하던 차였어요. 받아들여 주신다면 가게 일도 힘껏 도울 테니 그 호의를 받아들이고 싶습니다."

"그래, 그게 좋을 거야." 선뜻 나온 대답에 사다히코는 안도했다. "물론 네 인생은 네 것이니 도중에 다른 길이 있다 싶으면 서슴없이 말하면 된다."

사다히코가 배려해서 만약을 위해 덧붙이자 소요코는 그런 마음은 조금도 없다는 듯 고개를 살짝 저었고, 송구스럽다는 듯 머리를 숙이고 감사 인사를 했다.

머리가 아프고 몸도 침대에서 멀어지기를 꺼리듯 묵직
하기만 했다.

하지만 어제보다는 낫다고 해야 하나.

아침부터 한숨을 쉬면서 침실을 나가자 서늘한 공기에
등줄기가 으스스하게 떨렸다.

이제 가을인가 싶었는데 어제 일기예보에서 아직 늦더
위가 기승을 부린다고 한 말을 떠올렸다. 거실 에어컨을 너
무 강하게 틀어놓았던 것이다.

"안녕히 주무셨어요?"

주방에는 소요코가 서 있었다. 소요코가 예상 밖의 밝은
목소리로 인사를 해서 아키미는 자기 기분과 맞지 않는 이
상황을 어떻게 받아들여야 할지 몰라 당황한 끝에 "아침부

터 냉방이 너무 세구나"라는 불만이 입을 뚫고 나왔다.

"죄송합니다. 움직이니 더워서 그만."

소요코가 사과하는 것을 거들 듯 식탁에서 아침 식사를 시작하던 사다히코가 "그렇게 추워?" 하고 고개를 갸웃거려 보였다.

에어컨 리모컨을 보니 평소와 마찬가지로 27도로 설정되어 있었다. 자신의 체감이 이상한가 하고 꺼림칙한 기분이 들면서도 추운 건 어쩔 수 없다고 정색하고서 전원 스위치를 껐다.

소요코가 재빨리 밥을 푸고 된장국을 떠서 아키미 자리에 아침 식사 준비를 했다.

"나유, 할머니께 아침 인사 해야지?"

사다히코 옆에서 입을 오물거리던 나유타가 소요코의 재촉에 "안녕히 주무셨어요?"라고 말했다. 나유타의 인사를 무시할 수 없어서 아키미도 "잘 잤니?" 하고 대답했다.

"오늘은 어떻게 할 거야?" 사다히코가 물었다.

"나가야지."

요즘 몸 상태가 좋지 않아서 아키미는 가게를 쉬고 앓아눕기 십상이었다. 하지만 그렇게 마냥 쉬고 있을 수만은 없고 어제보다는 움직일 수 있을 듯해 오늘은 가게에 나갈 작정이었다.

"그렇군…… 그럼 무리하지 않는 범위에서 일하도록 해."

그렇게 위로하는 사다히코의 말투 이면에서 나와주면 다행이라는 생각이 묻어나 아키미는 조금 위안이 되었다. 쉬어도 된다는 말을 들으면 자신을 필요로 하지 않는 것처럼 여겨진다.

고헤이를 잃은 사건에서 1년 남짓 지났다.

그사이에 아키미는 몸 상태가 자꾸 나빠졌다. 원래 감기 등에 걸리기 쉬운 체질이고 혈압이 높아져서 사소한 일에도 가슴이 두근거렸지만 며칠씩 앓아눕는 일은 많지 않았다.

그렇지만 아무리 애를 써도 몸을 움직일 수 없는 날이 간간이 있었다.

처음에 한계가 찾아온 것은 사건으로부터 2개월가량 지났을 무렵이었다.

사건이 일어나고 고헤이 장례를 치를 때까지 며칠은 쓰러지지 않고 용케도 버텼다고 지금도 생각한다. 잠도 거의 자지 못했고 괴로워서 정신적으로도 최악이었다. 희미한 현실감은 자신을 지키려는 본능에서 왔을지도 모른다.

몸과 마음이 입은 손해는 어느 정도 시간이 지나서 컨디션으로 드러나는 듯했다. 아니면 소요코와 함께 살기 시작했는데도 마음을 다 잡고 그녀에게 집안일을 맡기지 않고 혼자서 해내려 했던 게 탈이 난 걸까. 한 번은 샤워를 한 후 갑자기 기분이 불쾌해져서 사다히코에게 응급실에 데려다

달라고 했다. 의사에게서는 과로라는 말을 들었다.

하루 이틀이면 좋아질 테지만 사다히코는 절반은 강제로 아키미를 침대에 뉘고 집안일을 소요코에게 맡겼다. 긴장된 마음도 느슨해지고 말아서 2주 정도 집안일에서도, 가게일에서도 떨어져 요양만 하며 보내게 되었다.

이후 몸 상태에 기복이 생겼다. 움직일 수 있을 때는 물론 가게에도 나갔고 집안일도 했다. 오랜 세월 자신이 사용하던 부엌에 당연한 듯 소요코가 서 있는 건 역시 달갑지 않았다. 다른 사람이 사용하면 접시를 놓는 법도 행주는 접는 법도 자신과는 미묘하게 달라진다. 그게 어째서인지 신경에 거슬렸다. 그런 세밀한 부분까지 자기 스타일에 맞추라고 소요코에게 강요하기는 곤란해서 아키미는 이것저것할 것 없이 전부 다 직접 하고 싶었지만 그리되는 날은 좀처럼 이어지지 않았다.

특히 요 며칠은 몸이 신통치 않았다.

원인으로 짚이는 바가 있다.

사건의 재판이 시작된 것이다.

고헤이를 살해한 범인 구마모토 시게쿠니는 경찰에 체포된 후 바로 범행을 인정해서 수사도 막힘없이 진행되는 듯했다. 재판을 앞두고 아키미도 사다히코도 다시 조사를 받았고 소요코는 몇 번이나 경찰서에 불려갔다. 그리하여 1년이 지나 요코하마 지방법원에서 국민참여재판이 열렸다.

아키미도 검찰 측 증인으로 증언대에 서서 고헤이가 일을 열심히 했던 사실이나 가족 전체가 오봉에 갈 여행을 기대했다는 사실을 말했다. 또한 고헤이 부부가 자식 복이 있어서 평온한 생활을 보내던 것과 구마모토 시게쿠니에 대해 이야기를 들은 적이 없고 사건은 일방적인 적반하장식 원한에 지나지 않는다고 하는 검찰 측 의견을 지지했다. 고헤이를 잃은 슬픔을 절절하게 말했고 피고인을 엄하게 벌해달라는 마음도 용기를 가지고 호소했다. 고헤이를 대신해서 열심히 싸웠다.

하지만 그런 노력이 감정에 심한 기복을 만들고 말았다. 동시에 고헤이를 살해한 장본인과 같은 공간에 있다는 스트레스도 심했고 사건을 돌이켜볼 때마다 당시 괴로움이 플래시백하듯이 되살아나기도 해서 집으로 돌아왔을 때는 심신이 기진맥진해 그 이튿날은 하루 종일 움직이지 못했다.

다만 계속 드러누워 있을 수는 없었다. 재판도 이제 곧 결심結審이다. 피고인 질문에는 피해자 참가제도를 이용해 사다히코도 검찰 측에 참가할 예정이었다. 아내의, 그리고 고헤이 엄마의 의무로 그건 지켜보고 싶었다.

가게로 나간 건 닷새 만이었다. 홑겹 기모노에 나고야오비 띠를 갖춰 입고 집을 나섰다. 집에서 걸어서 10분 정도 걸리는 곳에 가게가 있어서 지금까지는 몸에 딱 적당한 운동이 된다고 생각했지만 최근에는 그마저 조금 부담이 되었다. 요양이 끝난 후에는 더더욱 그랬다.

가게로 들어가 매장에 불을 켠 후 계산대를 열어 잔돈을 채우는 동안에 아르바이트 스태프가 출근했다.

"사모님, 몸은 이제 괜찮으세요?"

아르바이트 스태프인 야마나카 쇼코가 그렇게 배려를 해줘서 아키미는 미소를 짓고 "이제 괜찮아요"라고 답했다. 다소 고집이 담겨 있어도 괜찮다고 생각하면 괜찮은 거라고 자신을 타일렀다.

야마나카 쇼코는 가게에서 일한 지 오래되었지만 다른 아르바이트 스태프는 요 1년 사이에 완전히 물갈이되었다.

이 지역 주민은 사건을 잘 알고 있다. 손님이든 상점가 사람이든 아키미 일가에게 건네는 말은 "힘들었죠?" "괜찮으세요?" 하는 따뜻한 것뿐이다.

하지만 피해자 측은 결코 긍정적이지 않다. 누군가는 뭔가 재수 없고 섣불리 엮이면 악재가 덮쳐오지 않을까 하는 시선으로 바라보기도 한다. 또는 원한으로 피해를 볼 정도라면 피해자 측에도 잘못이 있지 않을까 하는 편견이 있을지도 모른다. 직접적으로는 아무 소리를 듣지 않아도 간접적으로 그런 기분이 전해질 때가 있다. 정신을 차리고 보니 아르바이트 스태프는 대부분 떠났고 손님의 발길도 줄어

가게 매상이 떨어졌다. 남들에게는 젊은 사장이 사라져 가게가 활력을 잃어서 그렇다고 보일 테고. 아키미가 피부로 느끼는 것도 그러한 분위기였다.

사건이 일어난 지 1년이 지나 그런 느낌도 조금 옅어졌다고는 하지만 완전히 사라지지는 않았다. 그런 와중에도 매일 가게를 열어야만 한다.

먼지떨이를 한 손에 들고 매장 안을 돌아다니는데 자기가 없는 사이에 진열이 바뀐 것을 알아차렸다. 잘 팔리는 상품의 피오피가 바뀌어 있었다.

아키미가 그릇의 특징을 손글씨로 세세하게 설명한 피오피에서 사진을 넣은 것으로 말이다. 그것도 그 상품인 그릇에 요리를 담은 사진이었다.

"이거, 누가 만들었어?"

앞 유리 전시용 상품을 다루던 사다히코에게 물어보자 "어, 그거?" 하고 대답했다.

"소요코가 만들었어. 요리도 그 아이가 도시락을 겸해서 만들어온 걸 사용했지. 먹음직스럽게 찍혔지? 그렇게 뭔가를 담았을 때의 느낌을 상상할 수 있는 편이 좋지 않을까 싶었어. 고객들한테도 평가가 좋고."

"그래……?"

사다히코는 언제부터인가 소요코를 '새아가'라고 부르지 않았다. 소요코와 함께 살게 되었을 때 친딸처럼 대할 생각이라고 말했는데, 그러한 마음을 표현한 걸지도 모른다. 하지만 아키미는 여전히 새아가라고 불렀다.

손님에게 좋은 평가를 받는다면 불평을 할 처지가 아니다. 다만 소요코를 부르는 방식과 더불어 왠지 모르게 썩 내키는 기분은 들지 않았다.

가게 앞과 뒷문을 쓸고 나서 4층 창고로 올라갔다. 창고 문을 열자 안에는 불이 켜져 있고 누군가가 부스럭거리고 있었다.

뒷모습에서 소요코라는 걸 알았다. 아키미가 여기저기 개점 준비를 하는 사이에 나유타를 어린이집에 보내고 출근한 듯했다.

소요코는 창고를 정리하고 있었다. 쓰레기봉투와 함께 들고 있는 건 아키미가 만든 피오피였다. 소요코가 새로 만들어서 교체하자 필요 없어진 것이었다.

"버려도 괜찮아."

그리 말을 걸자 작업하느라 아키미가 들어오는 소리가 들리지 않았는지 소요코가 흠칫하며 돌아보았다.

"아, 사모님."

집에 있을 때는 어머님, 가게에서는 사모님, 사다히코에게도 아버님, 사장님이라고 소요코는 누가 그렇게 하라고 시키지도 않았는데 눈치 빠르게 구분해서 불렀다. 대학도 나오지 않았고 일도 아르바이트보다 조금 나은 정도밖에 경험하지 않았는데도 같이 일하면 의외로 빈틈없는 사람이라는 걸 알 수 있다.

"새 피오피, 잘 만들었더구나." 아키미는 감정을 숨기고 말했다. "새아가가 만들었다며?"

"감사합니다." 소요코는 뺨을 살짝 누그러뜨렸다. "사장님과 상의해서 그런 느낌도 눈길을 끌지 않을까 해서 만들어 봤어요."

사다히코가 보증한다는 사실을 일부러 말하는 점에서 그녀의 영악함이 엿보이는 느낌이 들었다.

사건을 알고 있는 동네 손님이나 상점가 사람에게서는 이 여자가 범인의 질투를 불러일으킨, 사건의 불씨가 된 피해자의 아내인가 하며 악마를 보는 듯한 호기심 어린 시선이 소요코에게 향해 있었다. 직접 말을 걸어오지 않아도 그런 시선은 본인도 충분히 느낄 테다.

하지만 소요코는 딱히 흔들리는 기색이 없었다. 그런 두꺼운 낯짝이 그녀에게 있었다.

그녀가 버리게 하는 것도 울화가 치밀어 올라서 아키미는 자신이 만든 피오피를 그녀에게서 받아 자기 손으로 쓰레기봉투에 처박았다.

아키미는 얼른 창고에서 나와 3층으로 내려갔다.

"어머, 아키, 오늘은 괜찮아?"

이제 막 문을 연 쿡 하루를 들여다보자 하루코가 달려오

다시피 하며 말을 걸었다.

"응, 그럭저럭." 아키미는 다부지게 대답하고 미소를 지었다.

"그럼 다행이지만." 하루코는 아키미의 안색을 가만히 살피며 말했다. "무리하면 안 돼."

"재판도 드디어 막판이니까 쓰러지면 안 되지."

남편인 다쓰야도 다가와서 그런 말을 했다.

젊은 시절에는 긴 검은 머리를 휘날리며 기타를 치던 꽃미남이었지만, 예순 중반을 지나자 머리도 수염도 하얀 게 눈에 띄었다. 다만 어딘가 상식에서 벗어난 멋스러운 느낌은 지금도 잃지 않았다. 변덕스러운 천성이 잘 맞았는지 바다낚시에도 같이 가는 등 고헤이와도 사이가 좋았다.

멀리 나가는 것도 좋아하지 않는다는 의미에서는 노포의 사장과 사모가 잘 어울리는 아키미 부부와 비교해도 하루코 부부는 옛날부터 삶을 즐기듯 마음이 가뿐해 보여서 때로는 부럽기도 했다.

"이쪽은 사형으로도 부족하다 싶지만." 다쓰야는 그런 말도 가벼운 어조로 했다. "구형은 어떻게 되려나."

"글쎄요. 어떻게 될까요."

냉정하게 본다면 사형이나 무기징역과 같은 중벌은 기대할 수 없다고 사다히코가 전에 말했다. 다른 판례와의 균형 때문에 이 사건만 남다른 형벌을 내릴 수 없다고 했다.

아마 구형은 징역 20년 정도이며, 판결은 십수 년 정도가
아닐까 했다.

"좌우지간 고헤이에게 보고해서 처제도 심적으로 일단
락 지을 수 있으면 좋을 텐데."

어떤 판결이 나오면 일단락 지을 수 있을까…… 아키미
는 상상할 수 없었다. 설령 사형 판결이 나온다고 해도 고헤
이는 돌아올 수 없다. 다만 판결이 가벼우면 참을 수 없는
마음이 강해질 테다. 아무리 생각해도 후련해지는 답은 없
었다.

"그래도 소요코 씨가 가게를 도와주는 게 큰 힘이 되지."
다쓰야가 말했다. "고헤이를 대신한다고는 할 수 없어도 처
제가 쉴 때도 열심히 일했던 모양이니까."

곁에서 듣고 있던 하루코가 장난스러운 눈으로 웃었다.
남자들은 그 애한테 약하다고 말하고 싶은 모양이다. 하루
코는 자매인 만큼 소요코에 대한 아키미의 복잡한 마음을
확실히 이해했다.

다음 날, 아키미는 가게 영업을 소요코와 야마나카 쇼코
에게 맡기고 사다히코와 요코하마 지방법원으로 발걸음을
옮겼다.

이날은 사건의 배심원 재판이 있는 날로 구마모토 시게
쿠니에 대한 피고인 질문이 예정되어 있었다. 사다히코도

검찰과 나란히 질문에 나서기로 되어 있었다. 아키미는 방청석에서 그 모습을 지켜볼 작정이었다.

아키미는 지금까지 첫 공판의 모두진술을 방청하였고 증인으로도 나섰다. 사다히코는 아키미가 증인으로 나간 이후 앓아누워 있는 동안에도 일하다 틈을 내서 방청하러 얼굴을 내밀었던 모양이다.

사다히코에 따르면 재판은 별다른 소동 없이 엄숙하게 진행되었던 듯하다.

애초에 구마모토 시게쿠니는 체포된 지 얼마 지나지 않아 경찰 조사에서 체념하고 범행을 자백했다. 그리고 첫 공판 때도 죄의 인정 여부를 묻는 질문에 순순히 인정하는 발언을 했다.

그래서 재판은 구마모토의 자백을 근거로 해서 담담하게 이루어졌다고 해도 좋았다. 사다히코처럼 매일 증오스러운 범인의 얼굴을 보러 가지 않아도 알 수 있었다.

다만 피고인 질문은 또 다르다. 설령 두 번 다시 얼굴을 보고 싶지 않은 상대라고 해도 자기 범행을, 고헤이의 죽음을 어떻게 생각하는지 당사자 입으로 듣지 않으면 결말이 나지 않는다. 아키미는 고헤이 사진을 핸드백에 넣어 가지고 들어가 방청석에 앉았다.

"칼은 언제 어디서 샀나요?"

"범행 일주일 정도 전에 요코하마의 '미카사야'라는 잡화점에서 샀습니다."

"일주일 정도 전이라고 하면 구체적으로 몇 월 며칠입니까?"

"거기까지는 기억나지 않습니다. 가게 기록에 남아 있겠지요."

피고인 질문은 전반에 검찰관이 담담하게 범행을 상세히 묻고 구마모토가 그에 대답하는 방식으로 이어졌다.

질문에 답하는 구마모토는 사소한 것에서도 말투에 분노가 엿보여 다혈질인 성격을 쉽게 파악할 수 있었다. 예전에 아키미가 증언대에 섰을 때도 피고인석에서 험악한 시선으로 바라보는 듯해 기분이 나빴는데, 소요코는 하필 이런 위험한 남자를 만났다는 생각이 들었다.

검찰관의 질문은 점차 범행할 때 행동으로 나아갔다.

"그래서 당신은 뭐라고 불렀습니까?"

"'어이' 같은 말로 불렀습니다."

"어이라고 하자 구노 씨의 반응은 어땠습니까?"

"돌아보았습니다."

"그래서 당신은 어떻게 했습니까?"

"틀림없이 구노라는 걸 확인하고 그대로 찔렀습니다."

구마모토는 범행 일주일 전에 흉기를 사서 사흘 전에는 미리 현장을 둘러보러 방문했는데, 그 모습이 방범 카메라에 찍혔다. 그리하여 용의주도하게 당일에는 아주 재빨리 범행을 했던 것이다.

"어디를 찔렀는지 기억하십니까?"

"배입니다. 몸을 갖다 박듯이 찔렀습니다. 깊이 쑥 들어가서 손에 파고드는 감각이 있었지만, 밀쳐져 칼이 빠지는 바람에 다시 한번 다른 곳을 찔렀습니다. 그리고 몇 번인가 찌르려고 했는데 구노가 비틀거리며 엉덩방아를 찧고 비명을 질러서 굳이 쓰러진 상대를 덮치고 싶지 않아 그만하면 됐다는 생각에 도망쳤습니다."

범행을 처음부터 끝까지 시시콜콜하게 말하는 단계가 되자 구마모토는 술술 말을 했는데, 그 말에서 묘한 열기가 느껴졌다. 아키미는 귀를 틀어막고 싶은 충동과 싸울 수밖에 없었다.

"몇 번이나 찌르려고 생각했다는 것은 구노 씨를 죽이려고 한 악의가 있었다는 겁니까?"

"아니요. 딱히 거기까지는 생각 못 했습니다."

"그래도 몇 번이나 예리한 칼로 배를 찌르면 당연히 상대가 죽을지도 모른다고 생각하지 않을까요?"

"아뇨, 저항해서 반격할까 무서워서 그랬습니다."

"무섭다고요?"

"상대도 필사적인 상황이 되면 무슨 짓을 할지 모르잖아요. 그래서 쓰러질 때까지 찌르자 싶었고 실제로 쓰러지기에 그만 됐다고 생각했습니다."

꼼수로 살의는 없었다고 말하고 싶은 듯했다. 하지만 객관적으로 봐도 그런 주장은 이해받지 못하겠다 싶었다.

이윽고 범행에 대한 질문이 얼추 끝났을 무렵에 검찰관의 눈짓을 받은 사다히코가 입을 열었다.

"고헤이를 증오하는 마음은 언제부터 있었습니까?"

사다히코는 증언대 앞에 앉은 구마모토를 똑바로 쳐다보면서 물었다. 말투는 차분했지만 적과 대치하는 듯한 험악한 분위기가 충분히 담겨 있다고 느껴졌다.

"소요코를 빼앗겼을 때부터 계속 나쁜 놈이라고 생각했습니다."

"그 무렵부터 언젠가는 죽여야겠다고 생각했나요?"

"구체적으로 이런저런 생각은 하지 않았습니다. 나쁜 놈이라고 생각했을 뿐입니다."

사다히코는 구마모토를 가만히 노려보며 잠깐 침묵한 뒤 다시 질문을 이어나갔다.

"고헤이가 죽었다는 걸 알았을 때 어떤 생각을 했나요?"

"글쎄요…… 일을 저질렀구나 하는 느낌이었다고 할까요. 이제 되돌릴 수 없다고 생각했다고 할까요."

"고헤이에 대해 생각하는 바가 없었나요?"

"솔직히 내 일만으로 벅차서 그렇게까지 여유가 없었습니다." 구마모토는 죄책감이 없는 것처럼 선뜻 내뱉었다.

"지금은 어떻습니까?"

"부모님이 안됐다, 불쌍하다는 생각은 합니다."

"죽은 고헤이 본인에 대해서는 어떻게 생각합니까?" 사다히코는 그리 압박했다. "미안하다는 마음은 없습니까?"

"물론 지금은 불쌍하다는 생각은 합니다. 그래도 내 인생에 엮여서 운이 다했다고 할까요? 그런 게 아닐까요?"

참회하고 싶은 마음이 전혀 없다는 사실만은 전해졌다.

"당신 인생이 제대로 굴러가지 않게 된 것이 고헤이 탓이라는 겁니까?"

"근거를 따지면 그렇게 되겠죠."

"설마 고헤이가 사라지면 소요코가 당신 곁으로 돌아올 거라고 생각한 건 아니죠?"

사다히코의 비아냥대는 질문이 구마모토의 불안정한 심리를 흔든 듯했다.

구마모토는 잠시 입을 다물었다가 안절부절못하며 손으로 마른세수를 하더니 마침내 정색하듯 난폭한 말투로 말했다. "그건 아직 모르죠……. 그 여자가 이제 자유로워졌으니 미래의 일은……."

흉기를 휘두른 이런 인간에게 피해자의 아내가 흔들릴 거라고 생각하는가……. 어쩜 저렇게 유치하게 생각할까. 아키미는 들으면서 어처구니가 없었다.

"소요코는 소중한 남편을 잃어 아직 슬픔에 젖어 있고

과거에 당신 같은 인간과 엮었다는 사실을 진심으로 후회하고 있습니다." 사다히코도 마찬가지로 받아들였는지 경멸하는 기색을 노골적으로 드러내며 말했다. "소요코와 관계를 되돌릴 수도 없지만 당신은 무엇보다 먼저 오랜 세월 속죄해야 할 겁니다. 자기 인생도 망친 거죠. 그 사실을 제대로 이해는 합니까?"

"물론 속죄할 작정입니다." 구마모토는 무뚝뚝하게 말했다. "그런 다음에 인생을 다시 시작하면 딱히 불만은 없죠? 그 무렵에는 당신도 살아 있을지 없을지 모르니 상관없지 않습니까?"

"상관없을 리가 없죠." 사다히코가 무의식중에 성난 기색을 보였다.

"그럼 부디 오래 살아주시죠." 구마모토는 코웃음 치듯이 말했다.

사람의 생명을 빼앗아 그 인생을 무의미하게 해놓고 자기 인생에는 흉측할 만큼 집착했다. 이런 불합리한 사고방식이 받아들여질까 싶어 아키미는 듣기만 해도 눈앞이 아찔했다.

"결국 당신은 자신이 한 행동에 아무런 반성도 하지 않는다는 거네요."

자기 말로 여운을 남길 틈이 구마모토의 내면에는 없다고 결론 지었는지 사다히코는 상황을 엄격하게 판단할 만한 질문을 던졌다.

"딱히 그런 말은 안 했어요. 반성합니다. 엄청나게 해요."

구마모토는 사람을 사뭇 깔보듯이 말을 내뱉었다.

사다히코는 사건의 범인인 구마모토와 대치해서 훌륭하게 싸웠지만 질문을 끝낸 그의 얼굴에는 헛수고라는 기색만 있었다.

그런 사다히코를 위로해야 하는 아키미도 방청 중에는 혈압이 비정상으로 올라가는 걸 느낄 만큼 감정이 계속 동요했고, 긴 하루가 끝났을 무렵에는 자신의 증인심문이 끝났을 때와 마찬가지로 기분이 불쾌해져 버렸다.

이튿날 아키미는 만약을 위해 온종일 집에 있었다. 한편 사다히코는 남은 힘을 쥐어 짜다시피 해서 결심공판을 보러 갔다. 검사 측에서는 징역 20년을 구형했다.

뉘우침이라고는 전혀 엿볼 수 없는 구마모토의 모습에서 무기징역조차 가볍다고 생각했는데, 예전부터 사다히코에게서 예상 구형을 들어서 그 자체에는 놀라지 않았다. 다만 어떤 형벌을 받더라도 진정되지 않을 듯한 참을 수 없는 심정만이 마음속에 계속 맺혀 있었다.

2주일 뒤가 판결일이었다.

아키미는 이날도 컨디션을 관리해서 사다히코와 같이

갈 생각이었는데, 전날 밤에 혹시나 해서 소요코에게 판결을 들으러 갈 마음이 있는지 없는지 물어보았고, 소요코는 꼭 데려가달라고 했다. 그녀는 자신이 사건의 불씨라는 약점이 있어서인지, 아니면 예전에 사귀었던 상대가 피고인이어서인지, 증인심문을 제외하고는 재판에서 최대한 거리를 두고 싶다는 마음이 그녀가 딱히 뭐라고 말하지는 않았지만 자연스럽게 전해졌다.

하지만 이날은 판결이라는 중요한 일이 있었고 때마침 가게 휴일이기도 했다. 고헤이가 다들 지켜봐달라고 말하는 것처럼 느껴져 소요코의 의사를 확인했다.

아키미는 지난번 방청 때와 마찬가지로 핸드백에 고헤이 사진을 감춘 채 사다히코, 소요코와 나란히 방청석 제일 앞줄에 앉았다. 첫 공판 말고는 빈자리가 있었던 방청석도 이날은 매스컴이나 방청인으로 꽉 찼다.

이윽고 수갑을 차고 허리가 줄로 묶인 구마모토가 교도관과 함께 법정에 들어왔다.

구마모토는 소요코가 방청석에 있는 것을 바로 알아차린 듯했다. 수갑과 줄이 풀리고 피고인석에 앉고 나서도 소요코 쪽을 힐끗힐끗 보았다. 지금도 여전히 집착하고 있다는 사실이 명백해서 소요코가 방청을 망설인 심정도 이해가 되었다. 옆을 보니 당사자인 소요코는 구마모토의 시선을 피하듯 바닥을 보고 있었다.

재판관과 배심원이 다 들어오자 모두 일어섰다. 인사를 한 뒤 재판이 시작되었다.

"오늘은 히가시카마쿠라 살인사건의 판결이 나왔기에 이를 전해드리려고 합니다." 법정 안이 정적으로 휩싸인 상태에서 재판관이 입을 열었다. "피고인은 앞으로 나와주십시오."

재판관이 재촉하자 구마모토가 증언대 앞으로 나왔다.

"판결을 내릴 테니 잘 들어주십시오." 재판관은 구마모토에게 그리 말하고서 손 언저리의 판결문으로 시선을 떨어뜨렸다. "주문, 피고인을 징역 17년에 처한다."

징역 17년.

고헤이를 살해한 죄로는 절대 무겁다고 생각지 않는다.

다만 판결은 구형의 8할이라는 것이 통념이고 보니 이번에는 15, 16년 정도 될 거라고 사다히코는 일관되게 말했다. 그로부터 생각해보면 조금 더 없은 판결이라고 할 수 있었다. 구마모토의 얄팍한 속죄의식이 재판장이나 배심원에게도 전해진 결과가 아닐까.

더구나 집행유예가 취소된 앞선 상해 사건의 형량인 징역 1년도 여기에 더해졌다.

그렇게 보아서 그런지 구마모토의 등이 떨리는 것처럼 보였다.

재판관이 판결 이유를 낭독했다. "일방적인 원한에 따른

이기적이고 흉악하기 짝이 없는 범행""반성도 충분하다고 인정할 수 없다""피해자 유족도 엄벌을 원한다"라고 재판관은 엄숙하게 말을 이어갔다.

그사이에 구마모토가 다리를 떨고 안절부절못하며 계속 움직였다. 자세는 흐트러졌고 탄식하는 숨소리가 들렸다. 집중을 못하겠는지 이따금 방청석 쪽을 돌아보기도 했다.

재판관은 판결 이유를 낭독한 후 공소절차를 언급하고서 천천히 고개를 들어 구마모토를 응시했다.

"폭력으로는 아무것도 해결할 수 없습니다. 답답한 마음이 후련해진다고 해도 그건 일시적 착각이라는 걸 당신 자신이 실감하고 있겠죠. 더구나 폭력으로 사람의 마음을 손에 넣을 수도 없습니다. 다시 한번 자신의 과오와 확실히 마주하길 바랍니다. 판결은 가볍지 않지만, 재생의 길이 열렸다고 받아들이길 바랍니다."

판사가 타이르듯이 말하고 마지막으로 "알겠습니까?"라고 물었다.

그에 대해 구마모토는 대답도 하지 않고 고개를 끄덕이지도 않았다. 그러다 느닷없이 "웃기지 마"라고 자리에 걸맞지 않은 큰 소리를 냈다.

"나도 한마디 해야겠습니다." 구마모토는 화가 난 말투로 말하더니 방청석을 다시 돌아보고서 재판관에게 호소했다. "이 자리에서 솔직하게 말하겠습니다. 난 딱히 원한 갈은 그런 이유로 일을 저지른 게 아닙니다. 소요코를 만났을 때 저 여자한테서 부탁을 받았습니다. 남편의 가정폭력이 심해서 매일 지옥 같다고요. 이혼하고 싶다고 하면 욱할 게 뻔하다고요. 어떻게 해주지 않겠냐고 하더군요. 자유로워 지면 나와의 관계를 되돌리고 싶다고 했습니다."

판사는 예기치 못한 이야기에 그저 미간을 찡그리는 수밖에 없는 듯했다.

구마모토는 한 번 더 방청석에 있는 소요코 쪽을 보고 나서 지껄였다. "그런데 재판이 열리니 날 모른 척하더군요. 연기를 하느라 억지로 그러나 싶었는데 가정이 파탄 나서 분하다고 나한테 태연하게 따지는 걸 보니 형을 가볍게 줄여주려는 마음도 없는 모양이네요. 오늘도 눈도 마주치려고 하지 않고 모르는 사람인 양 행동하고. 우스운 이야기잖아요. 저 얼굴을 보고 있으니 관계를 되돌리겠다는 것도 입에서 나오는 대로 지껄인 말이라는 사실을 알겠네요. 나 원참. 저런 사악한 여자가 또 있을까 싶습니다. 부추김을 당한 내가 멍청하다고 하면 그것도 맞는 말이지만 나만 이런 벌을 받아야 하는 건 이해가 가지 않습니다."

아키미는 옆자리의 소요코를 보았다. 구마모토의 예기치 않은 말에 정신이 팔려서 너무 늦게 그녀를 챙긴 듯 느껴졌다.

아키미의 눈에 순간 비친 것은 소요코가 눈을 부릅뜨고

구마모토를 보는 모습이었다. 그건 놀란 것처럼도 보였고, 날카롭게 노려보는 것처럼도 보였다. 어쨌든 순간적으로 그녀는 아키미와 눈을 맞추더니 울먹이는 듯 얼굴을 일그 러뜨리며 고개를 저었다.

"어떻게든 감싸려고 했는데 내가 어리석게 느껴지네요. 왜 나만 이런 일을 당해야 합니까. 누가 더 나쁜가요? 저기 서 피해자인 척하는 저 여자 아닌가요?"

구마모토는 그리 말하고 소요코 쪽을 가리켰다.

"불경한 발언은 삼가 주시죠."

재판관이 마침내 정신을 차린 듯 엄숙한 목소리로 말했다.

"조사해보라고요. 조사해보면 알잖아요."

여전히 그렇게 큰 소리를 내는 구마모토에게 판사는 "발 언을 삼가 주세요"라고 반복해서 말했다.

방청석에 술렁이는 소리가 이는 가운데 폐정이 선언되 었다.

재판관이나 배심원이 법정을 빠져나가고 구마모토도 수 갑과 끈에 다시 묶인 채 불쾌한 듯 법정을 나갔다. 그 눈길 은 소요코에게 빤히 쏟아졌지만 당사자인 소요코는 한시라 도 빨리 이 자리에서 빠져나가려는 듯 출구로 걸어가며 구 마모토에게 등을 졌다.

"부인, 실례합니다."

법정을 나가려는데 동료들과 회의를 하던 취재기자 중 한 사람이 소요코에게 말을 걸었다.

"이후에 오늘 판결을 바탕으로 해서 기자회견을 해주실 수 없을까요?"

판결 후 기자회견은 아키미도 뉴스 등에서 본 적이 있지만, 이 사건은 그렇게까지 사회적으로 크게 주목을 받지 않아서 유족의 기자회견은 예정되지 않았다. 하지만 기자는 갑작스럽게 그럴 필요성이 생겼다고 말하고 싶어 하는 듯했다.

"죄송합니다…… 아이를 데리러 어린이집에 가야 해서요." 소요코는 허둥대면서도 그리 거절했다.

"시간은 별로 들지 않습니다. 카메라로 얼굴을 찍지도 않고요."

"아니요…….'"

소요코는 당혹스러움을 감추지 않은 채 아키미와 사다히코에게 도움을 요청하는 시선을 보냈다.

"기자회견이라면 제가 나가죠." 사다히코가 대신해서 그리 말했다. "며느리는 어린 아들을 어린이집에 맡겨놔서 빨리 돌아가야 해요."

아키미는 자신이 사다히코가 도와주려고 나서는 것을 의외라고 느낀다는 사실을 깨달았다. 감정적으로는 무의식 중에 기자 편에 서 있었던 것이다. 구마모토가 한 말에 대해 소요코가 뭔가 말하는 게 도리가 아닐까 생각했다. 아무 말도 하지 않고 집으로 돌아가 어제와 똑같은 생활을 이어나갈 작정이라면 받아들이기 어렵다고 할 수밖에 없었다.

"그럼 한마디만요." 둘러싼 무리에서 달아나다시피 멀어지는 소요코에게 기자의 목소리가 뒤따라가 매달렸다. "마지막에 피고인 구마모토가 한 말에 대해 한마디만 부탁드립니다."

"당연히 나오는 대로 지껄인 거잖아요!" 소요코는 휙 돌아보더니 평소에는 보이지 않던 날카로운 눈길을 기자를 향해 던졌다. "이쪽은 피해자예요. 당신 마음대로 해석하지 마세요."

그녀는 그렇게 말하더니 아키미 일행도 내버려두고 걸어갔다. 기자들은 어느 정도 기가 죽은 듯 입을 다물고 눈으로 그녀를 배웅했다.

기자회견에는 사다히코만 참석하고 아키미는 회견장인 법원 기자실 한쪽 구석에서 그 모습을 지켜봤다.

사다히코는 접이식 긴 테이블 앞에 앉았고, 테이블 위에는 각 보도기관의 마이크와 녹음기 등이 있었다. 기자들 뒤편에는 방송용 카메라도 몇 대쯤 나란히 놓여 있었다.

"징역 17년이라는 판결에 대해 솔직한 소감을 들려주십시오."

"한 사람의 생명을 빼앗아간 죄를 뉘우치는 데 반드시 충분하다고는 생각지 않습니다. 유족으로서는 너무 가볍다고 말하고 싶습니다만 재판관과 배심원이 법에 따라 진지하게 내린 결론이니 그 점에서는 존중하고 싶습니다."

"돌아가신 고헤이 씨에게 뭐라고 보고할 생각이십니까?"

"이런 판결이 내려진 것을 일단락 삼아 그대로 보고할 겁니다. 고헤이가 이해할지 어떨지는 모르지만 그건 피고인이 앞으로 어떻게 죄와 마주해나갈지 그 자세에도 달려 있지 않을까요?"

사다히코는 판결을 둘러싼 질문에 말을 골라가며 냉정하게 대답했다. 답 자체는 아키미도 이해하는 바였고, 역시 오랜 세월 같이 살아온 부부구나 생각하면서 들었지만, 한편 그런 그의 말을 보도진이 확실히 이해하는지 어떤지는 신경이 쓰였다. 옆에서 봐도 그들의 반응은 미적지근했고 어딘가 흘려듣는 듯한, 수박 겉핥기라는 느낌이 있었다.

판결에 대한 질문이 얼추 진행된 후 한 기자가 손을 들었다.

"오늘 법정에서 마지막에 피고인이 뜻밖의 말을 했는데, 어떻게 생각하는지 들려주실 수 있을까요?"

이거야말로 묻고 싶었던 것일 테다. 아키미도 어떤 의미에서 그 질문을 기다렸다.

"솔직히 어처구니가 없었습니다." 사다히코는 담담하게 대답했다. "얼마큼 판결에 불복하는지 모르지만 그런 자리에서 큰 소리를 지르다니 언어도단이고, 반성의 기색이 없다고밖에 할 말이 없습니다."

"피고인이 그때 호소한 내용은 어떻게 받아들이십니까?"

"이러쿵저러쿵할 것 없이 진지하게 상대할 말이 아니라고 봅니다. 자기 예상보다 무거운 판결이 나오니 화가 나서 한 말이겠죠."

사다히코는 명확하게 그 말의 신빙성을 부정했다. 그가 정말 그리 생각하는지 아키미는 회의적으로 보았지만 그의 대답은 망설임이 없는 것처럼 느껴졌다. 보도진에게서도 질문의 화살이 갑자기 중단되었다.

"이쯤이면 되겠습니까?" 사다히코가 종료를 확인했다.

"마지막으로 질문드리겠습니다." 한 기자가 손을 들었다. "판결이 나와서 고헤이 씨에게는 이걸 일단락으로 보고하겠다고 하셨는데, 고헤이 씨 부인에게는 어떤 말씀을 건넬 생각이십니까?"

평소라면 나오지 않을 법한 호기심 어린 시선을 느끼게 하는 질문이었다.

사다히코는 살짝 인상을 찌푸리고 생각하는 듯 틈을 두었다.

"어떤 판결이든 고헤이는 이제 돌아오지 않습니다. 한편 며느리는 그런 와중에 육아 등을 해내야 하니 마음을 평온하게 먹고 고헤이가 없는 새로운 생활에 익숙해기만을 바랄 뿐입니다."

동요하는 매스컴과 교차하듯이 사다히코는 그 답으로 회견을 끝맺었다.

귀가하는 길에 사다히코와 아키미는 거의 대화를 하지 않았다. 구마모토의 이야기는 아키미의 내면에서는 지나치게 신경이 쓰였지만, 자기 생각을 어떻게 말에 얹어야 좋을지 알 수 없었다. 무엇보다 사다히코가 기자회견에서 말한 것처럼 구마모토의 이야기를 애초에 망언이라고 딱 잘라낸다면 아키미의 의심에도 공감해주지 않을 테다.

집에는 소요코가 이미 나유타를 어린이집에서 데리고 돌아와 있었다.

"다녀오셨어요? 힘드셨죠?"

그녀가 아무 일도 없었다는 듯한 얼굴로 나유타의 손을 잡고 아키미 부부를 현관에서 맞이했다.

"그러게. 피곤하구나."

사다히코도 아무 일도 없었다는 듯 반응하며 신발을 벗었다.

"차 우릴게요."

"응, 그 전에 다 같이 불단에 향을 올리자꾸나."

"그래야겠네요."

그리 말하고 사다히코와 소요코는 나유타와 함께 다다미방으로 가는 복도를 걸어갔다. 정말 이대로 아무 일도 없었던 듯 일상으로 돌아갈 작정인가……. 아키미는 도무지 위화감을 씻어낼 수 없었다.

불단에는 아직 선향 연기가 남아 있었다. 소요코가 한 발 먼저 합장한 모양이었다. 하지만 지금의 아키미는 연기가 남아 있는 것까지 계산한 소요코의 퍼포먼스가 아닐까 하는 생각마저 들었다.

사다히코가 불단 앞에 앉아서 선향을 올리고 종을 울렸다. 아키미는 소요코와 함께 그 뒤에 앉아서 합장했다.

마음속으로는 고헤이에게 재판이 끝났다고 보고했다. 한편 이 자리의 딱딱한 분위기에 이루 표현할 수 없는 뻔뻔스러움을 느꼈다.

긴 침묵을 거쳐 사다히코가 한숨을 휴 내쉬었다.

"오늘은 당신도 피곤하지? 저녁으로 소바나 배달시켜 먹을까?"

일상으로 돌아가는 일을 거부하듯이 아키미는 대답을 하지 않았다.

"혹시 그러시면 제가 차릴까요?" 소요코가 마음을 헤아리듯 말했다.

"새아가." 아키미는 더 참지 못하고 나지막한 목소리로 소요코를 불렀다.

"네······?"

약간의 침묵을 두고 아키미는 곁눈질로 그녀를 보았다. "오늘 그 사람 이야기를 어떻게 받아들이면 될까?"

"그 사람이요······?" 소요코는 시치미를 떼듯이 그저 그리 말했다.

"구마모토 말이야. 법정에서 줄줄 지껄여댔잖니."

"아." 소요코는 의외로 여유로운 표정으로 받아들였다. "어머님까지 그런 말을 믿으세요?"

"신경이 쓰이니 묻는 거야." 아키미는 그녀를 노려보듯이 말했다.

"기자분들에게 말한 그대로예요. 그 말은 입에서 나오는 대로 한 게 분명하잖아요. 제가 관계가 있을 리도 없고요."

기자에게 질문을 받았을 때는 옆에서 봐도 아주 흠칫할 정도로 긴장한 빛을 띠었지만, 지금은 완전히 차분한 상태였다. 평소에는 다소곳하다고 느꼈지만 그건 보기에 따라서는 배짱이 두둑하다고도 할 수 있다는 생각이 들었다.

"구마모토랑 만났었지?"

아키미가 계속 묻자 소요코는 곁에 앉아 있던 나유타에게 "건너편에서 놀고 있어"라고 말하고 보내주었다.

"만나고 싶어서 만난 게 아니에요." 소요코는 아키미에

106

게 시선을 되돌리고 대답했다. "전에도 말씀드렸지만 스토킹을 당했어요."

소요코는 사건 2, 3개월 전 구마모토에게서 스마트폰으로 몇 통인가 메시지를 받았다. 경찰도 파악하고 있었고 아키미도 한 번 본 적이 있었다. 구마모토가 자신의 근황을 보고하거나 한번 만나자고 일방적으로 보낸 것이라 사건성을 엿볼 수 없었다.

하지만 그 후 사건 전까지 전화를 받은 적도 있거니와 실제로 얼굴을 마주한 적도 있다고 했다. 그때 두 사람 사이에 어떤 대화가 오갔는지는 당사자들밖에 모른다.

"왜 만났니? 메시지도 받기 싫으면 차단하면 되고 곤란하면 고헤이한테 얘기하면 됐을 텐데."

이제 와서 하는 질문이지만 다른 대처 방법이 있지 않았을까 하는 마음은 끊이질 않았다. 그리고 지금은 다른 의중을 품은 의심이 머리를 치켜들고 있었다.

"상대가 거주지를 조사했고 섣불리 거절해서 욱하게 만들면 곤란하다고 생각해서예요. 그이한테 말하지 않은 것도 괜한 걱정을 끼치고 싶지 않아서였는데 그건 정말 이제 와서는 얘기해야 했다고 후회해요. 한마디라도 해뒀다면 그이가 다른 방식으로 경계를 했을 테니까요……."

"이제 다 끝난 일이잖아." 사다히코가 말렸다. "그건 몇 번이나 들은 말이고."

확실히 사건 직후에도 이랬어야 했는데, 저랬어야 했는데 하는 후회하는 말을 소요코에게서 들었다. 하지만 지금은 같은 이야기를 들어도 당시와는 의미가 달랐다. 아키미는 그 진위를 찾고 있었다.

"새아가, 고헤이가 폭력을 휘둘렀니?"

그리 질문을 바꾸자 소요코는 조금 허가 찔린 듯 우물쭈물했다.

"그것도 구마모토 씨가 나오는 대로 한 말이에요." 그녀는 아키미에게서 시선을 피하면서 대답하고는 이야기를 끝내려고 했다.

아키미는 그런 소요코를 가만히 응시했다.

"너…… 구마모토 씨, 구마모토 씨. 계속 범인을 친근하게 부르는구나."

소요코는 흠칫한 듯 시선을 되돌리고 "그럴 생각은 없어요……"라고 황당하다는 듯 말했다.

"관둬." 사다히코가 강하게 말했다. "그런 것까지 트집을 잡아서 어쩌자는 거야."

아키미는 결국 입을 다물었다. 감정이 수습되지 않다 보니 하지 않아도 되는 말까지 하고 만 느낌은 있었다. 이 이상 계속한다면 누군가가 이 집을 나가야만 하는 사태에 이르고 만다.

"차, 우려 올게요."

소요코가 시원스럽게 기분을 전환하듯 말하고 일어났다.

그날 밤은 녹초가 됐는데도 좀처럼 잠이 오지 않았다. 그런 밤은 요 1년 남짓 몇 번이나 있었지만 이날 밤은 머리가 후끈후끈 열기가 있는 것처럼 느껴지는 게 평소와 달랐다.

다음 날, 몸 상태가 좋지 않은 아키미를 배려해서인지 사다히코는 그녀를 깨우지 않았다. 오전에 늦게 일어나 거실로 나가자 사다히코도 소요코도 나유타도 없었다.

테이블에 놓인 조간신문에는 어제 판결 기사가 나와 있었다. 소제목이 붙어 있었고 판결 후 구마모토가 한 흉흉한 발언도 다뤄져 있었다. 피해자의 아내의 언동이 범행의 동기가 된 것처럼 다소 에둘러 표현한 기사가 있었고, 그에 맞추어 판결 직후 기자회견에서 유족 측이 이 사실을 부정했다고 덧붙여 있었지만, 심상치 않은 상황이었음은 전해졌다. 일반 독자는 이 글을 읽고 어떻게 생각할까. 아키미는 이미 객관적인 사고가 불가능해진 만큼 다른 사람의 의견이 듣고 싶었다.

어쩌면 어제 일로 소요코도 이 집에서 살 수 없다며 나유타를 데리고 나가지 않았을까 하는 가능성도 머릿속을 슬쩍 스쳤지만, 점심 전 들여다본 가게에는 평소와 마찬가지로 그녀가 있었다.

"오셨어요?"

야마나카 쇼코 일행과 같이 격식을 차린 산뜻한 인사를 했다. 정말 지금까지와 다를 바 없는 생활이 시작되어 믿을 수 없다는 기분이 들었다.

가게 일도 하는 둥 마는 둥 하던 아키미는 점심이 되자 쿡 하루의 하루코를 옥상으로 불렀다. 옥상은 청소 도구 등을 널어놓는 장소로 사용하기도 하지만, 아키미의 취미로 화단도 가꾸어져 있어서 살풍경하지는 않았다.

"어제 판결 말인데." 아키미는 그리 말을 꺼냈다.

"뉴스에서 봤어. 17년이라며?"

텔레비전 뉴스에서는 판결 내용만 보도했다. 기자회견을 하자고 그렇게 졸라댔으면서 그걸 틀어주는 방송도 거의 없었고, 구마모토가 한 말을 섣불리 다루어서는 안 된다고 여겨서인지 대부분 보도하지 않았다.

"그것도 그렇지만, 구마모토가 마지막에 이상한 소리를 해서……."

"아, 신문에 뭐라고 쓰여 있었어. 대충 읽긴 했는데 무슨 일이야?"

아키미는 어제 법정에서 일어난 일의 자초지종을 하루코에게 들려주었다. 하루코는 나름대로 심각하게 받아들이는 듯했다.

"그래서 제부는 뭐래?"

"나오는 대로 지껄였다고 한 새아기의 말을 그대로 믿나 봐. 기자회견에서도 그리 말했고."

"음, 그건 정상화 편향이네." 하루코는 가방끈이 조금 길다는 사실을 보여주듯이 그런 말을 꺼냈다. "소요코를 집에 거둬들인 지 벌써 1년이 됐잖아. 새로운 생활이 시작됐으니 이제 와서 그런 소리를 들어도 설마라고밖에 생각을 못 하는 거지."

아키미는 소요코와 함께 사는 생활에 익숙해지지 않아 위화감이 계속 있어서 이런 일을 받아들이는 방식도 사다히코와 다른 것일까?

"더구나 나유가 있으니까. 제부가 얼마 전에 나유를 이곳에 데리고 와서 같이 비행기를 본 적이 있는데, 그 모습을 보니 고헤이가 세상을 떠나 이제는 그 아이가 삶의 희망이겠구나 싶더라고. 그래서 그 애를 손에서 놓고 싶지 않다는 생각에 객관적으로 판단하기가 어렵지 않을까?"

나유타는 낯을 심하게 가렸지만, 같이 살면서 할머니, 할아버지를 꽤 따르게 되었다. 아키미가 어린이집에서 있었던 일을 물으면 또박또박 대답하고 특히 사다히코와는 같이 놀거나 손자답게 어리광을 부리기도 했다. 사다히코로서는 한없이 귀여울 테고 아키미도 그 심정을 이해 못 하는 것은 아니다.

하지만 이것과 그것은 문제가 다르다.

"구마모토가 한 말이 사실이라면 너무 터무니없잖아."

하루코가 인상을 찌푸리며 말했다. "고헤이를 죽인 공범이라고 할까, 말하자면 흑막이잖아. 그런 사람과 지금 같이 사는 게 되니까."

내뱉기 껄끄러운 말이라고 생각했지만, 실제로 가리키는 사실이 그러했다.

"그런데 아키 이야기를 들으니 생각난 게 있어." 하루코는 "그게 말이야"라고 말하면서도 더욱 껄끄러운 이야기를 하듯 목소리 톤을 떨어뜨렸다. "고헤이가 시신으로 돌아왔을 때 우리가 너희 집에 들렀잖아. 소요코가 고헤이 곁에서 맞이해주던⋯⋯. 그때 범인이 그 아이의 전 남친이라는 사실을 알았으니 솔직히 어떤 반응을 보일지 나도 신경 쓰였거든. 그런데 그 애, 우리랑 이야기하면서 얼굴을 일그러뜨리고 손수건으로 눈가를 누르고 있었는데 아무리 봐도 눈물이 나오지 않는 거야."

"뭐?"

"아니, 눈물을 조금 글썽였으니 울지 않았다고는 말 못해. 그런데 보통 손수건은 눈물이 흐르고 나서 사용하잖아. 그걸 눈물이 흐르기 전부터 '나 울고 있어요' 하고 주장하듯이 쓰더라고. 화장이 지워지는 게 너무 싫었던 건가? 그렇게 경황이 없는 와중에⋯⋯ 어떻게 생각해?"

"어떻게라니⋯⋯? 우는 시늉을 했다는 뜻이야?"

하루코는 아무 말 없이 눈썹을 꾹 움직여서 눈에 힘을 주고 말로 대답하는 것 이상의 긍정을 보였다.

아키미는 사람의 눈물에 일일이 주의를 기울이지 않았다. 그리고 그 무렵, 소요코의 눈물을 확실히 본 기억이 있었다.

소요코가 불단 앞에 앉아 있을 때였던가…… 아니, 그 때는 떨리는 등을 봤을 뿐이다.

그렇다…… 아키미는 떠올렸다. 경찰이 구마모토 사진을 보여주어 자신이 사건의 원인이 되었다는 사실을 알고는 그걸 아키미 부부에게 이야기했을 때였다. 소요코는 그 큰 눈에서 확실히 눈물을 흘렸다.

하지만 그때…… 아키미는 다시 떠올렸다.

소요코는 아키미 부부 앞에서 초연하게 앉은 채 몇 분이나 아무 말 없이, 말하려고 해도 좀처럼 말이 나오지 않는 듯 시간을 보냈다. 잠시 후 갑자기 눈물이 흘러내렸고 그것이 계기라는 듯 이야기하기 시작한 것이다.

그건 눈물을 열심히 쥐어 짜내려고 한 게 아닐까……. 하루코의 말을 듣고 돌이켜보니 지금이라면 그렇게도 생각되었다.

그렇게까지 연기를 했다면 오싹한 이야기다.

"증거가 없으면 인정할 리도 없을 테니 조심하는 게 좋을지도 모르겠네."

"응?"

"만약 그 애가 구마모토를 부추겨서 사건을 일으켰다고 한다면 지금 너희 부부랑 무엇을 위해서 같이 사느냐는 말이지."

터무니없는 하루코의 심상치 않은 말투에 아키미는 인상을 찌푸렸다.

"거짓 눈물 말이지. 악어의 눈물." 하루코는 신경 쓰지 않고 이야기를 이어나갔다. "영어로 '크로커다일 티어스'라고 해. 악어는 먹잇감을 포식할 때 눈물을 흘리거든. 내가 긴자에 있을 때 눈물도 안 나오면서 억지로 울어서 여러 손님을 다루는 애들을 봐서 그런 건 예리하거든. 아키네 부부도 먹히지 않게 조심해."

"뭐야…… 이상한 소리 하지 마."

아키미가 몸서리치면서 말하자 하루코는 흥분해서 말이 지나쳤나 생각했는지 입가에 장난스러운 미소를 떠었다.

"물론 지나친 억측일 뿐 소요코가 말한 것처럼 구마모토가 나오는 대로 지껄였을 가능성도 충분하니 그렇기를 바랄 뿐이야."

이야기를 수습하는 듯했지만 찜찜한 기분은 사그라지지 않았다.

"나도 매스컴에 지인이 있으니 경찰이 그 점을 제대로 조사했는지 그 사람들에게 알아볼게."

하루코는 젊었을 때 독특한 문화인으로 매스컴의 인기를

끈 적이 있어서 고헤이 사건에서도 가까운 친척으로 입에 오르내리며 몇몇 매스컴 취재에 응했다. 매스컴에 익숙한 그녀답게 사건의 잔인함이나 유가족의 분노를 빠짐없이 이야기해 아키미나 사다히코의 부담을 그만큼 줄여주었다고 해도 좋았다. 아키미에게는 역시 믿음직스러운 존재였다.

"뭔가 알게 되면 말해줘."

그저 매스컴에 지인이 있다고 해서 경찰이 간단히 움직여줄 거라고는 생각되지 않지만 아키미는 기분을 달래고 싶어서 그렇게 부탁했다.

〇

"신문에 나온 소요코 이야기, 아키도 상당히 흔들려서 의심하고 있나 봐."

하루코는 가게로 돌아가서 손님이 없는 것을 보고 바로 남편 다쓰야에게 그 말을 했다.

"소요코 씨 이야기라니?"

다쓰야는 계산대 옆의 카운터에서 노트북을 펼치며 하루코 이야기를 듣고 있었다. 열심히 보는 것은 암호화폐 차트인 듯했다. "오, 올랐네, 올랐어"라고 중얼대더니 의기양양하게 싱글벙글거렸다.

"그거 말이야. 범인 구마모토가 판결 후에 피해자의 아내 이야기를 재판에서 다루지 않았다는 말을 해서 법정을 소란스럽게 했다는 기사가 있었잖아. 그 사건을 소요코한테 부탁받아서 일으켰다고 털어놨던 모양이야."

"말도 안 돼." 다쓰야는 수염이 많은 얼굴에 웃음 주름을 새겼다. "분명 엉터리겠지. 원래 원한으로 사건을 일으켰으니 그 연장선이 아닐까? 그 범인은 어쩌면 그렇게 심보가 배배 꼬였는지. 소요코 씨도 참 나쁜 남자랑 얽혔네."

"그렇게 간단히 잘라 말할 수 있는 일이 아닌 모양이야. 아키도 어찌 된 일인지 소요코한테 캐물은 듯하고. 어제 그 집 난리였나 봐."

"소요코 씨랑 밑에서 마주쳤는데 평소랑 똑같았어. 생글생글 웃으면서 '안녕하세요'라고 하던데."

다쓰야는 원래 '고헤이는 좋은 아내를 얻었다'고 소요코를 높이 평가했는데, 그뿐만 아니라 이 부근 남자들은 일반적으로 소요코를 싸고도는 경향이 있었다. 하루코의 가게에 들러서 "저 아이가 그 사건의 젊은 부인이야?"라고 호기심을 노골적으로 드러내거나 확인하러 오는 사람도 있고 "저 애라면 범인이 미련이 철철 남는 것도 이해가 가네"라고 구마모토 편을 드는 말을 하는 괘씸한 사람도 있었다. 이목구비가 수려하지만 말과 행동이 다소곳한 점이 묘하게 남자 마음을 끄는 모양이었다. 더구나 이제 과부라는 박복한 팔자가 더욱 독특한 색기를 자아내는 것처럼 보였다.

"그런데 그 점이 실제로는 어떨까 하는 게 문제야." 소요코에게 약한 남자들의 대표인 다쓰야에게 하루코는 옥상에서 아키미와 나눈 이야기를 다시 했다. "나 생각났는데 고헤이가 시신으로 아키네에 돌아왔을 때 기억 안 나? 그때 소요코가 손수건을 눈에 계속 대고 있었는데 아무리 봐도 눈물이 안 나왔어. 그거 우는 시늉이었던 게 아닌가 싶어서."

"누가 들으면 어쩌려고 그런 소리를 해." 다쓰야는 한쪽 뺨을 일그러뜨리며 말했다. "그렇게나 엄청난 일을 겪었어. 그럼 마음만큼 몸이 따라가지 못하는 일도 있을 테고, 이미 너무 울어서 눈물이 마를 대로 말랐을 수도 있잖아. 당신도 그때는 그렇게 말하지 않았어? 그런 이야기 무책임하게 처제한테 하지 마."

"이미 말했어."

하루코가 정색하며 답하자 다쓰야는 어처구니가 없다는 듯 "어리석긴" 했다. 그 후에도 뭔가 중얼중얼했는데 유심히 들어보니 "돌이킬 수 없지"라고 컴퓨터 화면을 보며 혼잣말을 하고 있었다. 화면은 외환 차트로 전환되어 있었다. 최근 다쓰야는 노후 저축을 위해서라며 외환거래나 암호화폐 투자 등을 열심히 했다. 다소 늘었다고 해도 마권이나 주권株券으로 사라지니 저축도 뭣도 아니지만 말이다.

다른 여자의 남자였던 사람을 빼앗은 만큼 어느 정도 결점에는 눈을 감아주었지만, 다쓰야는 주변머리라는 게 전혀 없었다. 록밴드 기타리스트를 맡고 있을 때도 그 실력을 크게 인정받았던 건 아닌 듯 하루코와 관계가 스캔들로 보도되었을 때, 전처가 보컬의 아내와 친구였던 사정도 있어 밴드에서 바로 내쫓기고 말았다. 나약해진 그에게서 동반자살을 하자는 이야기까지 나왔지만, 하루코는 자기 능력으로 살아나갈 자신이 있었기에 장난하냐며 다쓰야를 냅다 쳐서 단념하게 했다. 이후에 의존성이 강해졌는지 하루코가 번 돈을 부지런히 쓰는 게 그의 일이 되었다. 빈둥대게 내버려두면 그것만큼은 열심히 할 테니 가게를 줘서 점장 자리에 앉혔다.

다쓰야는 소요코에게 피어오른 의혹을 웃어넘겼지만 하루 종일 찾아온 단골 중에는 신문기사에 있던 전말을 그럴 듯한 화제로 꺼내 진상이 어떤지 노골적으로 호기심을 드러내는 사람도 드문드문 있었다. 객관적으로 보이는 사정을 늘어놓고 생각해보면 숨겨진 뭔가가 있지 않은지 생각하고 싶어지는 게 자연스럽지 다쓰야처럼 아무 일도 없다고 믿어 의심치 않는 이는 어수룩한 사람이라고 할 수 있었다.

하루코는 가마쿠라 샌드위치 전문점 '하루샌드'의 상황을 살피러 갔다가 저녁 무렵이 지나서야 히가시카마쿠라로 돌아왔다.

"어, 왔어요? 수고했어요." 도키야 깃페이 앞을 지나가는 사람들이 줄고 땅거미가 지는 가운데 사다히코가 깃발을 떼어내고 있었다. "이제 해가 아주 빨리 지네요."

아키미가 말한 것처럼 사다히코는 평소와 다름없는 모

습이었다. 게다가 어딘가 후련해진 표정도 보였다.

"재판이 끝나서 기분이 조금은 안정되나 봐요?"

하루코가 그렇게 화제를 꺼내자 사다히코는 절실했다는 듯 고개를 끄덕여 보였다.

"판결이 나왔다고 해서 우리 생활이 달라지지는 않지만, 이걸 한 단락으로 삼아가야겠죠."

"앞으로 나아가는 게 고헤이를 위한 일이기도 하죠."

하루코는 그럴싸하게 대답하고는 자기 가게 문 닫는 일은 제쳐두고 도키야 깃페이 안으로 들어갔다.

"어머나, 나유, 안녕?" 매장을 왔다 갔다 하는 나유타를 맞닥뜨리자 하루코가 말을 걸었다.

나유타는 어린이집에서 돌아와 가게 문을 닫기까지인 저녁 무렵을 가게 안에서 보내는 게 일과가 된 모양이었다. 가끔 옥상이나 4층 창고를 드나드는 모습이 눈에 띄기도 한다. 그럴 때는 사다히코도 함께여서 최근 나유타는 엄마 소요코에게 찰싹 달라붙지 않고 사다히코를 따르며 일찌감치 후계자 교육을 받는 것처럼 보였다.

다만 타고난 낯가림은 여전해서 지금도 하루코를 힐끗 보기만 할 뿐 인사는 하지 않고 그길로 가게 안쪽으로 걸어가 버렸다. 나유타는 붙임성이 있던 유년기의 고헤이와는 상당히 달랐다.

"안녕하세요. 수고하셨습니다."

매장 바닥을 쓸던 소요코가 조심스러운 미소를 지으며 하루코에게 기품 있게 인사했다. 역시 평소와 다름없었다. 바깥에서 수군거림의 대상이 되어 있다는 걸 전혀 모르는 듯했다.

하루코는 가볍게 인사로 답한 뒤 피오피 사진을 보면서 "와, 이 사발, 밤밥을 퍼 담으면 근사할 것 같네"라고 말하며 기세토 사발을 들어보았다. 하루코는 틈이 나면 이 가게를 들여다봐서인지 미노야키에도 꽤 도가 텄다.

별다른 용건 없이 얼굴을 내민 듯 가장하면서 잠시 가게 안을 어슬렁거리다 다시 소요코에게 다가갔다.

"어제는 소요코도 재판에 나갔어?"

은근슬쩍이기는 했지만 어제 있었던 일에 거침없이 발을 들여보기로 했다.

"네." 소요코가 답했다. "나갔다고 해야 할까, 시부모님과 같이 방청했어요."

"신문에서 읽었는데 그 구마모토라는 남자가 이상한 소리를 했다면서? 나도 우리 손님이 물어서 잘 모른다고밖에 대답을 못 했는데, 무슨 일이었어?" 아키미에게는 아무 말도 듣지 못한 척 그리 물어보았다.

"아무것도 아니에요." 소요코는 쓴웃음을 섞어서 말했다. "예상보다 판결이 무거웠던 모양인지 제가 사건에 얽혀 있다고 끌어들이려는 소리를 갑자기 꺼냈어요. 저도 기자들한테까지 정말 그런 거냐는 질문을 받았는데 어떻게 대답해야 할지 몰라서 곤란했어요."

아키미는 소요코도 법정에서 동요했다고 말했지만, 눈앞의 소요코는 아무 일도 없었다는 듯한 얼굴로 이야기했다. 시치미를 뗀다면 상당한 철면피라고 할 수밖에 없었다.

"너무하네." 하루코는 소요코에게 동조하듯이 말을 맞췄다. "사건에 얽혀 있다면 시부모님이랑 같이 살 리가 없잖아…… 그렇지?"

"그렇죠." 소요코는 고개를 깊이 끄덕이며 맞장구 쳤다.

소요코가 사건에 얽혀 있다고 의심하면서 마음에 걸리는 건 실은 이 점이었다.

사건 후 그녀는 시부모인 아키미 부부와 같이 살고 있다. 남편이 죽었으니 어떻게 처신할지는 기본적으로 그녀의 마음에 달렸다. 갑자기 인연을 끊다시피 하고 멀어지는 게 도리에 어긋난다고 해도 몇 년 정도 어중간한 관계를 이어가면서 서서히 새로운 행복을 찾아서 인생을 만들어나가는 것은 이상한 일이 아니다.

시부모와 같이 살며 가업을 돕는 것은 재혼을 생각하지 않고 그 집에 뼈를 묻겠다고 말하는 것이나 다름없다. 옛날 시골집이라면 몰라도 지금 시대에 젊은 사람이 스스로 고를 선택지는 아니다. 더구나 범인인 구마모토와 바람을 피웠다면 시부모는 누구보다 먼저 거리를 두고 싶은 존재일 테다.

　아키미한테 이야기를 들었을 때는 거의 직감적으로 소요코가 이상하다는 기분이 솟구쳤지만 실제로 본인을 앞에 두고 그 반응을 살펴보니 자기 직감도 크게 믿을 만한 게 못 된다는 생각이 들었다.

　그릇된 추측이라고 생각하면서도 고개를 들이민 것이 나쁜 취미라는 자각은 있었지만 의심은 완전히 지워지지 않고 어딘가에 남아 있었다.

　주말에 하루코는 가마쿠라의 하루샌드에서 일을 조금 한 다음 문화센터에 얼굴을 내밀었다.

　하루코는 4년 정도 전부터 이 문화센터에서 에세이 강좌 강사를 맡고 있었다. 옛날에 에세이스트로 활동하던 무렵 〈주간동서〉에서 저명인과 대담하는 코너를 맡은 적이 있었다. 그때 담당이었던 구라모리라는 남자는 나중에 편집장으로 일했고 정년퇴임한 후에는 이 사무국에 취직했다. 가마쿠라는 문화의 거리이기도 해서 출판관계자도 많았다. 하루코는 그런 그에게 강사를 맡아달라는 부탁을 받았다.

　"구라모리 씨." 하루코는 사무국에 얼굴을 내밀고 그에게 말을 걸었다. "저희 조카 사건 때 〈동서〉에서 저한테도 취재가 들어왔는데 당신이 아는 사람이 아닌가 싶어서요. 뭐라고 하더라……."

"남자였어?" 구라모리가 물었다. "어떤 느낌이었어?"

"서른 중반 정돈가 그래요. 좀 빈틈없는 느낌이어서 저도 깐깐하게 나갔어요. 요네다였던가 요네구라였던가. 그런 이름이었던 것 같은데……."

"아, 요네무라일 거야. 머리가 곱슬인."

"맞아요, 맞아." 하루코는 고개를 끄덕이고서 물어보았다. "그 사람한테 구라모리 씨가 연락할 수 있어요?"

"왜?"

"여기서만 하는 이야기예요." 하루코는 다른 사람 귀를 의식해서 작은 목소리로 말을 꺼냈다. "신문에도 약간 실렸지만, 재판이 끝난 후 범인이 폭탄 발언을 했어요. 조카며느리가 범행을 사주했다는 듯한 말이요."

"아, 뭔가 실려 있었는데 그런 이야기였어?" 구라모리도 기사를 읽은 모양이었다. "그래도 설마 진짜는 아니겠지."

"저도 그리 생각했는데 여동생이 끙끙대고 있어요. 지금 그 며느리를 거둬들여서 같이 살고 있는데 그런 소리를 들으면 어떻게 얼굴을 봐야 할지 알 수 없어지잖아요."

"뭐, 그렇긴 하겠네." 구라모리는 깊이 신음했다. "일이 일인 만큼."

"그걸 경찰이나 검찰에서는 어떻게 받아들이는지 정도는 기자를 통해 파헤쳐볼 수 있지 않을까 싶어서요."

"그렇군." 구라모리가 말했다. "사건을 다루는 건 딱히 상관없지만, 하루코 씨가 말한 대로 그 녀석은 빈틈이 없어서 말이지. 상대도 화제가 될 만한 소재를 얻으려고 할 테고. 기사가 꺼림칙하게 나와도 난 몰라."

"뭐, 그 점은 적당히 대처할게요."

하루코도 매스컴 종사자들의 습성을 알아서 걱정하지 않았다.

매일 이따금 얼굴을 마주하는 아키미는 정신적 피로가 쌓여서인지 언제 봐도 안색이 좋지 않았다.

한편 소요코는 아무것도 달라지지 않았다. 법정에서 있었던 일을 두고 하루코 주변에서도 속닥댔고, 소요코 자신도 그런 낌새는 어떤 식으로든 느낄 테다. 하지만 잡음에는 귀를 기울이지 않겠다고 결심한 듯 차분하고 여유 있는 언행에서 동요하는 모습을 찾아볼 수 없었다. 그 사실만으로도 꽤 뻔뻔한 사람이라고 여겨졌다.

문화센터의 구라모리와 이야기를 하고 며칠인가 지났을 무렵 쿡 하루에 〈주간동서〉의 요네무라가 얼굴을 내밀었다.

"얼마 전에 반가웠습니다." 짧은 인사만 한 그는 왜 방문했는지 알고 있겠지 하는 듯 눈짓을 보냈다.

하루코는 가게에 손님이 있어서 매장을 다쓰야에게 맡긴 뒤 요네무라를 데리고 옥상으로 올라갔다.

"조금 전에 도키야도 들여다봤는데 그 젊은 여성이 구노 고헤이 씨의 부인 되시죠?"

"그래요. 본 적 없어요?"

"직접 본 적은 없습니다." 요네무라가 대답했다. "주변 취재 때 사진으로 본 정도죠."

"상당한 미인이죠?"

"평소에 그런 감상평은 제 입으로 하기 거북해하는 편이 지만, 그쪽에서 그렇게 말씀하신다면 솔직히 동의합니다."

"우리 남편도 완전히 그 아이 편이에요."

"반대로 말하면 하루코 씨는 편이 아닌 거네요."

에세이스트 시절에는 '하루코'라는 펜네임으로 활동했 던 만큼 요네무라도 하루코를 성이 아닌 이름으로 불렀다.

"난 여동생 편이니까요." 하루코가 말했다. "잔걱정이 끊 이질 않는 것 같아서 정말 가여워요."

"저희도 사건 직후에는 열심히 움직이지만 주간지의 한 계라고 할까요. 재판까지 쫓아다니는 일은 거의 없어서 이 번에도 솔직히 방관하기로 작정했습니다. 그런데 그 구마 모토가 폭탄 발언을 했더군요. 도대체 무슨 일인가 신경 쓰 던 차에 구라모리 씨가 말을 전해왔어요."

요네무라가 그리 말해서 하루코는 유쾌한 시선을 보냈 다. "하루코 씨도 꽤 마음에 걸려 한다고 하더군요. 예전에 취재할 때는 딱히 아무 말씀도 안 해주셨는데 그런 저를 슬 쩍 떠보는 건 심상치 않은 일이구나 싶었습니다."

"여동생의 원통한 마음은 말했잖아요. 당신은 여동생 집의 일부터 지금의 내 일까지 이것저것 할 것 없이 물어왔지만, 그런 상황에서 주절주절 떠들어댈 수 없다는 것 정도는 이해하지 않나요?"

"그렇다고 해서 이쪽 동향만 염탐당하는 건 곤란합니다." 요네무라는 냉소적으로 말했다. "뭐가 마음에 걸리는지 구체적으로 알려주셔야죠."

"경야 때도 그렇고 장례식 때도 그렇고 피해자의 아내로서는 그렇게 슬퍼하는 것처럼 보이지 않았어요." 우선 애매하게 말했다.

"태연해 보였다든가, 웃었다든가 그랬나요?"

"그렇게까지는 아니지만 뭔가 멍하니, 막연해 보였다고 해야 할까요……."

요네무라는 하루코의 이야기 자체가 막연하다는 듯 고개를 살짝 갸웃거려 보였다.

"뭐, 멍하니 있었다고 할 수는 있겠지만 부자연스럽다고 단언할 수는 없네요. 남의 일처럼 태연하다든가 반대로 서툰 연기를 하면서 울부짖었다고 하면 의심쩍다고 할 수 있겠지만요."

"서툰 연기라고 하면 이건 나만 봤으니 기사로 쓰는 건 곤란하긴 하네요……."

요네무라 말에 이어서 하루코는 소요코가 우는 시늉을

했다는 이야기를 펼치기 시작했다.

"역시 한 시대를 풍미한 에세이스트의 관찰력이라고 해야 할까요, 그건 신경이 쓰이네요."

그의 천성인지 빈정대는 듯한 자세가 말투에도 섞여 있어서 순순히 받아들이지는 않았지만 다소 흥미는 생긴 모양이었다.

"저도 이번 사건에서 찾아낸 건 주로 구마모토 주변이지 소요코 씨 쪽까지는 좀처럼 눈길을 보낼 여력이 없었습니다. 구마모토가 그녀에게 어느 정도 집착했는가 하는 이야기는 주워들었으니 간접적으로 그녀를 알 것 같은 느낌은 들었지만요."

"집착했던 건 확실하네요?"

"그런 듯합니다." 요네무라가 답했다. "구마모토를 아는 사람은 다들 그리 말했습니다. 한 번은 소요코 씨를 포기하고 데이트 어플로 알게 된 여자와 사귄 모양이지만, 관계가 잘 굴러가지 않고 꼬여서 상해 사건이 일어났죠. 그래서 이러니저러니 해도 소요코 씨를 잊을 수 없어서 마음이 되돌아왔던 것 같습니다."

그것은 하루코도 아는 이야기였다.

"구마모토가 따라다녀 소요코의 마음이 구마모토에게 되돌아간 적이 있었던가요?"

"그건 그러니까, 없었나 봐요." 요네무라가 말했다. "하지만 만약 소요코 씨가 관계돼 있다면 구마모토는 자신에게 그녀 마음이 돌아왔다고 생각했을 거예요."

"그렇군요."

희대의 악녀라고 불러야 할 수법이 아닌가. 소요코에게 그 정도의 또 다른 얼굴이 있다면, 다시 생각해도 오싹했다.

"신경 쓰이는 건 구마모토의 습관적인 폭력이에요." 요네무라가 이어서 말했다. "데이트 어플에서 알게 된 여자에게도 폭력을 휘둘렀지만 실은 소요코 씨한테도 그 흔적이 있었고 그녀는 구마모토와 사귀던 당시 구마모토한테서 폭행당했다며 경찰관과 상담했습니다. 그런 습관적인 폭력성이 싫어서 고헤이 씨로 갈아탔다고 해도 되겠지요."

사람을 찔러 죽인 사건을 일으킨 남자라면 습관적인 폭력성이 있다고 해도 전혀 이상하지 않았다.

"거기서 주목하고 싶은 건, 법정에서 맞닥뜨린 사법기자들 이야기로는 소요코 씨가 고헤이 씨의 가정폭력으로 고민하고 있었고, 구마모토에게 어떻게 해줄 수 없는지 부탁하러 왔다고 당사자인 구마모토가 호소했다는 겁니다."

신문기사에는 그렇게까지 상세한 내용은 없었지만, 하루코도 아키미에게 그리 들었다.

"실제로 소요코 씨가 고헤이 씨에게 가정폭력을 당한 듯한 낌새는 없었나요?" 요네무라가 물었다. "그걸 알게 되면 양상은 달라질 겁니다."

"글쎄요." 하루코는 고개를 갸웃거렸다. "그 아이가 사건 전에는 도키야에서 일하지 않아서요. 어린 아들을 데리고 종종 가게에 왔던 것 같은데 저도 그렇게 얼굴을 자주 마주친 건 아니니까요."

"고헤이 씨는 아내에게 손을 들 만한 타입이었나요?"

"음, 그것도 잘 모르겠네요." 무책임하게 그렇다고 말하기 힘든 질문이었다. "어릴 적에는 짜증을 잘 내는 성격이었고 중학교 때는 동급생을 다치게 해서 부모님을 곤란하게 한 적은 있었던 듯하지만요."

"다혈질이었나요?"

"뭐, 옛날에 흔히 말하는 골목대장 같은, 장난기가 많은 면은 확실히 있었어요. 사립학교에 보냈는데 퇴학당할 것 같아서 일을 수습하느라 고생했지만요."

"기부금을 냈나요?"

"그런 일도 있었죠. 부모가 노포 경영자로 살림이 넉넉했으니까요. 맞벌이라서 방임하기도 했고 외동이라서 어리광을 받아주다 보니 그런 면도 당연히 있었죠. 학창 시절에도 서핑이다 뭐다 놀러만 다녔는데 아무래도 가게를 이을 마음을 먹으니, 정신 차릴 때가 되니 달라지네 하며 여동생이랑 같이 가슴을 쓸어내렸지만요."

"그렇군요." 요네무라는 이해했다는 듯 맞장구를 쳤다. "이렇게 말하면 틀렸을 수도 있지만, 이야기를 들어보니 고헤이 씨와 구마모토는 스타일에서는 공통된 부분이 있을지도 모릅니다. 소요코 씨가 그런 유형의 남자에게 끌린다고 할까 그런 남자를 끌어들인다고 할까, 그런 면이 있을지도 모르고요."

"고지식한 남자만큼 심심한 건 없으니까요." 하루코는 농담처럼 말했다.

요네무라는 살짝 웃고 나서 이어서 이야기했다. "모르시겠지만 고헤이 씨와 소요코 씨가 사귀기 시작했을 무렵에도 구마모토가 소요코 씨를 따라다닌 시기가 있어서 고헤이 씨가 그를 끊어냈습니다. 폭행 사건은 없었지만, 서로 고함을 지르거나 드잡이를 한 일은 있었던 모양입니다. 이건 견해를 바꾸면 구마모토가 싫증 난 소요코 씨가 고헤이 씨를 이용해 구마모토를 떼어냈다고도 할 수 있죠. 그리고 사건 말입니다만, 소요코 씨가 얽혀 있다면 이건 반대로 고헤이 씨에게 염증이 난 차에 구마모토를 이용해서…… 두 사람을 폭력 장치로 이용한 결과가 될지도 모르고요."

소요코 자신은 그저 힘이 약한 여자일 뿐이라서 한편에서는 폭력적인 남자에게 농락당하는 것처럼 보이지만 다른 한편에서 보면 그 무력함을 역이용해서 남자의 폭력성을 조종해 마지막에는 뒤처리하게 한다……는 게 되는가.

"고헤이에게 평소에 습관적인 폭력이 있는지 없는지가 오히려 소요코 사건에서 관계성을 파헤칠 단서가 된다는 거네요." 하루코는 이야기를 정리하고 나서 요네무라를 보았다. "뭔가 신경 쓰이는 일이 없었는지 여동생한테 물어보는 것 정도는 가능해요."

"부탁드립니다."

"검찰이나 경찰에서는 구마모토가 한 발언을 어떻게 받아들이나요?"

"가볍게 알아봤는데 기본적으로는 무시했습니다." 요네무라가 말했다. "근거가 있지도 않고 진지하게 대할 부류가 아니라는 느낌입니다. 그들은 구마모토에게 무거운 실형을 내려서 일 하나를 끝낸 셈이니까 그걸 갈아엎을 생각은 없겠죠."

"그런데 다시 생각해도 소요코가 친정에 가 있을 때 마침 사건이 일어나다니 어설픈 알리바이 공작 같아서 오히려 수상하지 않아요?" 하루코는 고개를 갸웃거렸다. "경찰에서는 그걸 아무렇지도 않게 여기나요?"

"그 점은 재판에서도 다루어졌을 겁니다." 요네무라가 말했다. "구마모토가 소요코 씨를 따라다녀서 소요코 씨가 몇 번인가 만났습니다. 그녀 쪽도 섣불리 대하다 오히려 해를 입으면 당해낼 수 없고, 그런 어마어마한 범행을 계획할 줄은 몰랐으니 조만간 친정에 간다는 사실도 일상처럼 이야기했을 겁니다."

"그래도 두 사람 사이에 어떤 말이 오갔을지도 모르는

일이잖아요."

"그 점은 확실히 그렇죠." 요네무라는 순순히 동의했다. "그래서 구마모토도 그 점에서 살인을 부탁받았다고 말하는 게 아닐까요?"

"스마트폰으로 주고받은 메시지에 그럼직한 내용이 남아 있지는 않았으려나요?"

"남아 있었으면 역시 알았겠죠."

경찰도 보고 놓치지는 않았을 것이라는 뜻이다.

"그렇겠죠?"

"그저 새로운 사실이 판명되면 그들도 한 번 더 사건을 다룰 수밖에 없겠죠. 그런 보도를 계기로 시작한 수사도 때로는 있으니까요."

"당신은 어떻게 움직이고 있죠?"

"우선 소요코 씨의 친구 관계를 알아볼까 합니다."

"그렇군요."

하루코는 뭔가 알게 되면 자기에게도 알려달라고 부탁하고 일하러 돌아가기로 했다.

"그러고 보니 소요코 씨와 고헤이 씨 사이에 자녀가 있죠?" 요네무라가 옥상을 나가려는 하루코의 뒤를 따라가면서 물었다. "어떤 아이인가요?"

"어떤 아이라니, 얌전하고 평범한 아이예요."

"누굴 닮았죠?"

"누구라고 굳이 말하자면 소요코라고 해야 할까요." 하루코는 대답했다. "고헤이는 닮지 않았고…….."

"그런가요?"

요네무라의 맞장구에는 하루코의 무난한 대답에 오히려 흥미가 생겼다는 듯한 어감이 있어서 마음에 조금 걸렸다.

"그게 왜요……?" 물으면서 출입구 문을 열었다.

그러자 그곳에 때마침 소요코가 서 있어서 하루코는 흠칫 몸을 젖혔다.

"시이모님." 소요코는 하루코의 반응에 조금 눈이 휘둥그레졌으나 그 얼굴은 평소와 다르지 않게 담담했다. "수고 많으십니다."

"아…… 수고해." 하루코는 상황을 수습하듯이 다급하게 대답했다.

"어라, 조금 전의?" 소요코는 하루코의 등 뒤로 시선을 보냈다. "시이모님의 일과 관련된 분이신가요?"

"조금 전에는 실례했습니다." 요네무라가 태연하게 대답했다.

바깥에 널려고 하는지 물기를 짠 수건을 든 소요코는 그대로 옥상으로 나갔고 하루코 일행은 스치듯이 안으로 들어갔다.

하루코는 아주 약간 불쾌한 감정을 남긴 채 요네무라와 헤어졌다.

아키미는 기분이 불쾌한 날이 이어져 무리해서 일하면 쓰러질 듯한 데다 어깨부터 가슴 부근이 딱딱해져 납이 채워진 것 같은 증상이 이따금 덮쳐서 시민병원에 가 검사를 받았다. 그 결과, 협심증이라고 진단을 받아 약을 처방받고 정기적으로 통원하게 되었다.

지금까지는 갱년기장애의 연장선 같은 느낌으로 컨디션이 나쁘다며 우는소리를 했지만, 완전히 환자가 되자 기분이 더 답답했다.

식사를 차릴 기력도 없을 때는 소요코에게 반찬을 사다 달라고 부탁했는데 그게 연일 이어지자 소요코가 "제가 만들까요?" 하고 말을 꺼냈다.

아침은 꽤 전부터 소요코에게 맡기고 있었다. 맡긴다고

해도 으레 달걀프라이, 된장국에 전날 저녁에 남은 반찬으로 식사를 때워서 대수롭지 않았다. 그 정도는 소요코에게 양보해도 된다고 생각했다.

그 대신 저녁은 자기 일이라고 생각했다. 그리고 자신이 부엌에 서 있는 이상 소요코를 도우미로라도 들이고 싶지 않았다. 그런 마음이 같이 살기 시작한 초기에 소요코에게 전해졌는지 그녀는 철저히 식기를 놓거나 뒷정리 하기만 했다.

그런데 지금에 와서 선뜻 요리 당번이라는 말을 꺼내자 그게 너무나도 자연스러운 말투였던 탓인지 사다히코가 "그래, 소요코한테 맡기는 게 어때?"라고 쉽게 말을 꺼냈다. 바깥에서 사오는 반찬이 이어지니 식상했을지도 모른다.

그 말을 들었을 때는 아키미도 기를 쓰고 딱 거절할 몸 상태가 아니어서 결국 소요코에게 맡기게 되었다.

소요코가 한 요리가 특별히 맛있지는 않았다. 편견이 들어 있지 않다고 단언할 수는 없지만 아키미 입맛에는 맞지 않았다.

더구나 씁쓸한 일은 편식하는 나유타가 소요코가 만든 저녁은 거의 남기지 않고 먹는다는 것이다. 아키미도 아이가 좋아할 만한 반찬을 특별히 만드는 등 여러 가지로 궁리했지만 나유타는 마음에 들지 않는 반찬에는 전혀 손을 대지 않았다. 그런데 소요코가 만든 음식은 익숙해서인지 또는 소요코가 나유타가 좋아하거나 싫어하는 반찬을 잘 알아서인지 밥을 아주 잘 먹었다.

사다히코도 소요코의 요리에 기분이 좋은 듯 입맛을 다셨다. 그것도 내키지 않았지만 역시 겉으로 드러내지 않도록 아키미는 불만을 꾹 참았다.

다만 이날 저녁 반찬으로 나온 구운 연어는 조금 짰다. 어떻게든 밥과 함께 먹었지만, 어쩌다 보니 연어 살점만 입에 넣게 되자 불만을 터뜨리지 않은 채 계속 먹어야만 하나 싶어서 화가 났다.

"이거, 소금기 뺐니?" 아키미는 젓가락질을 멈추고 소요코에게 물었다.

"아니요…… 조금 짠가요?" 소요코는 시치미를 떼듯이 말했다.

"조금이 아냐. 어디서 샀니?"

"마루사와요."

"생선은 우오마쓰에서 사야지. 마루사와는 생선은 별로야. 며칠이라도 더 보존하려고 간을 세게 하니 소금기를 제대로 빼야지."

"죄송합니다. 우오마쓰가 오늘 휴일이었거든요."

"그럼 일부러 생선을 살 필요가 없잖니."

일단 쌓이고 쌓였던 감정을 터뜨리자 불만이 멈추지 않고 나왔다.

"연어를 안 먹어보면 얼마나 간을 했는지 모르잖아." 사다히코가 상황을 수습하듯이 끼어들었다. "이런 연어도 그런대로 괜찮지 않아? 옛날 연어는 더 짰어."

"난 병원에서 염분을 줄이라는 말을 들었어."

아키미가 사다히코를 가볍게 노려보면서 말하자 그를 대신해서 소요코가 "그러네요" 하고 맞장구를 쳤다. 그런 소요코에게 아키미는 다시 시선을 돌렸다.

"새아기는 전체적으로 간을 세게 하는 것 같아. 고헤이는 아무 소리도 안 했어?"

"그이는 간을 비교적 세게 하는 걸 좋아했는데, 그때보다는 간을 약하게 하고 있어요."

아키미는 순간 자신이 맞춘 간으로 먹고 자란 고헤이가 그렇게 간이 센 걸 좋아할 리가 없다고 생각했다. 하지만 고헤이가 한창 자랄 때는 마음대로 소스나 간장을 착착 쳐서 먹던 모습이 떠올라서 입을 다물었다.

"뭐, 날 빨리 죽게 하고 싶다면 그렇게 간을 맞춰도 상관없지만."

그 대신 나온 혼잣말은 자신이 했지만 독기가 담겨 있었다.

"설마요……."

소요코는 당황한 듯 말문이 막혀 했지만 진심은 어떨까 하는 생각이 들었다.

"말도 안 되는 소리 하지 마." 사다히코가 아키미를 나무라듯이 말했다.

"내일은 내가 차릴게." 아키미는 말을 물리는 대신에 그리 말해서 이야기를 끝냈다.

저녁을 다 먹고 저마다 샤워를 한 후 나유타를 재운 소요코가 2층에서 내려왔다.

"배가 아직 남아 있는데 깎아드릴까요?"

거실에서 멍하니 텔레비전 뉴스를 보던 사다히코가 "응, 그러자꾸나"라고 싱글벙글 말했다. 저녁에도 두 조각 정도 나왔는데, 배는 사다히코가 좋아하는 과일이었다.

"마루사와에 비교적 싸고 맛있는 과일이 나와 있더라고요."

그녀가 아키미에게 그런 말을 했다.

하지만 아키미는 아키미대로 저녁때의 껄끄러운 대화를 말끔하게 잊어버린 듯한 그녀를 불쾌한 기분으로 볼 수밖에 없었다.

"그래, 맞아. 거긴 옛날부터 과일이 괜찮지. 채소도 그런 대로 괜찮고." 아무 반응도 하지 않는 아키미를 대신해서 사다히코가 소요코의 말에 상대를 해주었다. "고기나 생선은 오미야나 우오마쓰가 괜찮고 말이지."

소요코는 배를 깎더니 접시에 담아 거실로 가져왔다. 사다히코가 얼른 한 조각 먹음직스럽게 물어 아삭하고 기분좋게 씹는 소리를 냈다.

소요코도 사양하지 않고 한 조각을 입에 넣었다. 아키미도 무료해서 엉겁결에 포크를 들었다.

"2층 말인데요." 소요코가 문득 입을 열었다.

"응?" 사다히코가 답했다.

"사용하지 않는 가구라든가 물건이 이것저것 많아서 비좁은데 조금 정리해도 될까요?"

"응…… 그러게……." 사다히코가 아키미를 힐끗 쳐다보았다.

2층에 있는 건 거의 고헤이가 쓰던 물건이다. 학교를 졸업한 이후에는 독립했지만, 2층 그의 방은 창고처럼 사용하고 있었다. 낚시에 서핑에 스노보드에 기타에 취미가 많았고 청바지나 스니커즈 등 패션에도 열을 내어 그가 살던 아파트 공간에 다 넣을 수 없었다.

"정리하다니, 버리겠다는 소리니?" 아키미가 살짝 인상을 쓰며 말했다. "2층에 있는 건 고헤이가 쓰던 추억의 물건뿐이야."

"그렇지만 어머님도 2층에는 올라오지 않으시잖아요."

"그건 네가 쓰고 있으니 배려를 하는 거잖니."

"감사합니다." 소요코는 공손하게 고개를 숙였다. "하지만 그렇게까지 저희 생활을 배려해주신다면 그 사실도 받아들여 주셨으면 해요. 이제 나유타도 자랄 테니 물건이 늘 거예요."

"방이 세 개나 있고 평소에는 손님방에서 자잖아." 손님방에는 고헤이가 쓰던 물건이 놓여 있지 않았다. "그런데도 비좁다니."

"아파트에서 가지고 온 짐도 꽤 있으니까요."

온화한 말투를 쓰면서도 소요코는 절대 물러설 마음이 없는 듯했다.

"손님방의 벽장에는 내 수집품도 있긴 하지." 사다히코가 말했다. "비젠이나 하기에 갔을 때 공부가 될 거라 생각해서 사온 것들이야. 나쁘지 않은 그릇이지만 팔아도 얼마 받지 못할 테고 그렇다고 사용하지도 않을 거야. 그런 건 이제 처분해도 괜찮아."

소요코는 감사 인사를 하듯이 고개를 살짝 숙였지만, 그걸로 만족하지 않은 모양이었다.

"그이의 물건도." 그녀가 말했다. "1주기와 재판이 끝나서 조금씩 정리해나갈 때가 아닐까 싶어요."

"왜 그렇게 고헤이의 물건을 버리고 싶어 하니?" 아키미는 거의 감정적으로 물었다. "고헤이의 물건에 둘러싸여 있는 게 불쾌한 거니?"

거침없는 말투에 사다히코가 인상을 찌푸렸다.

"그이가 건강했을 때가 떠올라서 괴로워요." 소요코가 뺨을 살짝 일그러뜨리며 말했다. "긍정적으로 살아야 한다고 생각하면서도 좀처럼 그게 안 돼요."

과연 본심을 말하는 것일까…… 아키미에게는 수상쩍은 마음이 있었다. 평소 소요코를 보면 고헤이를 까맣게 잊어버린 것처럼 느껴졌다.

"떠오른다는 건 나쁜 게 아니잖아." 아키미는 냉소적으로 말했다. "고헤이도 잊히길 원하지 않을 테고 고헤이와 쌓은 추억이 너한테 힘이 되잖니. 나한테도 그래."

"전부 잊어버릴 것도 아니고 그러지도 못해요. 그저 지금처럼 너무 둘러싸여 있으면 사건만 떠올라서 괴롭고 힘들어요."

아키미는 그 사건은 네가 불러일으키지 않았냐고 추궁하고 싶었다. 또는 자신은 관계가 없다고 우기고 싶어서 일부러 이런 소리를 하는지도 모른다는 마음이 들었다.

"알겠다." 사다히코가 말했다. "소요코가 말하기 전에 이쪽에서 먼저 어떻게든 했어야 했어. 다만 책상만큼은 나유타에게 남겨주지 않겠니? 지금은 몸에 안 맞아도 중학생 정도 되면 사용할 수 있을 거야. 그건 기소의 졸참나무로 만든 꽤 좋은 물건이란다."

"네, 근사한 책상이더라고요." 소요코도 반대 의사가 없는 듯 고개를 끄덕였다.

"당신도 위에 올라가서 보고 도무지 처분하고 싶지 않은 물건만 아래로 내려놓도록 해."

아키미는 대답하는 대신 한숨을 작게 쉬고 배를 입에 집어넣었다.

"같이 살고 있으니 뭐라고 말할 때 좀 더 신경 써."

불을 끄고 침대로 들어가자 옆에 있던 사다히코가 기다렸다는 듯 잔소리를 했다.

"옛날에 며느리를 구박하던 시어머니처럼 보여서 꼴사나워."

"같이 사는 게 더 이상해." 아키미가 중얼거렸다.

"뭐?"

"사건과 관련된 이야기를 그대로 두고 무슨 마음으로 같이 사는지 모르겠어."

"아직도 그런 소릴 하는 거야?" 사다히코는 어처구니가 없다는 듯 말했다. "소요코가 아니라잖아."

"말로는 뭔들 못할까?"

"하지도 않은 일을 증명하는 건 불가능해. 그런 걸 바라서 어쩌자는 거야? 애초에 사건과 엮여 있다면 왜 우리랑 같이 살면서 가게 일을 돕겠어? 그 사실만 봐도 저 애는 관계가 없다는 걸 알 수 있잖아?"

"알긴 뭘 알……. 그리 생각하게 하려고 같이 살 뿐일지도 모르지."

"어리석긴."

"아니면 당신이 상당한 부자로 보였을지도 모르고. 같이 살다가 나유타가 뒤를 잇게 하는 편이 이익이 되겠다고 생각했거나."

"말도 안 되는 소리 하지 마."

사다히코의 말투가 날카로워졌다. 진심으로 기분이 상한 모양이었다.

머리에 열기가 오르자 잠이 오지 않았다. 아키미는 몸을 일으켜 베개 언저리의 불을 켰다. 협탁에 놓인 약통에서 수면제를 꺼내 컵에 담긴 물로 목에 흘려보냈다.

"아무리 말해도 태연한 얼굴을 하고 말이지." 그런 소리를 불쑥 읊조렸다.

"태연할 리가 없잖아."

사다히코가 소요코를 대변하듯이 대답했지만 아키미는 그런 말에도 크게 동요하지 않았다. 소요코는 아키미가 내뱉은 거침없는 말에 그 순간순간에는 안색이 바뀌지만 시간이 조금 지나면 아무 일도 없었다는 듯한 표정을 한다. 그래서인지 가엽다는 소리를 들어도 죄책감이 그다지 솟구치지 않았다.

하루코가 들려준 악어의 눈물 이야기를 떠올렸다. 악어는 눈물을 흘려도 슬퍼 보이지 않는다. 소요코도 그에 가까울지 모른다. 눈물뿐만 아니라 사소한 감정표현도 진짜인지 아닌지 파악할 수 없었다.

"조금 전에도 밥 먹을 때 나눈 이야기는 잊어버린 것처럼 그런 이야기를 꺼냈잖아."

"그건 반대지." 사다히코가 말했다. "식사할 때 당신한테 이런저런 소리를 들었기 때문에 그런 말을 한 거야. 그 애도 자존심이 있으니까."

그런 사고방식도 있나 싶었다. 그건 그것대로 기가 드센 여자라는 생각밖에 들지 않았지만, 사다히코도 소요코를 무엇이든 네네 하며 따르기만 하는 여자라고 보지 않는다는 사실을 알았다.

"이 집에 들어와서 인정받으려고 노력하는데 그 점을 알아주지 않으면 가엽잖아."

자신이 소요코라면 이 집에서 뛰쳐나갔을 거라고 생각했다. 아키미는 옛날 사람이라도 비교적 철부지 기질이 있고 막내 기질도 있어서 부모님이나 언니 하루코에게 귀여움을 받으며 자랐다.

피아노나 발레를 조금 맛보기도 했지만 선생님이 엄격하면 싫증이 나서 금방 그만뒀다. 시어머니에게는 집안일이나 가업을 철저하게 교육받았지만 달아나지 않고 버틴 것은 그 이면에서 애정을 느낄 수 있어서였다.

지금의 아키미는 미안하지만 소요코에게 의문점이 있을 뿐 애정을 가질 수 없었다. 소요코가 이 집에서 계속 살 이유는 없다. 그런데도 계속 같이 지내려 한다면 아무래도 의심스럽다.

확실히 사건과 관계가 없다는 증거를 내놓으라고 하는
건 잔혹한 일일지 모른다. 하지만 얽혀 있지 않다는 소요코
말을 그대로 믿으라는 것도 무리다. 그녀가 보여주는 태도
에서 믿을 수 있는지 없는지 판단해나가는 수밖에 없다.

그런데 지금은 의심스럽기만 하다.

"고헤이가 새아기한테 폭력을 휘둘렀는지 어쨌는지 아
는 거 있어?"

"응?"

"언젠가 준조 씨랑 다 같이 밥 먹을 때 준조 씨가 새아기
팔에 난 멍을 보고 말했잖아. 그 애는 모르는 사이에 부딪혔
다고 변명했는데 그거 고헤이가 낸 멍일지도 몰라."

물론 그리 생각하는 데 거부감은 든다. 자기 아들은 다정
한 사람이라고 생각하고 싶다. 하지만 가능성을 무시할 수
없는 이상 생각하지 않을 수 없다.

"고헤이가 그 애의 위팔을 때리는 모습을 한 번 본 적이
있어."

사다히코는 아키미가 왜 그런 말을 하는지 의도를 파악
하기 어렵다는 듯 잠자코 있었다.

"구마모토가 말했잖아. 새아기가 고헤이에게 가정폭력
을 당하는 일을 고민하다 도움을 요청했다고. 정말 가정폭
력이 있었는지 없었는지가 열쇠야. 언니한테 찾아온 주간
지 기자도 그런 소리를 했대."

먼젓번에 하루코에게 그 말과 함께 뭔가 짐작 가는 게 없냐는 질문을 받고 아키미는 자신이 예전에 목격한 일을 이야기했다. 하루코는 역시 그렇구나 하고 흥분했고 소요코를 더 의심하게 되었다고 말했다.

"관두지 못해?" 사다히코는 불쾌해하며 말했다. "폭력을 당해서 의심스럽다니 이상한 논리를 태연하게 펼치는군."

"나도 고헤이가 일상적으로 폭력을 휘둘렀다고 생각하고 싶지도 않고 한 번 봤을 때도 새아기가 가엾다고 생각해서 고헤이한테 주의를 줬을 뿐이야. 그런데 이거랑 그건 다른 문제잖아. 무엇이 진실이냐는 거니까."

"이제 됐어." 사다히코는 이야기를 끊어내듯이 말했다. "당신은 고헤이 일을 너무 질질 끌어서 그런 생각을 하는 거야. 물론 심정은 이해하지만 그래서 주변 사람을 불쾌하게 만드는 건 잘못된 거야. 이제 고헤이는 돌아오지 않아. 죽은 애를 계속 붙잡고 있어도 달라지는 건 없잖아."

고헤이가 죽고 나서 사다히코는 나유타에게 고헤이 몫을 맡기려고 했다. 나름대로 자신을 따르니 이제 와서 나유타가 떠나면 곤란할 테다. 그래서 소요코에게 신경을 쓰는 것이다.

"아주 간단히 체념하네."

사다히코를 두고도 아키미 입에서 나오는 말은 비아냥으로 바뀌고 말았다.

사다히코도 탄식으로 답하는 수밖에 없는 듯했다.

그 주의 정기 휴일에 나유타를 어린이집에 맡기고 온 소
요코가 집 정리를 하는지 종일 2층에서 짐을 옮기는 소리가
들렸다.

사다히코도 2층으로 올라가 손님방에 있던 자기 수집품
을 끌어안아서 아래층 다다미방으로 옮겼다.

"저래선 벽장 하나를 정리하는 데도 하루가 걸리겠네."
사다히코가 한숨을 쉬면서 말했다.

도와주라고 하는 말인 건 알았지만 아키미는 모르는 척
흘려들었다.

저녁 전에 소요코가 내려왔다.

"어머님도 남겨두고 싶은 물건이 있는지 한번 봐주세
요."

그녀는 그렇게 말해놓고 나유타를 데리러 나갔다.

소요코가 없다고 생각하자 갑자기 2층이 신경 쓰인 아키
미는 부엌 청소를 하다 말고 일단 정리한 뒤 2층으로 올라
갔다.

우당탕하는 소리는 들렸지만 과연 사다히코가 말한 것
처럼 벽장 아래층이 겨우 텅 빈 정도였다. 그런데도 타는 것
이나 타지 않는 것을 분류해 담아놓은 봉투는 벌써 몇 개나
나란히 놓여 있었다.

고헤이의 추억이 담긴 물건이 있을 뿐이라고 말했으나 막상 뭘 남겨야 할지 특별히 생각나는 물건이 없었다. 아키미는 그저 가능하다면 고헤이가 사용하던 방을 그대로 둬서 그의 공기를 계속 남겨두고 싶었을 뿐이다.

그런데도 그가 사용하던 연필꽂이라든가 가족여행을 갔을 때 산 걸로 보이는 키홀더 등 유품으로 자신이 사용할 만한 것은 버리지 않고 가지고 있기로 했다.

고헤이가 중고등학생 무렵 열심히 모았던 만화책도 끈으로 휙 묶여 있었다. 그 무렵 아키미가 버리려고 하면 고헤이는 불같이 화를 냈지…… 하는 추억이 떠올라 눈물이 절로 났다.

만화잡지나 패션잡지 등과 같이 노트도 몇 권 끈으로 묶여 있었지만, 아직 쌓아놓기만 한 것도 있어서 아키미는 그것들을 들고 팔랑팔랑 펼쳐보았다.

노트에는 패션이라든가 스니커즈를 직접 디자인한 그림이 많았다. 잘 그린다고는 할 수 없을지 모르지만, 낙서 수준이 아니라 꼼꼼하게 그려져 있었다. 그러고 보니 초중학교에 다닐 때도 공작이나 미술 성적은 나쁘지 않았다. 가업이라서 취미도 그 무엇도 신경 쓰지 않고 도자기를 다루는 길로 진학하게 한 듯한 기분이 들지만 디자인과 관련된 취미는 원래 있었을지도 모른다.

몇 권인가 노트를 펼쳐보는 사이에 그릇 디자인 그림을

맞닥뜨렸다. 접시나 다완이 색연필로 그려져 있고 유약 종류나 높은 온도에 구워진 도자기의 포인트 등도 세세하게 기록되어 있었다.

요업학교에 다니던 시절에 그렸다는 걸 알았지만 이렇게 열심히 도자기 제작과 마주했을 줄은 몰랐다. 도공이 될 리도 없으니 인맥이나 만들며 유예받은 시간을 누릴 거라고, 과도한 기대는 하지 말자고 생각했다. 그런데 오롯이 마주했기에 미노야키에도 애착이 생겨 야마모토 세이치로 같은 재능이 있는 도예가와 좋은 관계를 맺은 것이다.

그런 노력을 꽃피울 터였던 미래를 불합리하고 끔찍한 짓에 빼앗겼다고 생각하니 아키미는 새삼 가슴이 조여드는 기분이 들었다.

아키미는 사다히코에게도 보여주어야겠다는 생각에 노트를 손 언저리에 남겼다.

그것 말고도 남겨둬야 하는 노트가 있을지 모른다. 아키미는 끈에 묶여 있는 서류도 풀어서 확인하고 싶었다. 소요코의 작업을 방해하는 일이기도 해서 그녀가 돌아오면 인상을 찌푸릴지도 모르지만 아키미 손으로 되돌려놓으면 된다고 생각했다.

노트가 들어 있는 다발의 끈을 풀다가 서류더미가 무너져서 어라 싶었다. 초중학교 졸업 앨범이나 문집도 그 안에 들어 있어서였다. 고헤이의 짧은 인생이 간단히 버려지는 것 같기도 해서 아키미는 너무 안타까웠다.

앨범이나 문집이 소중하다는 생각이 소요코에게는 없는 걸까. 아키미는 이해할 수 없었다.

창문도 방문도 활짝 열어젖혀져 현관의 미닫이 소리나 "다녀왔습니다" 하는 소요코의 목소리가 2층에도 들렸다. 계단을 올라오는 발소리가 났다.

"아, 어머님. 지금 막 다녀왔어요." 소요코는 아키미를 보고 그렇게 말을 걸었다. "나유, 할머니께 '다녀왔습니다' 해야지?"

소요코에게 재촉받은 나유타의 인사를 듣지 않은 채 아키미는 "새아가"라고 나지막하게 부르면서 앨범에 시선을 보냈다.

"이런 앨범도 넌 쉽게 버릴 생각이니?"

"아뇨. 아직 묶어놓지 않은 건 앞으로 보관할 거랑 처분할 걸로 나눌 생각이었어요."

"이건 이미 묶은 더미 안에 들어 있었어."

"어머. 어머님이 발견하셔서 다행이에요." 소요코는 사람을 사뭇 깔보듯이 말했다. "앨범처럼 안 보여서 몰랐어요."

"이런 건 얼핏 봐도 알잖아."

초중학교 앨범은 고등학교나 대학교 앨범과 비교하면 확실히 아담하지만 알아차리지 못할 리가 없다. 아키미에게는 버릴 마음으로 가득한 그녀가 시치미를 뗀다고밖에 여겨지지 않았다.

"죄송합니다. 어느 정도 기계적으로 하지 않으면 결과적으로 아무것도 처분 못 할 것 같아서 꼼꼼하게 확인하지 못했을지도 몰라요."

교묘한 변명에 분노가 더해졌다.

"이런 걸 버린다는 건 고헤이 인생 자체를 없었던 걸로 하겠다는 거랑 마찬가지야."

"죄송합니다." 소요코는 반성한다는 듯 고개를 숙이고 나서 물어보았다. "그것 말고는 없었나요?"

더는 불만이 없도록 전부 확인하라는 소리인가……. 그렇게 시작하면 아무것도 버리지 못하게 할 게 분명했다.

"이제 됐어."

아키미는 거 보라는 듯 크게 한숨을 쉬고는 연필꽂이나 노트 등을 들고 일어났다.

그대로 방을 나가 계단을 내려가려고 했지만 갑자기 일어서서인지 머리가 핑그르르 돌아 불쾌해졌다. 가끔 있는 일이지만 무리해서 계단을 내려가면 위험하겠다 싶어 계단 앞에서 잠시 가만히 서서 증상이 없어지기를 기다렸다.

"나유, 손 씻고 와."

방에서 소요코의 목소리가 들렸다. 방금 전 아키미한테 트집 잡혔는데도 진즉에 잊어버린 듯이 후련하고 밝은 말투였다.

답답한 마음이 더욱 심해졌지만, 아무렴 어때 하고 억지로 모른 체했다. 기립성 현기증도 사라져 계단을 내려가려고 다리를 움직였다.

그때 갑자기 뒤에서 허벅지 부근이 밀려났다.

악 소리 지르면서 순간적으로 손잡이를 잡았다. 하지만 접힌 다리가 계단 가장자리에 부딪히고 발목이 접질리면서 발을 헛디뎠다. 손잡이를 잡고 있던 팔만으로는 몸을 지탱할 수 없었다.

어깨에 심한 아픔이 가로지르면서 손잡이에서 손이 떨어졌다. 엉덩방아를 찧고 네다섯 칸 정도 되는 계단에 허리를 박으며 아래로 떨어졌다. 옆통수도 박아서 뭐가 뭔지 알 수 없어졌다.

아래까지 굴러떨어지는 건 간신히 면한 듯했다.

통증에 몸부림치며 뒤를 올려다보니 나유타가 계단 위에 서 있었다. 이상한 소리와 아키미의 비명을 들은 소요코가 무슨 일인가 싶어서 모습을 보였다. 그 순간 나유타가 얼굴을 일그러뜨리고 울면서 소요코 허리에 매달렸다.

"자, 나유타. 할머니께 사과드리렴."

아키미가 병원에서 돌아오자 소요코가 기다리다가 아키미 앞에 정좌하더니 그 옆에 나유타를 앉혔다.

"……죄송합니다."

나유타가 우물쭈물 입을 움직여 사과했다.

"정말 죄송합니다." 소요코도 의미심장한 표정으로 고개를 숙였다. "몸은 어떠세요?"

아키미의 왼발은 뼈에는 이상이 없었지만 관절을 삐어 상당히 부었고 발목 인대도 손상된 듯했다. 깁스를 하고 테이프로 둘둘 감아서 한동안은 자유롭게 움직일 수 없는 나날이 이어지게 되었다.

오른쪽 어깨는 부분탈구로 진단받았다. 이쪽도 테이프가 감겨 한동안은 안정을 취해야 해서 목발도 만족스럽게 짚을 수 없었다. 머리는 CT를 찍어서 이상이 없다고 진단받았고 오른쪽 무릎이나 허리는 단순한 타박상으로 끝났다. 하지만 몸 전체에 통증이 심해서 병원에서 돌아와 사다히코의 부축을 받으며 거실 소파에 앉는 것만도 꽤 고생을 했다.

"나유타." 아키미는 소요코 곁에서 고개를 숙이고 있는 손자를 노려보았다. "너, 무슨 생각으로 그런 짓을 한 거니?"

나유타는 "죄송합니다"라고 작은 목소리로 반복할 뿐이었다.

"미안하다고만 하면 내가 어떻게 알겠니?"

"나유타 말로는 손을 씻으러 내려가려는데 어머님께서

계단 위에 멈춰 서 있으셔서 비켜달라고 하려다가 그렇게 됐다고 하네요⋯⋯." 소요코가 대신해서 답했다. "앞으로 가고 싶으면 말로 하라고 따끔하게 혼을 냈는데⋯⋯ 정말 죄송합니다."

"비켜달라고 하고 싶어서 건드리려다 미는 느낌이 아니 었잖니?"

그때의 일을 떠올리자 당장 등줄기가 서늘해지는 감각 이 솟구쳤다. 네 살짜리 아이가 앞에 있던 아키미의 주의를 끌려고 힘을 낸 정도가 아니었다. 밀려고 하는 의사가 확실 히 담긴 강도였다.

나유타는 역시 대답하지 않았다.

"물론 일부러 그런 건 아니라고 생각해요." 소요코가 말 했다. "오늘 어린이집에서 친구와 다퉜는지 돌아왔을 때부 터 뭔가 심통이 나 있었어요. 그게 이상한 힘이 돼서 나온 걸지도 몰라요. 정말 죄송합니다."

"우연히 내가 손잡이를 잡아서 다행이었지만." 아키미는 여전히 나유타에게 말했다. "손잡이가 없었더라면 아래까 지 떨어졌을지도 모르잖니. 죽었을지도 모른다고. 그러면 나유타, 경찰 아저씨한테 잡혀가게 돼."

"나유타, 알겠지?" 소요코가 곁에서 잘 타일렀다. "이제 두 번 다시 안 그런다고 할머니께 약속하렴."

나유타는 또다시 얼굴을 일그러뜨리고 울먹였다.

"운다고 해서 되는 게 아냐. 자, 할머니한테 약속하렴."

소요코가 재촉하자 나유타는 "두 번 다시 안 그럴게요"라고 울먹이는 목소리를 쥐어 짜냈다.

"당연하지!"

아키미가 따끔하게 말하자 나유타는 목소리를 높여 울기 시작했다.

"자, 그 정도로만 해." 사다히코가 적당한 때를 가늠한 듯이 도와주었다.

"나유타도 할머니가 미워서 그런 게 아니잖아. 충분히 반성하고 있고."

아키미는 내심 고개를 저었다. 나유타의 그 힘에는 악의가 들어 있었다. 그 직전까지 아키미는 소요코에게 잔소리를 퍼부었다. 그 일로 나유타 나름대로 아키미를 적대시하는 마음이 있었던 게 아닐까…… 그리 느꼈다.

화가 난다고 해서 힘으로 반격을 해도 되는 건 아니다. 그런 일을 용서하면 나유타는 무엇을 저지를지 모를 인간으로 자라고 만다. 아니, 이미 선을 넘었다고 해도 좋다. 계단 위에서 사람을 밀치는 것 같은 일로 말이다.

그래서 여기서 엄격하게 꾸중해야 한다고 생각했다.

그걸 적당히 수습하려고 하는 건 무책임하다고 여겨졌지만, 나유타를 맹목적으로 사랑하는 사다히코답다고 할 수 있었다.

아키미도 나름대로 나유타를 예뻐했다. 하지만 지금 다시 생각해보면 나유타는 나유타일 뿐 고헤이를 대신할 수는 없다. 사다히코는 자신의 후계자라는 기대감에 그 점이 겹치는 것이다.

아키미는 원래 사다히코보다 한 발짝 뒤에서 지켜보았다. 견해 차이가 생길 수밖에 없었다.

더구나 소요코에 대해서와 마찬가지로 나유타에게도 무언가 정체를 알 수 없는 느낌을 받았⋯⋯고 자기 마음을 들여다보며 생각했다. 고헤이는 말썽꾸러기이기는 했지만 희로애락이 단순해서 알기 쉬웠는데 나유타는 그렇지 않았다.

지금도 아이답게 울고 있는 나유타를 앞에 두었으면서도 사실은 자신의 꾸지람이 얼마나 영향을 미칠지 알 수 없다는 느낌이 들었다.

껄끄러운 기분을 떨쳐내지 못했지만 싸움을 그만둬야만 하는 것도 확실했기에 아키미는 사다히코의 말을 따랐다.

어깨도 허리도 다리도 욱신거렸다.

〇

    〈주간동서〉의 요네무라가 다시 모습을 드러낸 것은 저번에 대화하고 2주 가까이 지난 날이었다.

    이날 하루코는 가마쿠라의 고마치 거리 근처에 있는 하루샌드에서 내내 일했고, 요네무라한테서 전화가 왔을 때 그렇게 말하자 그는 저녁 무렵 이쪽에 나타났다.

    하루코는 일단 일에서 벗어나 드립커피 두 잔을 들고 취식코너 한구석 테이블에 요네무라를 불러들였다.

    "비즈니스 범위가 꽤 넓으시네요."

    요네무라는 매장 안을 둘러보면서 말했다. 이 시간이면 취식코너 자리는 비어 있으나 테이크아웃으로 사러 오는 손님의 발걸음이 끊이지 않았다.

    "여기가 본업이에요." 하루코는 가게 운영이 잘되는 모

습을 자랑하듯이 말했다. "건너편은 되는 대로 꾸려나가
죠."

에세이스트 시절에 벌어들인 약간의 목돈을 밑천으로
시작한 이 샌드위치 가게는 다쓰야를 놀리지 않으려 체념
하고 운영하는 쿡 하루와 달리 경기가 최상이었다. 가마쿠
라 가이드북에도 실려 있고 인터넷 음식점 평가 사이트에
서도 좋은 점수를 받고 있다. 점포 주인은 긴자에서 일할 무
렵 알게 된 자산가라서 월세 조건도 좋았다.

"그래서요?" 하루코는 요네무라에게 본론을 재촉했다.

"여러모로 소요코 씨 주변을 탐문하며 돌아다녔습니다."
요네무라는 그렇게 입을 열었다. "고향에 찾아가 보기도 하
고요."

사가까지 가본 모양이었다.

"역시 기자의 자세는 다르네요. 나라면 아무 인연도 관계
도 없는 먼 곳에 갈 마음이 안 들었을 텐데요." 하루코는 절
반은 감탄하며 말했다. "좋은 곳이었어요?"

"관광으로 간 것도 아니고 그런 의미에서는 어디에나 있
는 시골이었어요."

그는 차가운 말투로 그리 말했다. 소요코를 아는 중고등
학생 시절의 동급생에게 이야기를 들으러 간 듯했다.

"아시는지 모르겠지만 그 여자는 중학교 시절에 아버지
가 돌아가셨고, 그 아버지도 부지런한 사람이 아니어서 유

복하게 살아오지는 못했던가 봅니다. 농업고등학교에 다녔는데 차분하고 성적은 중간 정도였나 봐요. 꽃꽂이 동아리에 들어 있었고 행동거지가 눈에 띄는 학생이 아니었다고 하고요. 다만 이목구비가 수려해서 그런 의미로는 눈에 띄어 남학생들이 가만두지 않았다고 합니다. 그녀 자신은 문제 학생이 아니었는데 불량그룹 남학생들이 추파를 던져도 싫은 내색을 하지 않았던지 그중 한 사람과 사귀게 되었다고 해요."

구마모토처럼 무슨 일을 저지를지 모를 남자와 사귀었으니 미루어 짐작할 수 있겠지만 학창 시절부터 그런 유의 남자와 친해지는 데 거부감이 없었던 것 같다. 본인은 아무리 얌전해도 위험한 분위기를 풍기는 남자에게 이끌리고, 또 그런 남자의 호감을 사는 스타일인 듯했다.

"아주 흥미로운 건 사귀던 남자와 그 지인 사이에서 다툼이 벌어져 상해 사건으로 발전했대요. 자기 여자를 건드린 일로 분쟁이 있었던 듯합니다. 이야기해준 사람이 말하기를, 다른 남자에게 구애를 받아도 퉁명스럽게 대하지 않고 남자의 능력에 따라서는 가능성이 있는 듯 행동하니 충동이 생기기도 한 거죠."

"마성의 여자라는 거군요."

일부러든 아니든 남자를 그렇게 농락하는 것도 어떤 의미에서는 재능이다.

160

"그래서 사귀던 남자가 그 사건으로 소년원에 들어가 있는 동안에 그녀는 고등학교를 졸업하고 도쿄로 갔답니다. 뭐, 남자의 처지에서 보면 어리석은 일이지만 그녀에게 미련이 남아서 떨치지 못하는 모습은 없었다고 하니 그 점에서는 시원스럽게 끝났다고 할 수 있죠."

고헤이 사건으로 소문이 나도 소요코가 아무 일 없었다는 얼굴로 살고 있다……고 아키미가 토로했는데 원래 이기주의적이라고 할까, 다른 사람과 맺고 끊음이 확실한 사람일지도 모른다.

"도쿄에서는 플로리스트 스쿨에 다니며 꽃집에서 일했대요. 산겐자야에 4년 정도 있고 나서 요코하마의 꽃집으로 옮긴 모양입니다. 도쿄에서 밤일을 했는지 어떤지는 잘 모르지만 요코하마에서는 꽃집 말고 스낵바에서도 일했는데, 역시 인기가 좋았다고 합니다. 구마모토와는 그곳에서 알게 됐고요."

자신에게 여자로서 매력이 있다고 알아차렸다면 그런 삶의 방식으로 살아갔겠지. 구마모토와 어떻게 만났는지는 자세히 몰랐지만 의외의 이야기가 아니었다.

"얼마 안 지나서 구마모토와 동거했지만 구마모토는 기둥서방 같은 남자로 술에 취하면 그녀에게 폭력을 휘두르는 일도 종종 있어서 얼굴이 부은 채 꽃집 일을 하러 나온 적도 있었다고 합니다. 그 폭력이 싫어서 한 번은 구마모토에게서 떠났지만 얼마 지나지 않아 다시 돌아왔다고 하고요. 이건 사건 당일 구마모토 주변을 취재해서 알아낸 겁니다. 그런 그녀의 심정은 잘 모르겠지만 데이트 폭력으로 트러블을 겪는 커플에게는 자주 있는 일이죠. 구마모토는 집요한 남자라서 도망치더라도 쫓아올 테고, 울면서 매달리거나 말로 구워삶거나 했을 거고요. 어찌 됐거나 근본은 변하지 않으니 결국 같은 일이 반복될 뿐이었을 겁니다. 다만 그 전과 다른 것은 소요코 씨가 고헤이 씨를 알게 됐다는 겁니다. 그 무렵 그녀는 구마모토가 질투해서 스낵바 일은 그만뒀지만, 꽃집 일만으로는 먹고살 수가 없어서 한 주에 몇 번 히가시카마쿠라에서 가까운 이자카야에서 아르바이트를 했습니다. 거기에 고헤이 씨가 드나들었고요. 고헤이 씨와 친해진 그녀가 구마모토를 버리고 고헤이 씨로 갈아탔다고 표현해도 되겠지요. 구마모토는 관계를 되돌리려고 집요하게 매달렸지만 고헤이 씨도 기가 셌던지 길에서 작은 실랑이가 벌어져 경찰이 출동한 적도 있었던 듯합니다. 뭐, 그런 다툼을 거쳐 구마모토는 내쫓기고 고헤이 씨와 그녀는 결혼했다고 합니다."

"어서 오세요"라는 직원의 목소리에 반응해서 하루코는 가게에 들어온 손님에게 시선을 보냈다. 먼젓번에 소요코와 옥상에서 우연히 마주친 것을 문득 떠올리고 긴장했지만, 물론 소요코가 이곳에 나타날 리는 없다.

"그런데도 구마모토는 소요코를 도저히 포기하지 못했던 거네요?" 하루코는 요네무라 이야기로 생각을 되돌렸다.

"네." 요네무라는 이야기를 이어나갔다. "데이트 어플에서 알게 된 여성에게 상해 사건을 일으킨 후 다시 소요코 씨를 따라다녔습니다. 그 결과 그 사건이 일어난 건 아시는 대로지만, 문제는 소요코 씨가 두 사람 사이에서 어떻게 약삭빠르게 행동했는가 하는 겁니다. 결론부터 말씀드리면, 어디를 어떻게 파헤쳐도 이 진상은 보이지 않을 겁니다. 꽃집에서 일하던 시절의 동료, 이자카야 아르바이트 동료, 동네의 아이 친구 엄마. 관계가 깊지는 않았지만 소요코 씨와 정기적으로 연락을 주고받았다는 지인은 구마모토도 알고 있었습니다. 하지만 소요키 씨에게 구마모토를 이용해서 이렇게 저렇게 하겠다는 의도가 있었는지 없었는지까지는 못 들었습니다. 다만……."

요네무라는 거드름을 피우듯 간격을 두고 커피를 천천히 호로록대고서 다시 입을 열었다.

"결혼하고 나서의 일이지만, 그 여자 얼굴이 가끔 부어 있거나 시퍼런 멍이 나 있었던가 봐요. 평소에는 시부모님에게 손자를 보여주려고 저녁 무렵이면 자주 가게를 방문했던 모양인데 그럴 때는 한동안 얼굴을 내밀지 못하고 공원에서 느긋하게 시간을 보냈던 것 같고요. 아이 친구 엄마가 기억하고 있었어요."

"역시." 하루코는 무심코 소리를 냈다. "여동생한테도 들었는데 팔에 멍이 난 걸 본 적이 있다고 해요. 더구나 고혜이가 충동적으로 그 아이 팔을 때린 적도 있고요. 가정폭력은 일상적으로 있었을 거예요. 그런데 여동생도 구마모토가 한 이야기가 신경 쓰여서 소요코 본인에게 확인했는데 가정폭력은 없었다고 부정했다네요. 그게 오히려 미심쩍어요."

"아."

요네무라의 맞장구에는 그 미심쩍은 마음을 이해했다는 느낌이 있었다.

"결정적인 무언가가 나오지 않았으니 이 이상은 뭐라고 말씀드릴 수 없네요." 그는 답답하다는 듯이 말했다. "저희도 억측만으로 파고든 기사는 못 씁니다. 장기전으로 덤빌 각오로 무슨 일이 있으면 다시 알려주세요."

"그래요." 하루코는 고개를 끄덕였다. "여동생도 의심하고 있어서 꼬리를 내밀면 바로 알아차리겠지만, 그건 어디서 나올까 싶네요."

"그래서 말씀드리면 요전번 도중에 끝나고 말았지만, 소요코 씨 자제분은 고헤이 씨를 닮지 않았다는 이야기가 있었지요?"

"네."

그러고 보니 그런 이야기를 하다가 소요코와 맞닥뜨려

서 대화가 흐지부지되었다.

"설마라고는 생각하지만." 요네무라는 의미심장하게 조금 눈치를 보듯 하루코를 쳐다보았다. "구마모토를 닮지는 않았죠?"

"네?"

"소요코 씨는 결혼할 때 배 속에 아이가 있었죠? 속도위반 결혼 말이죠. 조사해보니 두 사람의 교제 기간은 의외로 짧고 그 전에는 고헤이 씨와 구마모토가 그녀를 빼앗으려고 다투었고요. 이야기로 들은 소요코 씨 성격으로 보건대 최종적으로 고헤이 씨를 선택했지만 애매하게 마음이 흔들리는 태도를 취한 시기도 있지 않았을까 하는 생각이 들었습니다. 만약 그렇다면 구마모토 아이일 가능성도 없지는 않습니다. 데이트 폭력이 있었다고는 하지만 그녀는 구마모토를 그렇게 싫어하지 않았을지도 모른다는 생각이 들기도 하고요. 실제로 구마모토가 다시 그녀를 따라다니고부터도 그녀는 딱히 고헤이 씨에게 의논하지 않았던 듯하고요."

나유타가 구마모토 자식이 아닌가 하는 심증이 있어 소요코가 구마모토에게서 달아나지 않았다는 것인가.

소요코가 어떤 사건을 꾸몄다면 모두 착착 굴러간 그때 구마모토와 관계를 되돌려도 좋다는 생각 정도는 했을지도 모른다. 결과적으로 구마모토가 바로 잡혀버렸기에 소요코는 그를 쉽사리 끊어내지 않았는가.

또는 정말 구마모토를 끊어내 버렸는지 어쨌는지는 모른다. 나유타가 구마모토 자식이라면 구마모토가 형기를 마치고 출소했을 때 어떻게 될까.

만약 그 무렵 아키미와 사다히코가 이 세상에 없다면……

도키야 깃페이를 소요코 모자와 구마모토가 이어가는 광경을 상상한 하루코는 오싹한 기분에 사로잡혔다.

"무섭다, 무서워." 하루코는 몸서리치면서 읊조렸다.

"물론 어디까지나 가능성일 뿐입니다." 요네무라는 이야기를 수습하듯이 말했다. "다만 현실적으로 그렇다는 사실이 명백해지면 사건의 방향도 달라질 겁니다."

근거 없는 이야기라고 해도 그럴 가능성이 조금이라도 있다는 것을 나타낸다면 참을 수 없을 만큼 신경이 쓰일 수밖에 없다.

아키미에게도 이야기해야겠다 싶었다.

"다녀왔습니다."

아키미가 거실에서 소파에 앉아 드라마 재방송을 멍하니 보고 있는데 소요코가 어린이집에서 나유타를 데리고 돌아왔다.

"나유, 할머니께 다녀왔습니다 해야지?"

"나유, 손 씻고 오렴."

"감 깎아줄 테니 할머니랑 먹어."

소요코는 분주하게 나유타를 보살피면서 감 껍질을 깎아 나란히 나눠 담은 접시를 아키미 앞에 있는 낮은 테이블에 내려놓았다.

"그럼 가게로 돌아가 볼게요."

"나유도 갈래."

나유타가 따라가려 하자 소요코는 "안 돼. 그럼 안 돼. 엄마는 바쁘니까 할머니랑 같이 있어"라고 가로막고 바삐 나갔다.

왠지 모르게 생기가 넘쳤다. 다리도 어깨도 허리도 아파서 움직이기가 귀찮아 아침부터 밤까지 거실 소파에서 멍하니 시간을 보내는 아키미와 정반대였다.

아키미가 다쳐서 요양하느라 가게를 쉬고 나서부터 소요코는 어린이집에서 데리고 돌아온 나유타를 아키미에게 맡기고 일하러 돌아갔다.

나유타를 맡아도 두 사람 사이에 활기찬 대화가 오가는 건 아니다.

"오늘은 어린이집에서 뭐 했어?"

"……그림 그리기요."

"그렇구나…… 무슨 그림 그렸어?"

나유타는 감을 입안 가득 넣고 오물거리면서 더는 대답하지 않았다.

"감, 맛있니?"

"……네." 살짝 고개를 끄덕였다.

"텔레비전 뭐 보고 싶은 거 있어?"

의미도 알 수 없을 듯한 드라마에 눈길을 주어서 그리 물어보았지만, 나유타는 고개를 젓기만 했다.

그리고 자기 몫의 감을 다 먹더니 얼른 2층으로 올라가

버렸다.

아키미도 계속 화를 낼 수 없어서 기분을 전환해 나유타를 대했지만, 나유타는 여전히 어색한지 아키미 곁에 있으면 불안한 듯했다.

소요코는 잠시 시간이 지나면 아무 일도 없었다는 얼굴을 하는데 나유타는 그런 점은 닮지 않아서 계속 끙끙대며 질질 끄는 성격 같았다. 비위를 맞출 수 없자 아키미는 내버려두기로 했다.

밤에 사다히코와 함께 돌아온 소요코는 뭔가 한아름 짐을 들고 있었다.

"어머님, 나고야오비*띠 묶는 법 좀 알려주실 수 있을까요?"

소요코가 펼쳐 보인 것은 기모노였다. 물론 그다지 비싸지 않은 업무용으로 세탁이 가능한 것이었다. 근처 '오니시 포목점'에서 다루는 제품으로, 소요코는 그걸 간편한 나고야오비띠로 입으려는 듯했다.

"네가 입으려는 거니?" 아키미는 놀라서 물었다.

"네. 아버님이 그렇게 하라고 하셔서요."

이름이 나온 사다히코는 "어…… 응"이라고 당혹스러워

---

* 실을 엮어서 만든 일본의 전통 허리띠.

하면서도 고개를 끄덕였다.

"소요코가 젊은 사모님이라고 불리는 일도 늘어서 당신이 나오지 못하는 동안에라도 대신 입어야 할 것 같아서."

그 말로 판단하건대 소요코의 바람이 아닐까 하는 생각이 들었다.

도키야 깃페이에서는 사다히코가 전통 복장으로 가게를 나가는 것 외에 아키미도 가능한 한 기모노 차림으로 손님을 접대했다. 아르바이트 스태프는 사복에 전통복 스타일의 앞치마 차림을 하고 소요코도 아르바이트와는 다른 색 앞치마를 했다.

고헤이는 창고에서 물건을 꺼내거나 움직이는 일이 많아서 넥타이를 하지 않은 와이셔츠 차림이 친숙했다. 겨울에는 거기에 검은 니트를 겹쳐 입기만 했다. 사다히코가 가게를 비워도 기모노는 입지 않았다. 권해도 아마 번거로워 했을 테다.

아키미도 고헤이가 어리고 가게가 아닌 곳에서 용무가 많았을 무렵에는 일상복으로 다녔다. 지금도 양식기 페스티벌이 있을 때는 일상복으로 나가고, 사다히코도 양식기를 메인으로 판매할 때는 슈트 차림을 했다.

즉 선대 무렵부터 도키야 깃페이 영업에 기모노 차림으로 나오는 이는 사장과 사모뿐이며, 또한 아무도 기모노 차림을 하지 않았다고 해서 체제가 무너지는 일도 없다. 그러니 소요코가 무리해서 기모노를 입어야 하는 건 아니다.

"나유타를 바래다주고 데려 오기도 해야 하니 기모노라면 움직이기 힘들잖니."

아키미는 그리 말해서 환영하지 않는 마음을 드러냈지만 소요코는 "괜찮아요"라고 신경 쓰지 않는 모습이었다. "꽃을 배울 때 몇 번인가 입은 적이 있는데 딱히 불편하다고는 생각하지 않았어요. 더구나 나유타도 기모노 차림으로 바래다주고 데리러 와달라고 하고요."

"아, 그래?"

말투에 들뜬 마음이 엿보이는 듯해서 왠지 더 내키지 않았다.

"가르쳐주고 싶지만 몸이 아파서 움직이질 못하겠네."

아키미가 그리 탐탁지 않게 여기니 소요코가 "그럼 인터넷에서 찾아볼게요"라고 선뜻 말하고서 2층으로 올라갔다.

"저녁은 어떻게 할 거야?"

그렇게 말했지만 그녀에게 닿지 않았다.

이튿날 아침, 소요코는 연보라색에 자잘한 무늬가 있는 기모노를 직접 입고 어린이집에 가는 나유타의 손을 이끌고서 집을 나섰다.

점심이 되어 통증이 남은 몸을 천천히 움직이며 부엌에서 점심을 차리는데 인터폰이 울렸다.

"소요코가 기모노를 입고 있어서 어라 싶어서 왔지."

하루코가 가게를 빠져나와 달려왔다. 소요코의 기모노 차림을 보고 요 며칠 아키미를 보지 못했다는 사실을 깨달았다고 한다.

"계단에서 헛디뎠다며? 아키, 기립성 현기증도 있으니 조심해야지."

소요코한테서는 나유타에게 떠밀렸다는 이야기까지는 듣지 못한 모양이었다. 아키미도 그 점은 왠지 모르게 말을 아꼈다.

"내가 차릴 테니 앉아 있어."

하루코는 그리 말하고 아키미를 대신해서 부엌에 서더니 재빨리 시금치무침과 돼지고기된장볶음을 가지런히 차려주었다.

"맞다, 맞다. 전에 말했던 〈주간동서〉 기자가 또 왔는데……."

하루코가 자기 밥도 퍼서 아키미 건너편 식탁에 앉더니 합장하고서 그런 말을 하기 시작했다.

"그런 기자는 역시 다르더라. 소요코 고향에 가서 성장 과정부터 취재했더라고."

하루코는 기자에게 들은 이야기를 아키미에게 해주었다. 소요코가 스낵바에서 아르바이트하면서 구마모토와 알게 되었다는 등 처음 알게 된 이야기도 있었지만 크게 놀라지 않았고, 친구 관계가 거의 없어 보이는 그녀에게도 그녀 신상을 말해주는 상대가 몇은 있구나 하는 생각을 막연하게 했을 뿐이다.

그저 고헤이에게 일상적으로 폭력을 당했을 가능성이 있다는 이야기에는 그다지 생각하고 싶지 않았지만 설마설마했던만큼 신음했다.

"확실히 소요코가 며칠인가 얼굴을 비추지 않는 날이 가끔 있었어. 고헤이한테 그런 얼굴로 가게에 오지 말라는 소리를 들었으려나. 그런데 본인한테 물어봤어. 그랬더니 폭력은 없었다고 했고." 아키미는 요리에 젓가락을 가져가면서 석연치 않은 듯 말했다.

"있었다고 보는 게 자연스럽다면 그걸 부정하는 편이 의심스럽다는 게 되잖아." 하루코가 말했다. "어째서 부정했냐는 거야. 구마모토가 가정폭력 운운해서가 아닐까?"

아키미도 그렇다고밖에 생각할 수 없었다.

"그런데 주변을 취재하니 알 수 있는 건 그 정도였고 그 아이에게 혐의가 있다는 확증은 못 찾을 것 같다고 했어."

조사를 좀 했더니 불쾌함만 더해졌다는 것인가.

"그리고 좀 오싹한 소리를 했어." 하루코는 갑자기 목소리를 낮추었다. "나유가 고헤이를 닮지 않았다는 이야기의 연장선상에서 어쩌면 구마모토의 자식일 가능성이 있지 않은을까 하더라고."

하루코의 이야기가 요즘에 품고 있던 자신의 위화감을 정확히 파악하게 해서 아키미는 무심코 숨을 멈추었다.

"조사해보니 고헤이와 소요코는 속도위반으로 결혼했고 소요코가 구마모토에서 고헤이로 갈아탈 때 어중간하게 갈팡질팡하는 태도를 보인 시기가 있지 않았느냐고 하더라. 그러고 보니 소요코는 팔방미인*이라고 하면 말이 이상하지만 딱히 좋고 싫음을 겉으로 드러내는 애가 아니잖아."

하루코가 말하는 대로 그럴지도 모른다고 생각하는 순간 왠지 지금의 생활이 두려워졌다.

"나유타는 소요코와도 닮지 않은 면이 있지 않아?"

읊조리는 아키미의 말에 하루코는 "그게 뭔데?" 하고 반응했다.

말할 작정은 아니었지만 이런 화제가 나오면 숨겨놔도 어쩔 수 없었다. 계단에서 굴러떨어진 사건의 전말을 그녀에게 이야기했다.

"그랬어?" 하루코는 그리 말한 후에도 입을 반쯤 벌리고 당황스러운 표정을 지어 보였다. "눈에 넣어도 안 아픈 손자라는 건 알지만 내 앞에서까지 감싸려고 하지 않아도 되

---

* 한국에서 팔방미인은 여러 방면에서 뛰어난 재주를 보여주는 사람을 뜻하지만, 일본에서는 누구에게나 두루 곱게 보이려고 처세하는 사람을 뜻한다.

는데."

"감싸려고 한 건 아니지만 일부러 그런 게 아니라고 말한 이상 주변에 이야기해서 따지는 건 아니다 싶었어."

"그런 일이 있으면 괜히 신경 쓰이지." 하루코가 말했다. "소요코와 달리 계속 전전긍긍하고…… 구마모토의 집요한 성격과 통하는 듯한 느낌이 들기도 하고."

"그런데 성격은 전부 다 유전으로 설명할 수 있는 게 아니니까." 아키미는 제시된 가능성을 진심으로 받아들이기 힘들어 그런 말을 했다. "고헤이도 나랑 남편의 기질을 닮지 않았으니까."

"고헤이 성격은 날 닮았어." 하루코가 말했다. "사람들이랑 어울리는 걸 좋아하고, 비교적 말주변이 좋고 기도 세고. 유행하는 패션이나 예술 같은 데도 흥미가 있고."

"그렇구나." 그러고 보니 그렇다는 사실을 깨달았다.

"나는 부지런해서 집안을 일으킨 할머니를 닮았다는 소리를 들으면서 자랐고, 아키도 집순이지만 의외로 지기 싫어하는 성격이 있잖아?"

"응…… 그렇긴 해." 아키미는 옅게 쓴웃음을 지었다.

"피는 무시 못 해."

나유타는 누구를 닮았을까…… 친척들 얼굴을 떠올려보았지만 적합한 사람은 없는 듯했다.

"생각하고 싶지도 않은 가능성이지만."

아키미 얼굴이 상당히 고심하는 것처럼 보였는지 하루코는 자신이 꺼낸 화제를 도로 물릴 수 있다면 물리고 싶다는 말투였다.

하지만 이제 와서 물리기에는 늦었다.

사다히코는 나유타를 그야말로 눈에 넣어도 아프지 않을 만큼 생각하고 있다. 하지만 그것도 나유타가 죽은 고헤이의 자식이자 자기 피를 물려받은 손자라서일 테다.

만약 피가 이어져 있지 않다는 걸 안다면 지금까지처럼 지낼 수 없을 것이다. 고헤이 자식이 아닐 뿐만 아니라 고헤이를 죽인 범인의 자식이라는 말이 된다. 그런 아이를 손수 키워서 자신의 소중한 가게를 잇게 할 만큼 사다히코도 훌륭한 사람은 못 된다.

계단에 있을 때 갑자기 등 뒤에서 받았던 그 악의가 담긴 힘을 다시 떠올리자 등줄기가 으스스했다. 고헤이의 아들이라서 용서하려고 했고 일이 커지지 않도록 감싸려고 했지만 그렇지 않다면 이야기가 달라진다.

가능성이 있는 이상 이대로 내버려둘 문제가 아니었다.

"카레나 파스타를 담는 접시로 비교적 가벼운 건 뭔가요?"

"네. 카레나 파스타라면 둥근 접시 말고 타원형 접시도 인기가 있는데 선호하는 형태가 있으신가요?"

"타원형 접시는 가지고 있지 않아서 관심이 가네요."

"그렇다면 이건 어떠신가요? 조금 아담하지만 1인분은 충분히 담을 수 있고, 들고 있어도 무게가 느껴지지 않으실 겁니다."

"아, 이거 괜찮네요."

사다히코는 기모노 차림으로 손님을 응대하는 소요코를 조금 떨어진 곳에서 감탄하며 보고 있었다.

예전부터 절반은 추켜세워서 소요코를 젊은 사모님이라

며 편애하는 손님이 있었지만, 이렇게 기모노를 입히고 보니 그렇게 불리는 데 어울리는 기품 같은 게 확실히 느껴졌다.

그와 더불어 부드러운 말과 행동도 갖추었다. 아키미도 손님 접대에 빈틈이 없지만 오랜 세월 여사장으로 지내온 관록이 그리 시키는지, 또는 요코하마 야마테에서 자란 기질이 애를 써도 나오고야 마는지 어딘가 다가설 틈을 보여 주지 않는 면이 있다. 손님이 먼저 아키미에게 말을 거는 광경은 거의 볼 수 없다.

소요코는 그 점에서 젊기도 하여 손님도 말을 걸기 쉬운 모양이다. 가게에서 일하기 시작하고 1년이 지나자 판매 지식도 절로 붙었다. 많이 말하지 않는 타입이지만 의욕이 있다는 게 느껴진다.

아키미가 쉬는 동안 그녀 대신 기모노를 입고 가게에 나오고 싶다는 말은 소요코가 먼저 넌지시 꺼냈다. 상점가의 오니시 포목점에서 이미 살 제품을 점찍어 놓았다고 해서 사다히코도 승낙했다. 아키미에게 보고할 때는 사다히코가 권한 듯 이야기를 꺼내 당혹스러웠지만 그녀 나름대로 그래야 풍파가 일지 않는다고 생각한 모양이다. 그 마음을 모르는 게 아니다. 실제로 아키미도 내키지 않았지만 노골적인 불만은 삼킨 듯했다.

재판 판결에서 구마모토가 한 발언을 둘러싼 보도가 있고 나서 한동안은 아르바이트 스태프나 단골 또는 상점가 사람들을 포함해 소요코를 미심쩍게 보는 시선이 피어오르고 속닥대는 소문이 사다히코의 귀에도 흘러 들어오는 하루하루가 이어졌다.

하지만 소요코가 평소 같은 모습으로 일을 열심히 해나가자 최근에는 웅성거림도 그림자를 감추었다. 심지가 굳지 않으면 좀처럼 해내지 못할 대담한 행동이라서 사다히코는 그런 면에서도 감탄했다.

"나유타 데리러 다녀오겠습니다."

카레 접시를 구입한 손님을 배웅한 소요코가 사다히코에게 양해를 구하고 가게를 나섰다. 해가 기울어 이미 저녁 무렵이었다.

사다히코는 가게 앞을 청초하게 걸어가는 소요코를 바라보며 오늘 아침에 나유타가 보여준 모습을 다시 떠올리고 기분이 유쾌해졌다. 나유타는 마음이 불편하면 어린이집에 가기 싫어 늑장을 부리기도 하지만, 오늘 아침에는 기모노 차림의 엄마에게 이끌려 소풍을 나가듯 발걸음이 가벼웠다. 소요코의 그 옷차림이라면 어린이집에 가서도 무척이나 시선을 끌 테다.

그런 소요코가 갑자기 멈추더니 마주친 남자에게 목례를 했다. 근처에 있는 화과자점 '가마쿠라팜'의 주인 가사야마였다. 가사야마는 어째서인지 싱글벙글대며 소요코에게 인사로 답한 후 가게 안의 사다히코에게 시선을 돌리고 웃는 얼굴로 들어왔다.

"사모님인가 했더니 며느님이라서 놀랐어요. 복장이 참 잘 어울리네요." 바깥을 힐끗 돌아보면서 그가 그런 소리를 했다.

"그러게요."

"그런데 사장님, 지금 시간 좀 있으신가요?"

"무슨 일이죠?"

요 1년은 어느 정도 조용했지만, 그 이전에는 가사야마 네와 얼굴을 마주하면 반드시 역 앞 지구의 재개발 이야기 가 나왔다. 토지소유권자조합 대표를 가사야마가 맡고 있 어서였다.

"실은 도키야 사장님이 대표가 되는 게 제일이죠"라는 게 그의 입버릇이었다. 다만 사다히코는 자기 빌딩을 재개 발 대상지에서 제외해달라는 의사를 나타냈기 때문에 당연 히 토지소유권자조합에는 들지 않았다.

그래서인지 재개발 사업자 측이나 토지소유권자조합의 온갖 방법을 동원한 설득 공작도 지겹게 이어져 사다히코 는 진절머리가 날 지경이었다.

그런 복잡한 사정도 있어서 사다히코는 가사야마의 얼 굴을 보면 자연스럽게 몸을 사리고 싶은 기분이 들었다.

"오늘 시장이 온대요."

"요시카와 씨가요?"

"네, 그래서 사장님도 얼굴을 내밀어줬으면 해서요."

선거가 가까워지면 시장이 시찰 명목으로 이 구역에 얼굴을 내미는 일도 드물지 않지만, 선거는 아직 머나먼 이야기였다.

다만 시장 요시카와는 사다히코의 중학교 시절 유도부 선배로 옛날부터 아는 사이였다. 근처에 온다고 하면 얼굴을 비추러 가야 한다.

가게를 아르바이트 스태프에게 맡기고 가사야마를 따라갔다. 가사야마는 자기 가게가 아니라 옆의 '써니빌딩'으로 들어갔다. 이 빌딩에는 재개발사업 사무소가 있어서 꺼림칙한 예감이 들었는데 가사야마가 안내한 곳은 역시 그 사무국이었다.

"이야, 사다, 오랜만일세!"

사무국 소파에서 스태프들과 차를 홀짝이던 요시카와 시장은 사다히코를 보더니 정치가의 얼굴을 옛날의 그 사람 좋아 보이던 미소로 뒤덮고 요란할 정도로 환영하며 어깨를 감쌌다.

"아들 일로 힘들었지?"

"괜찮습니다. 그때는 일부러 와주셔서 정말 감사했습니다."

고헤이 경야에 얼굴을 내민 일을 떠올리고 사다히코는 고개를 숙였다.

"아냐, 아닐세." 요시카와 시장은 손을 흔들어 저지했다. "어쨌거나 재판도 끝나서 심적으로도 일단락됐다고 할까, 앞으로 나아가야 할 때가 왔다고 보는데 그 점은 어떻게 생각하는가?"

재판을 화제로 삼는 사람은 재판 때의 어수선했던 일을 언급하는 경우가 많지만, 요시카와 시장은 그 일에 흥미가 없는지 그런 기색은 전혀 없었다.

"그러게요. 그게 결국 아들에 대한 공양이 될 거라고 봅니다." 사다히코는 답했다.

"그래." 요시카와 시장은 고개를 끄덕이고 나서 이야기를 이어나갔다. "사건 때문에 이쪽 사람들도 어지간히 신경 쓰느라 이야기를 꺼내지 못한 모양인데 대형 상업 빌딩 계획도 추진해야 해서 말이지. 다른 곳은 대부분 이야기가 정리됐고 남은 곳은 거의 사다네뿐이라고 하더군. 이건 역 앞 재개발을 목표로 해서 시에서도 대단히 기대하고 있다네."

"아뇨. 재개발 계획에서 저희 가게는 제외해달라고 예전부터 말했습니다."

"물론." 요시카와 시장은 사다히코의 말을 뒤덮다시피 큰 소리를 냈다. "사다가 손해를 본다고 느끼는 계획은 안 되지. 업자만 고스란히 이득을 보는 계획은 실패할 게 분명해. 토지소유권자와는 원원이 돼야지. 특히 도키야 깃페이는 다이쇼 시절부터 히가시카마쿠라에 뿌리 내려온 명문 노포이잖은가. 우리가 어릴 적에는 음력 7월 보름이나 연말 선물로는 도키야에 부탁하는 게 당연했지. 장사에 힘써서 역 앞 일등지가 되었으니 이 땅에 집착하는 것도 당연해. 그래서 그런 상황을 확실하게 반영한 계획을 짜라고 말했다네. 그래서 요 1년 그들도 그 점을 근거로 해서 조건을 포함한 계획을 근본적으로 다시 짰다고 하는데 들어보지 않겠는가?"

대답할 틈도 없었다. 사다히코도 몇 번인가 만난 적 있는 재개발 플래너 세키구치라는 남자가 요시카와 시장의 시선을 받더니 자료 그림을 펼쳤다.

"예전에 들은 이야기에서 도키야 사장님은 역 앞 도로면 가게라는 사실에 자부심과 얽매이는 마음이 있다고 이해했습니다. 그래서 저희가 어떻게든 사장님이 만족하실수 있는 빌딩을 만드는 방법이 없을까 여러 가지로 고안해서 그 결과로 제안드립니다. 도키야 사장님의 권리면적 점포 내에 나선 계단을 넣어 1층과 2층이 통하는 형태로 지을까 합니다. 위치는 지금의 깃페이 빌딩이 있는 부근과 거의 다를 바 없습니다. 그리고 지나가는 길가에 도키야 전용 입구를 설치하겠습니다. 즉 노면 가게인 거죠. 손님은 그쪽에서도 가게에 들어갈 수 있고 물론 상업 빌딩 주출입구에서도 들어갈 수 있습니다. 더구나 2층에서도 들어갈 수 있고요. 2층은 생활 잡화 등을 다루는 점포를 몇 군데 넣을 계획인데 그곳을 돌아다니는 손님도 들일 수 있습니다. 권리면적은 1, 2층 합쳐서 50평을 보증하겠습니다. 지금의 점포보다 못할지도 모르지만, 창고는 뒤편에 마련될 테고 실질적으로 도키야 깃페이의 현재 상황이 거의 그대로 확보된다고 해도 될 듯합니다."

통상적으로 토지소유권자가 토지의 권리를 변환해서 새로운 건물의 권리면적을 얻으면 건물이 새로워져 가격이 올라가는 만큼 면적이 줄어들거나 불편한 장소로 내몰리는 일이 많다. 예전에 사다히코가 이야기를 들었을 때는 2층에 40평이라고 했으니 다들 나름대로 덤을 얹어주었다는 건 사실이다.

"도키야와 판매 상품이 겹치는 상점을 들이지 않을 것이고 쿡 하루도 신청을 하면 우선 임대 매장에 넣을 겁니다."

"쿡 하루는 빌딩에 들어가면 가게를 접을 절호의 기회로 삼겠다고 했는데요."

"거긴 부인이 가마쿠라에 가게를 냈으니까요." 세키구치가 말했다. "이렇게 말하기는 그렇지만 깃페이 빌딩에서 이대로 있게 된다고 해도 그렇게 하지 않을까요? 그때 또 괜찮은 가게를 들이는 건 상당히 힘들어요. 그것보다 도키야 쪽에서 사업체에 힘을 보태면 다른 임대 매장의 수익이 분배되게 됩니다. 지금 쿡 하루 임대료 이상으로 수익을 분배받을 수 있는 건 보증합니다."

"꽤 구미가 당기는 이야기라서 더할 나위 없지만." 사다히코가 말했다. "지금의 건물도 고작 30년 됐습니다. 앞으로 노포다운 근사한 분위기가 배어 나올 걸 기대하고 있습니다. 나카도리 거리에 있는 상점가와 관계도 그렇고, 우리는 지금 형태로도 전혀 곤란하지 않으니 가만두셨으면 합니다."

"사다, 오기를 부리는 건 바람직하지 않아." 요시카와 시장이 끼어들었다. "노포다 분위기다 해도 옆에 화려한 빌딩이 떡하니 지어지면 초라해 보여서 주눅이 드는 법이야. 상점가와도 상업 빌딩을 사이에 두면 거리가 생겨서 그 상점가도 달라져야겠지. 고군분투하다가 역시 팔고 싶다는 생각이 들었을 때는 코인 주차장밖에 안 될걸."

"그렇게 된다고 해도 팔 마음이 없으니 걱정하실 필요 없습니다."

옛날 선후배 관계라서 확실히 말하지 않았으나 괜한 참견이라는 생각이 말투에 배어 나오게 했다.

장사는 가까운 이웃이나 거래처의 협조가 없으면 성립되지 않지만, 가게 자체는 독자적인 것을 다루겠다는 고집으로 꾸려가야 한다고 생각한다. 이런 계획이 뭐가 싫으냐고 묻는다면 그 가게의 독립성을 무시하고 이렇게 해야 한다고 압박해서 장차 그에 속박되게 한다는 점이다.

"사다도 완고한 노인이 됐구먼." 사다히코의 고집스러운 태도에 요시카와 시장은 머쓱한 표정을 지어 보였다.

"하지만 아들을 잃은 현실도 똑똑히 생각하는 편이 나을 거야. 사다가 그렇게 해서 지금의 가게를 지킨들 그걸 이어 줄 사람이 있는가?"

"며느리가 지금도 도와주고 있고 손자도 있습니다."

"그렇다고 해도 며느리는 아직 젊고 앞으로 어떻게 될지 모르지 않는가?"

"아뇨. 그 아이는 가게 일에도 긍정적이니 그 점도 걱정 하실 필요가 없습니다."

"그렇다면 다행이지만." 요시카와 시장은 대단히 불쾌한 듯 말했다. "그래도 그건 그것대로 젊은 사람이 잘 이어받 도록 시대에 맞춘 가게로 바꾸는 편이 나을 거야."

결국 어느 쪽이든 그들은 사다히코에게 계획안을 받아 들이게 하고 싶은 듯했고 사다히코에게는 그럴 마음이 없 으니 평행선을 그린 채 대화를 끝낼 수밖에 없었다.

사다히코는 집으로 가지고 가서 한동안 검토해주기를 바 란다며 절반은 강제로 제안서를 떠안고 가게로 돌아왔다.

상대의 설득에 전혀 동요하지 않는 태도를 보였지만 사 다히코도 장사꾼이었다. 받아들일지 말지는 별개로 하고 새로운 제안에는 밤에 침대에 눕자 머릿속에서 제멋대로 주판이 튕겨졌다.

조건은 더 나아졌고 요시카와 시장이 우두머리로 나선 점에서 상대의 진심이 엿보였다. 이야기를 듣는 동안 이 제안에 응하지 않으면 시대에 뒤떨어질지도 모른다는 불안이 머릿속을 스쳐 지나간 것도 사실이다.

아마 새롭게 생긴 상업 빌딩에 임대 상점으로 들어가는 편이 고객의 발길을 더 붙잡을지도 모른다. 접시나 그릇 등을 살 마음이 원래 없다고 해도 훌쩍 가게에 들른 김에 상품에 반해서 충동적으로 사는 일도 있다. 아이쇼핑을 하는 고객이 대부분이라고 해도 방문하는 고객 수가 늘어난다면 매상도 반드시 늘 테다.

하지만 사업을 시대에 맞추기 쉬운 건 자사빌딩 쪽이라는 생각이 사다히코에게는 있었다. 역 앞이 발전해서 고객 수가 늘어나는 전망이 있다면 3층을 비워서 매장 면적을 늘릴 수도 있다. 오히려 불황의 파도를 극복하려고 한다면 매장을 1층만으로 축소해서 위층을 유행하는 매장에 빌려줘도 된다.

사다히코는 선대부터 물려받은 건물을 지키려는 생각뿐만 아니라 그런 시점에서 이 문제를 생각했다.

그저 자신의 대는 그걸로 괜찮지만 앞으로 일도 생각해둘 필요가 있다. 재개발은 계획대로 진행되어도 5년 후, 질질 끌면 그 이상 걸리기도 한다. 그러고 보면 사다히코 대의 문제라기보다 다음 세대의 문제이다.

나유타가 어떻게 자랄지는 아직 모른다. 도키야 깃페이 경영에 의욕을 나타낸다면 다행이지만 전혀 장사에 걸맞지 않은 아이가 될 가능성도 있다.

노포 간판을 강요할 마음이 없는 건 고헤이에게도 마찬 가지였다. 중요한 건 자손들이 행복하게 살 수 있나 없나 하는 것이다. 재개발 빌딩 권리면적은 그대로 다른 사람에게 빌려주면 짭짤하게 세를 받을 수 있다. 사업체 수익 분배도 맞추면 장사 재능이 없어도 놀면서 걱정 없이 생활할 수 있을 것이다.

지금의 깃페이 빌딩을 전부 세를 줘도 재개발 빌딩만큼 임대료는 받을 수 없다. 더구나 수리하는 데 수고가 드니 아무것도 하지 않으면 허름한 빌딩을 처치 곤란해할 것이다.

그런데도 다른 회사에서 근무하면 그 정도 수입으로 충분하다는 사고방식도 있다. 그렇다면 지금 이대로 나유타에게 맡기고 나머지는 그의 기지로 할 수 있는 데까지 하면 된다.

이것저것 간단하게는 답이 나오지 않는 걸 생각하고 있는데 옆 침대에서 아키미가 "저기" 하고 말을 걸어왔다.

"오늘 내가 다친 걸 알고 언니가 상태를 보러 왔는데."

"일 크게 벌이지 마." 이제 와서 말해도 늦었지만 못을 박지 않을 수 없었다.

"나도 딱히 일을 크게 벌이고 싶진 않았는데, 사정을 물어보니 대답 안 할 순 없잖아." 아키미가 말했다. "요 며칠 내 모습을 못 봤고 새아기가 기모노를 입고 있으니 무슨 일이 있나 싶었대."

아키미가 한 말의 사소한 부분에서 현실에 대한 불만이 엿보인다는 사실을 알았지만, 사다히코는 일부러 알아차리지 못한 척 아무 말 없이 응했다.

"그건 그렇다 치고." 아키미는 조금씩 목소리를 낮추며 이야기를 이어나갔다. "언니 가게에 주간지 기자가 왔나 봐. 그 뭐지, 판결 때 구마모토가 한 말 때문에."

구마모토의 흉흉한 발언을 의미심장하게 받아들여서 보도한 매체가 몇 군데 있었기에 주간지 기자가 움직이고 있다고 해도 사다히코는 놀라지 않았다. 다만 역시 썩 유쾌하지는 않았다.

"처형이 이상한 소릴 한 거 아냐?"

하루코는 매체와의 관계에 익숙하고 본래 수다를 좋아해서 불필요한 억측을 부르는 말을 했을지도 모른다.

"언니는 무책임한 소리는 안 해."

젊은 시절에 매스컴이 추켜올려준 하루코는 아키미에게 자랑스러운 언니이자 이 나이가 되어도 여러모로 듬직하다는 걸 안다. 사다히코는 하루코를 아키미의 마음을 부추기는 데 능숙하고 교묘히 의존하게 만든다고 생각했다. 사이가 나쁜 것보다는 좋지만 아키미 마음을 부추기며 그 재판의 전말을 말하고자 한다면 이야기가 꼬일 수 있다는 걱정이 생긴다.

"그래서 말이지, 그 기자가 조사한 바에 따르면 소요코는 옛날에 요코하마의 스낵바에서 일했고 구마모토와는 그곳에서 알게 되었대. 알고 있었어?"

"소요코가 단골 술집에서 일해서 알게 됐다고 재판에서 말했잖아."

"스낵바라고는 말 안 했어. 난 단순한 이자카야에서 아르바이트한 줄 알았지."

"그건 고헤이와 알게 되었을 때야."

이제 와서 소요코의 과거를 들추어서 어쩌자는 걸까. 물장사의 저속함을 왈가왈부하고 싶은지 모르지만, 하루코도 긴자의 문단바에서 일한 게 매스컴에서 관심을 보인 계기였다. 남의 말을 할 때가 아니었다.

하지만 아키미가 하고 싶은 말은 그게 아닌 듯했다.

"그건 그렇다 쳐도." 아키미가 말했다. "고헤이와 새아가는 나유타가 생겨서 결혼이 정해졌잖아. 그건 의외로 정식으로 사귀기 시작해서 바로 있었던 일이고 그 무렵에는 구마모토와도 완전히 관계가 끊어진 게 아니지 않냐고 했어. 그 애, 마음이 어디에 있는지 모르겠는 태도를 취하는 면이 있잖아."

"무슨 말이 하고 싶은데?"

이야기의 끝자락에 희미하게 불쾌한 아지랑이가 끼어 있는 듯했기에 사다히코는 그리 물으면서 몸을 비틀다시피 하며 몸부림을 쳤다.

"그러니까." 아키미가 거의 속닥이는 듯한 목소리지만 또렷하게 말했다. "나유타가 정말 고헤이 아이가 맞는가 하는 거야."

"……?!"

그런 이야기가 나올 줄은 예상하지 못해서 사다히코는 말문이 막혔다.

"언니가 한 말이 아니야. 그 기자가 그럴 가능성도 있지 않냐고 했대."

"무슨 근거로 그런 소리를……." 사다히코가 읊조렸다.

"가능성 이야기라면 근거는 없어. 그래도 그럴 가능성이 있다고 듣기만 해도 불쾌하지 않아? 고헤이 자식이라고 생각해서 열심히 예뻐하고 도움을 주려고 하는데 구마모토는 고헤이를 죽인 놈이야. 그런 남자의 자식일지도 모른다고 생각하면……."

아키미는 불쾌해하는 사다히코의 마음을 일부러 부추기듯이 중얼중얼 말했다.

"그게 만약 진짜라면 구마모토가 이야기한 건이 다시 신경 쓰이잖아. 어쩌면 구마모토도 자기 자식이라고 생각해서 그런 사건을 일으켰을지도 모르고. 그렇다면 새아가가 그리 가르쳐줬는지 또는 그런 느낌을 풍겼는지…… 어찌 됐든 그 두 사람이 이어져 있다는 증거는 될 거야."

"터무니없는 소리나 하고……." 사다히코는 그 이상의 이야기를 가로막듯이 말했지만 목소리는 잠겨 있었다. "정말 두 사람이 이어져 있다면 형기가 끝날 때까지 계속 숨겨야 하잖아. 그런데 법정에서 왜 그런 폭로를 했냐는 거지."

"그건 구마모토가 멍청해서지. 자기만 십수 년이나 교도소살이를 강요받는 데 참을 수 없었겠지. 새아가는 그런 이면이 있다고 해도 절대로 본색을 안 드러낼 거야."

그렇기에 번거롭다고 말하는 듯했다.

"억측만으로 그런 소리를 하다니……."

"나도 그런 생각은 안 하고 싶어." 아키미 목소리도 유심히 들으니 괴로움이 묻어 있는 듯했다. "그런데 머리에서 생각이 안 떨어져."

인정하고 싶지 않지만 머리에서 생각이 떨어지지 않는다는 아키미의 심경은 사다히코도 이해가 갔다.

실제로 사다히코 자신도 조금 전까지 나유타의 장래와 더불어 가게의 미래를 생각할 때와는 마음이 이미 다른 곳에 가 있는 듯했다.

지금까지는 아키미에게서 소요코가 의심스럽다는 얘기를 들어도 상대할 기분이 전혀 들지 않았다. 그건 어째서인지 자기 마음을 파헤쳐보아도 역시 나유타가 있어서였다.

피가 이어진 손자가 있고 소요코가 소중히 키우고 있다. 소요코 자신은 가업을 돕는 데 긍정적이고 나유타가 사다히코를 따르도록 신경 쓰고 있다. 그건 바꿔 말하면 장차 나유타를 고헤이를 대신해서 사다히코 후계자로 만들고 싶다는 의사를 표현한 것이어서 사다히코는 그걸 호의적으로 받아들였다.

그 관계성이 있어서 그간 아키미의 이야기에도 귀를 기울이지 않았다.

하지만 속내를 털어놓자면 일부러 생각을 하지 않으려고 방치한 면도 있었다.

소요코 팔에 난 멍은 사다히코도 봤고 업무 중 고헤이가 소요코에게 이따금 전화하는 모습도 봤다. 고헤이는 사다히코에게는 감정적인 말투를 쓰지 않았지만, 소요코에게는 따끔하게 말할 때가 많았다. 사다히코도 부드럽게 하기는 했지만 그녀에 대한 고헤이의 말투를 나무란 적이 있다. 그런데도 좀처럼 나아지지 않았고 소요코가 외출할 일이 있을 때는 "지금 어디 있어?" "누구랑 있어?"라고 속박하는 전화를 몇 번이나 걸지 않고는 참지 못하는 듯했다.

소요코 본인이 가정폭력을 인정하지 않았고 사건 전에도 가정폭력으로 고민하는 모습을 엿볼 수 없어서 의심도 깊어지지 않았다.

다만 소요코라는 여자는 본래 감정을 그대로 겉으로 드

러내고 싶어 하지 않는 면이 있다. 1년 남짓 같이 생활하며 사다히코는 그리 생각했다. 애매한 의사표시에서 본심을 짐작해야 할 때도 있었다.

그리 생각하면 소요코가 드러내는 사인만으로는 진실이 보이지 않고 가정폭력이 없었다고 단정적으로 말할 근거도 없게 된다.

그리고 주간지 기자가 나유타를 언급한 것은 가정폭력 문제가 사건의 구도에 조금이라도 관계되어 있다고 파악해서일 테다.

판결할 때 구마모토가 한 이야기가 진짜라고 한다면, 그는 고헤이를 죽이면 소요코와의 관계를 되돌릴 수 있다고 믿어서 범행을 저질렀다는 게 된다.

그 근거는 뭘까. 소요코가 자신을 의지해온 것만으로 인생을 걸 수 있을까.

한마디 더, 나유타가 구마모토의 아이라고 속삭였다면……

누가 방해꾼인지 명확해져 그를 죽이는 수밖에 없다는 강한 동기가 구축된 게 분명하다.

돌이켜 생각해보면 고헤이는 나유타가 아기였을 때는 분명 예뻐했다. 나유타를 소요코에게서 빼앗다시피 해서 안고는 눈꼬리를 끌어내리고 어르는 모습은 젊은 아빠다운 모습으로 넘쳐났다.

하지만 나유타가 말을 하게 되고 여기저기 걸어 다니면서 유아다운 기질을 보일 무렵부터 고헤이는 나유타를 어딘가 냉소적으로 대하지 않았던가.

학대하는 모습은 없었지만 안아주려고 하지 않았고 귀여움성이 없다고 불평을 할 때도 있었다.

고헤이는 무언가를 느꼈던 게 아닐까.

그리고 만약 가정폭력이 있었다면 고헤이의 답답한 마음은 그 점에서 기인한 것이 아닐까.

이리저리 생각하자 지금까지 신경 쓰지 않았던 여러 가지 일이 하나로 이어지는 듯 느껴졌다.

그건 수렁에 빠진 다리가 발버둥 칠 때마다 더 깊이 빠져들어가는 감각과도 닮았다.

빠져나가려면 어떻게 해야 좋을까…… 사다히코는 잠들지 못한 채 밤새 몸부림치며 괴로워했다.

"나유, 밥 먹었으면 할아버지한테 이 닦아주세요 해."

소요코는 나유타가 사용한 접시와 포크를 싱크대로 옮기면서 말했다.

아키미가 어깨와 다리를 다쳐서 아직 만족스럽게 움직이지 못하니 아침에 소요코는 더 바쁜 듯했다. 가족의 식사를 차리고 뒷정리를 하고 몸치장을 하고 일하러 갈 준비를 했다. 동시에 나유타가 옷을 갈아입고 화장실에 가고 밥을 먹는 것도 일일이 거들며 돌보아야 했다.

사다히코도 나름대로 가게로 나갈 채비를 해야 하지만 기모노든 슈트든 그날의 옷차림은 아키미가 이것만큼은 남에게 맡길 수 없다는 듯 아픈 어깨를 감싸쥐면서 옷장에서 꺼내 소품과 더불어 준비해줘서 수고가 드는 일은 없다. 그래서 아침에도 비교적 느긋하게 보낼 수 있어서 신문을 읽을 시간도 있다.

그런 와중에 지금까지는 사다히코가 나유타를 돌볼 때도 있었다. 놀이를 거드는 연장선 같은 느낌으로 손자를 보살펴주는 일은 특별히 번거롭지 않았다.

특히 나유타의 양치를 돕는 일은 익숙했다. 나유타는 아직 칫솔을 입에 넣는 게 불쾌한지 혼자서는 칫솔을 물려고 하지 않았다. 소요코가 이를 닦아주어도 싫어하거나 구역질을 할 때가 자주 있다.

하지만 사다히코가 해주면 칫솔질이 적당한지 나유타는 비교적 얌전하게 입을 벌리고 양치해주는 대로 가만히 있었다.

"아버님은 뭘 하시든 능숙하게 잘하시네요."

소요코도 그리 말하며 사다히코를 칭찬했다. 겉치레도 담겨 있을 테지만 바쁜 시간에 나유타를 돌보는 일을 대신해주는 감사함을 순수하게 느끼는 듯했다.

그리하여 사다히코가 나유타에게 이리저리 마음을 쓰는

일이 일상이 되어서 소요코는 이날도 사다히코의 의사를 묻지 않고 아주 자연스럽게 나유타의 이를 닦아달라고 말했다.

다만 사다히코는 아키미에게서 나유타에 대한 의심스러운 말을 들은 이후 요 며칠 나유타를 예전처럼 볼 수 없었다. 어린아이다운 말투나 행동을 앞에 두고서도 진심으로 미소 지을 수 없어서 자기 내면의 차가운 시선을 아무리 애써도 의식하게 되었다.

소요코의 말을 들은 나유타는 세면대에서 자기 칫솔과 치약을 가지고 식탁에서 신문을 펼치고 있던 사다히코 곁까지 다가왔다.

"할아버지, 나 양치할래."

나유타는 그리 말하고 칫솔을 건네려고 했다.

"나유타, 서서히 혼자서 이를 닦아보는 건 어떠니?" 사다히코는 부드럽게 말하면서 그의 칫솔을 받아들지 않았다. "칫솔을 입에 넣는 것도 익숙해졌잖니."

나유타는 당혹스러운 듯이 칫솔과 사다히코 얼굴을 번갈아 보았다.

"보고 있을 테니 해보렴."

나유타는 잠시 우두커니 서 있었지만, 이윽고 도움을 구하듯이 "엄마" 하고 소요코를 불렀다.

"나유, 혼자서 할 수 있어? 아직 무리려나?"

소요코는 설거지를 하는 틈에 나유타에게 그렇게 말했다. 그리고 그 눈빛은 사다히코에게도 힐끗 향했다. 어떤 의도로 혼자서 닦으라고 하는지 살피는 듯한 시선이었다.

사다히코는 왠지 모르게 안절부절못하면서 신문을 접고 자신도 채비하러 돌아갔다.

"자, 엄마한테 줘봐."

소요코가 싱크대의 물을 잠그고 나유타의 양치질을 돕기 시작했다.

한 가지 의심에 시선이 향했을 뿐인데, 그 일에 아무런 확증이 없는데도 나유타에게 지금까지처럼 할 수 없어지고 말았다.

사다히코 자신도 견딜 수 없었다.

누구 피를 물려받았든 나유타는 나유타다……. 그런 생각을 억지로 마음속에 욱여넣어 보았으나 그것은 뿌리를 내리지 못하고 바로 흔들흔들 무너졌다.

고헤이의 자식이 아니라는 말은 다른 누군가의 자식이라는 막연한 의미가 아니다. 고헤이를 죽인 구마모토의 자식이라는 얘기가 된다.

그리고 소요코는 절반은 그 사실을 알고 사다히코에게 아이를 돌보게 하는 것이 된다.

그게 사실이라면 인간의 감정으로 당연하게 받아들일

수 없다고 사다히코는 생각했다.

소요코에게 나유타가 누구 자식인지 추궁할 수 없다. 그게 가능하면 후련하겠지만 가족이든 아니든 누군가에게 진지한 얼굴로 그런 질문을 던지는 것은 사람 된 도리에서 벗어나는 행위다. 그런 말을 하면 나유타가 누구 자식이든 그후 인간관계는 성립되지 않게 된다.

하지만 이대로 내버려두어도 예전 감각으로는 생활할 수 없다.

그렇다면 어떻게 해야 할까.

사다히코는 요 며칠 가게에서 온라인 쇼핑으로 주문이 들어온 물건을 체크한 후 그대로 컴퓨터를 끄지 않고 DNA 감정을 검색하는 게 습관이 되었다.

검색해서 나온 검사 기관은 몇 군데가 있었다. 의뢰하면 검사 키트가 배송되고 의뢰인 쪽에서 검사 시료를 채취해서 기관에 보내면 되는 듯했다.

검사 시료는 면봉으로 구강 내를 닦아내는 것 외에 타액을 모아서 만드는 방법 등도 있었다. 비용이나 검사에 걸리는 날수도 사이트마다 들여다보며 체크했다.

할아버지와 손자라는 관계로도 확실한 결과가 나올까…… 그건 문의해볼 필요가 있다.

여긴 어떨까 하는 검사 기관을 두 군데 정도로 좁히고서 몇 번이나 사이트를 오가며 생각했다.

그리하여 가게 카운터에 놓인 컴퓨터 화면에 몰두하는데 옆에서 소요코가 "사장님" 하고 부르는 목소리가 들렸다.

사다히코가 다급히 검사 기관 사이트를 닫고 "왜 그러니?" 하고 상황을 수습하듯이 물었다.

"이번 일요일에 어린이집 운동회가 있는데 사장님은 보러 오실지 궁금해서요."

"아." 얼마 전까지는 갈 작정이었지만 지금은 도무지 그럴 마음이 들지 않았다. "너희 시어머니도 움직이지 못하고 일요일에 가게를 비우는 것도 어려울 듯하구나. 나는 못 갈 것 같아."

"역시 그렇겠네요……."

소요코는 눈썹을 늘어뜨리고 안타깝다는 듯 말하면서도 그 눈은 상대의 동요하는 감정을 놓치지 않겠다는 듯 사다히코를 빤히 바라보았다.

무슨 말을 꺼내려나 하고 몸을 사리는데 그녀는 "저는 보러 가도 될까요?" 하고 확인했다.

"물론이지. 응원 열심히 하고 오너라."

사다히코가 말하자 소요코는 안심했다는 듯 미소를 짓더니 "감사합니다"라고 고개를 숙였다.

저녁 무렵에 소요코가 나유타를 데리러 가자 사다히코는 4층 창고로 가서 검사 기관 중 하나에 문의 전화를 했다.

검사 시료는 손자와 할아버지 것이 있으면 90퍼센트 이상으로 혈연 감정이 된다고 했다.

다만 조부모 것이 다 모이면 감정 확률이 99퍼센트 이상이 된다고 했다.

아키미의 협력을 얻는 것은 아무 문제도 없다. 기꺼이 응할 테다.

사다히코는 세 사람 몫의 검사 키트를 보내달라고 상대에게 부탁했다.

일요일 오후 2시가 지났을 무렵 소요코가 가게로 나왔다.

운동회에서 나유타가 출전하는 경기가 점심 전에 끝나 둘이서 느긋하게 도시락을 먹고 돌아온 모양이었다.

"여유 시간 주셔서 감사합니다."

그렇게 감사 인사를 한 소요코는 분주한 와중에도 기모노로 갈아입었다. 자신이 거머쥔 권리라 손에서 놓을 마음이 없다고 말하는 듯하기도 했다.

"나유타가 넘어져서요⋯⋯." 소요코가 그리 말하며 우습다는 듯이 웃었다.

달리기경기 도중에 넘어져서 꼴찌가 되었다고 했다.

"하하하, 그랬니?"

평소 운동신경이 좀 둔한 듯한 나유타다운 에피소드에 사다히코도 웃음소리를 맞춰주었지만, 뜻과 달리 억지웃음을 짓는 뺨 부근이 부자연스럽게 경련하고 있다고 자각했다.

이날 검사 기관에서 보낸 검사 키트가 택배로 도착할 예정이었다. 소요코와 나유타는 운동회 때문에 집을 비우니 그사이에 아키미가 받아주면 된다고 생각해서 준비해놓았다. 물론 아키미에게도 말했다.

다만 생각보다 운동회가 일찍 끝나서 빨리 귀가한 소요코가 택배를 받는 사태가 벌어지지 않을지 신경이 쓰였다.

소요코는 별달리 아무 말도 하지 않았지만 사다히코는 가게에 있는 동안 안절부절못했다.

집으로 돌아가자 침실 협탁에 작은 택배 꾸러미가 놓여 있었다.

"도착했어."

사다히코를 쫓아서 침실로 들어온 아키미가 말했다. 택배를 애타게 기다린 사다히코에게 그것은 유쾌한 말투로 들리지 않았다.

"소요코가 없을 때였어?"

"응. 내가 받았어."

그 말을 듣고서야 사다히코는 한숨을 내쉬었다. 발송처는 DTL이라고 되어 있었다. 언뜻 보기에는 무슨 회사인지 알 수 없었지만, 꾸러미에는 DTL 로고와 더불어 DNA TESTING LABO라는 정식 명칭도 작게 표시되어 있었다. 소요코가 받았으면 낯선 회사라고 의심해서 DNA라는 글자에 신경 쓸 가능성도 없지는 않았다.

같이 사는 가족 사이에 허락도 없이 DNA 감정을 하는 것이지만 기왕에 하는 이상 모두 비밀리에 마쳐야만 한다. 나유타와 혈연관계가 아니라는 결과가 나오면 처음으로 이 집에서 나가달라는 결단과 더불어 소요코를 추궁할 수 있다.

검사 키트는 면봉과 그걸 보관하는 용기가 있는 심플한 구성이었다. 검사 시료는 대상자의 입안을 면봉으로 닦아내서 만든다.

이튿날 어린이집은 전날 운동회를 해서 휴일이었고 나유타는 잠옷 차림으로 아침 식사 자리에 앉았다. 소요코는 가게에 나가봐야 해서 평소처럼 분주하게 아침 식사 준비를 했다.

"오늘 하루는 할머니랑 잘 지내야 해."

소요코는 먹기 좋게 잘라서 나눈 달걀말이를 접시에 얹어 나유타가 아침 식사 하는 걸 거들면서 그리 말했다.

아키미가 다친 사건 이후 나유타는 확실히 아키미를 피했지만, 소요코의 말에는 순순히 고개를 끄덕였다. 아마 어젯밤에 단단히 타일렀을 테다.

그건 이 모자가 하는 한 가지 노력인 게 틀림없지만, 영악하다고 평가해야 할지 만만치 않다고 경계해야 할지 판단하기 힘들었다. 사다히코로서는 어느 쪽이든 받아들이기 힘들었다.

"나중에 반창고 갈아줄게."

나유타는 달걀말이나 후리카케밥을 입으로 옮기는 틈틈이 무릎에 난 상처를 몹시 신경 썼다. 평소보다 먹는 속도가 느린 걸로 보아 식욕도 그다지 없는 모양이었다.

"이제 됐어?"

나유타가 포크를 놓는 모습을 보고 소요코가 말했다. 그녀 자신도 채비해야 해서 계속 거들 수만은 없을 테다. 거실 소파에 앉아 식후 커피를 마시던 사다히코는 자꾸 안달이 났다.

"이제 됐어."

나유타가 말하자 소요코는 식탁을 정리하기 시작했다.

"그럼 양치해줄 테니 칫솔 가지고 와."

"할아버지가 닦아줄게."

그때를 기다리던 사다히코는 그리 입을 열었다. 목소리가 살짝 들뜬 것을 스스로도 느낄 수 있었다.

며칠 전에 사다히코가 양치 돕기를 거절한 후 소요코가 아무 말도 하지 않고 그 역할을 해내고 있었다. 그런 만큼 소요코도 살짝 놀란 듯 사다히코를 보았으나 사다히코는 그저 선의로 나선 것처럼 태연한 얼굴을 했다.

DNA 감정 검사 시료를 만들려면 이 타이밍을 이용하는 게 제일이라고 사다히코는 생각했다. 아무리 아이라도 마음대로 면봉을 입에 넣는데 얌전히 있는다는 보장은 없다. 뭔가 이상하다고 생각하면 소요코에게 이르려고 할 테다.

그러니 양치를 핑계로 나유타도 알아차리지 못하게 해치우는 게 좋다.

"나유, 할아버지가 양치 도와주신대. 다행이네."

소요코도 그리 말하고 기뻐하며 나유타에게 칫솔을 가지고 오라고 했다.

나유타가 세면대에 가서 칫솔과 치약을 들고 돌아왔다. 사다히코는 평소처럼 침을 닦으려고 티슈를 몇 장인가 들고 있었는데 그곳에 면봉을 숨겨 가지고 있었다. 면봉 끝은 실수로 자신의 DNA가 묻지 않도록 아직 커버를 씌운 채였다.

"좋았어. 입을 벌려보렴."

사다히코는 나유타의 칫솔에 치약을 묻히고 나유타에게 입을 벌리게 했다. 나유타의 시선이 위를 향한 틈에 왼손에 쥐고 있던 면봉을 잡고 커버를 벗겼다.

아키미가 텔레비전에서 시선을 돌려 사다히코를 지켜보고 있었다. 소요코에게 무언가 말을 걸어서 관심을 다른 데로 돌리게 하면 좋을 텐데……라는 생각이 들어서 조금 초조해졌다.

하지만 사다히코와 나유타의 모습을 마찬가지로 바라보던 소요코는 랩을 들고 아침 식사 뒷정리로 돌아갔다.

그 모습을 시야 가장자리로 확인한 사다히코는 면봉을 나유타 입에 넣어 뺨 안쪽을 긁듯이 닦아냈다.

"싫어어어!"

갑자기 나유타가 크게 비명을 질러 두세 걸음 뒤로 물러났다. 무심코 힘이 들어간 감각은 있었지만 그 이상으로 나유타의 반응이 커서 사다히코는 그만 면봉을 떨어뜨리고 말았다.

"왜 그래?"

소요코가 고개를 들더니 무슨 일인가 싶어서 빠르게 달려왔다. 사다히코는 카펫에 떨어뜨린 면봉을 시야 가장자리로 찾았다.

"아파아아!"

나유타가 입을 가리는 것을 아랑곳하지 않은 채 사다히코는 발 언저리에서 흰 것을 발견해 그대로 발로 밟아 숨겼다.

"아팠어?" 소요코는 나유타의 모습을 보고 사다히코에게 쓴웃음을 보냈다. "애가 어제 넘어졌을 때 입안이 찢어졌나 봐요."

"그, 그랬구나. 그건 몰랐네. 나유타, 미안해. 아팠지?"

사다히코는 수습하듯이 말했다. 간신히 의심을 받지 않고 끝난 듯했다. 다만 바닥에 떨어진 면봉은 사용할 수 없었으므로 다시 한번 기회를 보아 채취할 필요가 있었다.

검사 기관에 문의하자 면봉이 오염되었을 경우 시판되는 것으로 대체해도 상관없다는 대답이 왔기에 드럭스토어에서 면봉을 사왔다.

입안의 상처가 나을 때까지는 상황을 살피기로 해서 양치만큼은 부지런히 도왔다. 검사 시료를 하나 만드는데 이렇게까지 신경을 써야 하는가 생각했지만 하겠다고 정한 이상 하는 수밖에 없었다.

닷새째 양치할 때 나유타가 아프지 않게 된 것을 보고 사다히코는 면봉을 준비했다.

"어때? 입안 상처는 나았니? 잠시 보여주려무나."

완전히 나아서인지 나유타가 순순히 입을 벌렸을 때 사다히코는 면봉을 넣어서 뺨의 안쪽을 긁어냈다.

소요코도 그 모습을 신경 쓰지 않는 듯했다.

검사 시료를 보내고 나서 4주 정도 지났을 무렵 소요코가 가게에서 돌아와 우편함에서 우편물을 가지고 수신인별로 나누면서 고개를 갸웃거렸다.

그 손에 있던 봉투에는 DTL이라는 로고가 표시되어 있었다. 검사 결과가 슬슬 나올 때가 되었다는 생각은 했지만, 날짜가 많이 지난 만큼 사다히코도 방심하고 있었다. 묘한 반응을 보이면 긁어 부스럼이 될지 모른다고 생각해서 그대로 가만히 있었다.

"여전히 광고물이 많구나."

사다히코는 태연히 그렇게 읊조리며 자신에게 온 우편

물을 들었다.

"처분할까요?"

"아니야, 괜찮아." 사다히코는 소요코 말에 반대했다. "이런 것도 뭔가 일의 힌트가 될지 모르니까."

실내복으로 갈아입는 체하며 침실로 들어가자 아키미가 뒤를 쫓아왔다.

아키미는 부상이 나아 이번 주부터 가게 일에도 복귀했다. 다만 어깨에도 허리에도 통증이 남아 도무지 예전 같은 몸 상태가 아니라고 투덜거렸다.

그런 그녀도 DTL에서 온 봉투라는 사실을 알아차리고 무슨 일이 있어도 우선 결과를 알고 싶다는 마음인 듯했다.

사다히코는 옷을 갈아입는 일을 뒤로 미루고 봉투를 열었다. 결과 보고서를 펼치는 게 급한 듯하면서도 펼치고 싶지 않은, 뭐라고 표현할 수 없는 묘한 느낌이 들었다.

종이를 펼쳐서 결과 보고를 읽었다. 어디를 어떻게 읽으면 좋을지 신청할 때 받은 자료에서 확인했다.

나유타와 사다히코 부부의 혈연관계 가능성.

99.5퍼센트.

"99.5퍼센트……."

그 숫자를 말한 목소리가 무심코 떨렸다.

"어……?"

아키미가 의외의 결과를 앞에 두고 말문이 막힌 듯한 반응을 보였다.

다음 순간 사다히코는 들고 있던 보고서와 봉투를 아키미의 뺨에 내던졌다. 손가락도 같이 부딪쳐 나름대로 충격을 받았는지 아키미는 "악" 하는 짧은 비명을 지르면서 얼굴을 감쌌다.

아키미에게 손을 댄 일은 오랜 부부 생활 중 한 번도 없었지만 이 일만큼은 참을 수 없었다. 어여쁜 손자의 혈연을 의심해서 몰래 DNA 감정을 하다니 정도에서 벗어났다. 근거도 없는 억측에 부추김을 당해 그런 수를 쓴 자신이 부끄럽고, 노포를 맡고 있는 주인으로서 고상한 마음가짐을 품으려는 삶의 방식에 상처를 입은 기분마저 솟구쳤다.

"멍청한 짓이나 하게 하고."

무너져가는 기분의 균형을 잡으려면 자신에게 향한 분노의 화살을 아키미에게 돌리는 수밖에 없었다.

고개를 숙인 아키미를 신경 쓰는 기색도 없이 사다히코는 얼른 옷을 갈아입고 침실을 나갔다.

그 후에도 아키미는 침실에 틀어박힌 채 나오지 않아서 저녁은 소요코가 준비했다.

"어머님을 모셔올까요?"

상이 차려져서 젓가락을 드는 단계가 되자 소요코가 그리 신경 썼지만 사다히코는 "기분이 안 좋은 모양이니 그냥 내버려둬도 돼"라고 말해서 이야기를 끝냈다.

"나유타도 슬슬 젓가락을 써도 되지 않겠니?"

요즘에 쌀쌀맞게 대하던 나유타에게 그렇게 먼저 말을 걸었다.

"아, 나유의 젓가락, 있어요." 소요코는 언젠가를 위해서 사두었는지 어린이용 젓가락을 식기 선반 서랍에서 꺼내왔다. "엄마는 젓가락질을 조금 잘못 배웠으니 할아버지께 올바르게 쥐는 법을 배우렴."

"좋았어, 할아버지가 가르쳐줄게."

사다히코는 나유타를 뒤에서 감싸서 젓가락을 작은 손가락에 쥐게 했다. 나유타는 어색해하면서도 배운 방법대로 열심히 움직여 반찬을 쥐어 보였다.

"그래, 잘하는구나. 나유타는 의외로 능숙하네."

자신의 가르침을 순순히 받아들이는 게 기뻐서 사다히코는 크게 칭찬했다.

그런 모습을 소요코는 눈을 가늘게 뜨고 바라보았다.

"나유는 집중하면 미간에 주름이 지는 게 할아버지랑 쏙 빼닮았구나."

확실히 나유타는 얼굴에 힘을 바짝 넣다시피 하고 젓가락을 사용했다.

"어…… 나도 그러니?"

사다히코 자신은 자각이 없어서 그리 물었는데 소요코는 "네" 하고 미소 지었다.

"나유는 할아버지를 닮았구나."

그녀는 그런 소리를 유쾌하게 했다.

◊

어깨도 허리도 발목도 아프다.

정형외과 선생님에게서는 이제 완치됐다는 말을 들었지
만 아픈 건 아픈 거다.

사다히코도 진지하게 상대해주지 않고 소요코에게 투덜
대도 자신에게 집안일을 맡겨달라고 말하기만 해서 근본적
으로는 아무것도 해결되지 않았다. 아키미는 하는 수 없이
가게 휴일을 이용해 가마쿠라까지 발걸음을 옮겨 예전에
하루코에게 전해들었던 접골원을 방문했다.

"어깨라든가 허리 근육이 꽤 뭉친 것 같으니 천천히 풀
어나갈까요?"

접골원 선생님은 안정을 취하느라 근육이 굳은 게 통증
의 원인이 아니냐고 말하며 마사지로 풀어주기 시작했다.

아키미는 시술을 받으면서 통증은 심인성이 아닌가 생각했다. 선생님이 그렇게 맞춰주기를 바라는 마음이 있었다.

집에서 소요코가 생기 있게 활동하는 만큼 아키미는 자신이 있을 곳이 줄어 상태가 더 나빠지는 것처럼 느껴졌다.

나유타의 DNA 감정 결과가 나온 이후 그게 더욱 심해졌다. 소요코는 당연한 듯 부엌을 점거했고 아키미가 끼어들려고 하면 의외라는 표정으로 그것을 받아들이게 되었다. "무리하지 마세요"라고 배려하는 말은 아키미에게는 민폐라는 말로 들렸다.

소요코가 DNA 감정 결과 등을 알 리 없지만 사다히코가 속죄처럼 예전보다 더 나유타를 막무가내로 예뻐하자 그에 편승해 그녀도 신이 나 있는 것이다.

더구나 사다히코가 자신이 DNA 감정과 같이 비상식적인 일에 손을 댄 책임은 모두 너한테 있다는 듯 아키미에게 차가워져 마음을 구원받을 길이 없었다.

확실히 DNA 감정이라도 해서 잘잘못을 따지지 않으면 직성이 풀리지 않는다고 사다히코를 부추긴 것은 아키미이며 그 점에서의 책임은 벗어날 수 없다. 아키미도 악의가 있어서가 아니라 주간지 기자가 신경 쓴다고 하루코에게 듣고서 '그렇다면 큰일이다', '아니, 그런 게 틀림없다'고 생각하고 말았다. 검사 결과를 사다히코에게 들었을 때는 귀를 의심했다.

사다히코가 아키미를 격렬하게 쳐서 그 이상으로 경악했다. 세게 맞은 것치고는 몸에 통증이 있지 않았지만, 마음은 채찍으로 맞은 듯이 울려 퍼졌다. 마음이 가라앉은 지금도 여운이 있다.

보통은 자신의 부재가 가게 일이나 집안일에까지 지장을 주지만 지금은 소요코가 손쉽게 대역을 해내서 짜증이 났다. 아키미가 다쳐서 요양하는 동안 그녀는 그런 힘을 완전히 갖췄다. 나유타의 혈연 문제가 은밀히 수습되고는 사다히코도 모든 일에서 소요코가 없으면 생활이 되지 않는다는 듯 그녀에게 의지했다.

"마음이 편안하지 않을 때는 어떻게 하면 좋을까요?" 엎드려 시술을 받으면서 그런 푸념을 했다.

"뭔가 정신적으로 피곤한 일이라도 있으세요?" 접골원 선생님이 세상 사는 이야기를 하듯이 물었다.

"며느리와 같이 살아서요."

동네에서 이런 불평을 하면 바로 소문이 날 테지만 가마쿠라라면 그럴 걱정이 없다.

"그렇군요." 선생님은 웃음을 섞어가며 답했다. "음, 심정은 이해하지만 경쟁하면 피곤해질 뿐이에요. 아드님은 어느 쪽을 편들 수도 없을 테니, 시어머님이 한 걸음 물러나는 척해서 편안하게 지내면 좋지 않을까요?"

선생님 말은 아무런 위로도 되지 않았지만, 만약 고헤이가 살아 있었더라면 소요코가 아니라 자기편이 되지 않을까 문득 생각했다.

접골원을 나온 아키미는 그 다리로 고마치 거리 근처에 있는 하루샌드를 방문했다. 하루코가 오늘은 그쪽에 있을 터였다.

가게를 연 십수 년 전에는 관광지라고는 해도 옛 도읍에 샌드위치 가게는 어울리지 않을 거라고 생각했지만 경쟁사가 없는 것도 한몫했는지 지금은 이 지역에 오면 들러야 하는 맛집 중 하나로 완전히 정착한 느낌이 들었다. 최근에는 유행하는 과일샌드위치도 다루고 겨울에는 핫샌드위치도 맛집을 탐방하는 사람들이 사러 오는 모양이었다. 그리고 사가 소를 사용하는 비프가스샌드위치는 명물로 가이드북에도 올랐다.

더구나 고헤이 사건 때 매스컴 대응이 방아쇠가 되었는지 재판이 일단락된 무렵에는 길거리 맛집 탐방 가마쿠라 특집에서 이 가게가 다루어지기도 했다. 하루코가 직접 얼굴을 내밀고 배우들을 상대로 임기응변을 하며 가게를 선전했다. 그녀로서는 누워서 떡 먹기였고 그런 방송을 계기로 가게의 인기도 한층 높아진 모양이다.

"어머머. 일부러 이렇게 오고 어쩐 일이야?"

가게에 나와 있던 하루코는 내일이면 깃페이 빌딩에서

만날 수 있는데 하는 표정을 지으면서도 아키미를 취식코너 안으로 안내하고는 커피를 내려주었다. 그리고 손님 접대를 아르바이트에게 맡기고 아키미 건너편에 앉았다.

"그 감정 결과가 나왔는데."

스마트폰 메시지로 가볍게 전달할 수 있는 이야기가 아니라서 하루코에게는 아직 말하지 않았다.

"어땠어?"

몸을 내밀다시피 하며 물어온 하루코에게 아키미는 고개를 저어 보였다.

"혈연관계래. 99.5퍼센트."

"어머, 그래?" 하루코도 아키미와 마찬가지로 의외라는 반응이었다. "그건 다행이라고 해야겠지만……."

"그이도 정신이 돌아왔는지 무슨 짓을 시킨 거냐고 화를 내더라고." 맞았다는 말까지는 할 수 없었다. "그렇게 화를 내는 모습은 본 적이 없다고 할 정도로."

"그렇구나." 하루코는 면목 없다는 듯이 뺨이 굳어졌다. "정말 난리도 아니었겠네. 나도 휘두를 생각은 없었는데 그 기자가 정말 있을 법한 느낌으로 말하니까."

"나도 여러모로 생각해보니 그렇다고밖에 생각이 안 들었으니까." 아키미도 털어놓았다.

"그렇지."

"그 반동으로 그이가 속죄하듯 나유타를 더 예뻐하니까

216

새아가도 왠지 신이 난 게 아닌가 싶을 정도야."

"나유 일이 예상에서 어긋났다고 해도 소요코가 결백하냐고 묻는다면 그건 다른 문제잖아."

"그렇지."

그건 아키미도 잊지 않았다. 나유타 일은 소요코와 구마모토의 관계에 영향을 줄 문제였지만, 그게 아니라 해도 소요코가 사건과 관계가 없다는 증거는 되지 않는다.

"그런데 그렇게 되면 그 점에 도달할 만한 실마리는 없어졌네." 아키미는 탄식하면서 말했다.

"분명 그렇지." 하루코도 고개를 끄덕였다.

이대로 의심을 의심으로 남기고 평소대로 생활을 지속해 나갈 수 있을까 싶었다. 세월이 지나면 아무래도 상관없을 일로 신경 쓰지 않게 될까.

도무지 그렇게 될 거라고 생각할 수 없었다.

이미 내면에서는 소요코의 얼굴을 보는 것도 꺼림칙할 만큼 기피하고 있었다. 그게 시간이 좀 지나면 자연스럽게 소멸할 거라고는 생각할 수 없다.

"관계가 없다고 확실히 증명되면 난 바닥에 손을 짚고 그 애한테 사과해도 좋아." 아키미가 말했다. "어쨌거나 유죄인지 무죄인지 확실히 알아야지."

"맞아. 의심하고 싶어서 하는 게 아니니까." 하루코도 아키미 마음을 이해한다는 듯이 말했다.

두 사람 모두 잠시 아무 말도 없었다. 아키미는 멍하니 커피를 홀짝였지만 이윽고 생각에 잠긴 얼굴인 하루코가 입을 열었다.

"구마모토의 이야기를 들으러 가볼까?"

"뭐……?"

"아직 구치소에 있지? 직접 만나서 소요코에 대해 추궁하면 어떨까 싶어서." 그녀는 유일한 해답을 발견한 듯 고개를 한 번 끄덕이고 아키미를 보았다. "아키도 같이 갈래?"

"말도 안 돼." 아키미는 반사적으로 그리 말했다.

자기 아들을 죽인 남자와 얼굴을 맞대고 냉정하게 대화하다니 상식적으로 생각해도 가능할 리가 없었다.

"그건 그렇지." 하루코는 그렇게 이해하는 마음을 나타내면서도 이야기를 이어나갔다. "하지만 내가 혼자서 이야기를 들으러 가서 역시 느껴 보니 구마모토가 한 말은 나오는 대로 지껄인 소리라고 생각한다고 하면 아키는 후련해질 것 같아?"

"그건……." 아키미는 우물거렸다. "아니, 그렇게 만나러 간다고 해도 쉽게 만날 수 있어?"

"그건 모르지만." 하루코가 말했다.

"아마 그렇게 간단하게는 못 만날 거야."

"아니, 구치소는 딱히 문턱이 높은 곳이 아니야. 예전에 긴자에서 막 일했을 무렵에 졸부 손님이 탈세였던가 뭔가로 구속됐어. 위문은 아니었지만, 여사장에게 이끌려 면회를 간 적이 있어. 그 보람이 있어서인지 보석금으로 풀려나 그길로 가게에 와서 거하게 마셔주더라고. 뭐, 그런 게 버젓이 통하는 시대여서이기도 했지만, 그때는 변호사를 대동했던가 그랬을 거야. 변호사를 찾아서 물어보는 것도 좋을지 몰라."

하루코는 자기 머릿속 이야기를 진행해나가면서 완전히 그럴 마음을 먹고 있었다. 아키미는 진지하게 상대해야 할지 말아야 할지 알 수 없었다.

그 말을 느닷없이 들었을 때는 엉뚱한 이야기로 여겨졌지만 혼자 있게 되자 이것저것 여러 가지 생각이 움텄다. 차라리 과감하게 그게 가능하기를 바라는 마음이 한편으로 있었다.

원래는 구마모토의 흉흉한 발언에서 시작되었다. 법정에서 뱉은 그의 말에 아키미는 지금까지 휘둘리고 있다.

그 말의 진의는 무엇이었을까. 정말 나오는 대로 지껄였을까, 사실일까. 가능하다면 본인에게 추궁하고 싶다.

그리고 그건 하루코가 말한 것처럼 그녀 입으로 전해 들었다고 해도 모든 게 수긍이 갈 리가 없다. 구마모토의 실제 목소리나 표정, 태도에서 아키미 자신이 진위를 판별해야 이해할 수 있을 테다.

아키미가 어떻게 미심쩍어하든 사다히코는 스스로 판단해서 소요코를 믿어 의심치 않는다. 마찬가지로 아키미도 하루코를 비롯한 사람들에게 판단을 맡길 수 없다.

다만 정말로 구마모토를 상대해서 그 사실을 추궁할 수 있을지 상상해보자 자신감이 좀처럼 생기지 않았다. 법정에서 증언대에 서 있을 때 제대로 시선을 보내지 못했던 일을 기억했다. 방청석에서 힐끗 그 모습을 시야에 담았을 뿐인데도 피부에 닭살이 돋는 듯 껄끄럽고 불쾌한 감정에 사로잡혔고 같은 인간이라고 인정하고 싶지 않았다. 수갑을 차고 허리에 끈을 묶고 나타나도 그 바지 주머니에는 칼을 숨기고 있지 않을까 생각하게 하는 흉흉한 남자로 보였다.

그런 남자를 특별히 만나고 싶어서 찾아가는 건 사실 진지하게 들을 만한 이야기가 아니다.

하지만 이대로 자신만 소요코에게 의구심을 품고 일상생활을 하는 것도 무리였다. 어딘가 그 의심을 온전히 억제할 수 없을 것이 뻔했다.

그런 생각을 곰곰이 하고 있는데 며칠 후 도키야 깃페이를 들여다보러 온 하루코가 작은 목소리로 말을 꺼냈다.

"그 일 요코하마에 있는 변호사한테 연줄이 있어서 한번 상담해보려고 하는데 어떻게 할래?"

아키미 자신이 이해하지 못하면 끝나지 않는다는 점도 있겠지만, 아마 하루코도 혼자서 뛰어들기에는 다소 찝찝

한 마음이 있었을 것이다. 하루코가 배짱 있는 인물인 건 틀림없지만 살인범을 만나러 가기는 그만큼 거부감이 든다는 걸 아키미도 절절히 이해했다.

다만 아키미 자신도 여전히 마음을 정하지 못했다. 그래서 "어떻게 할래?"라고 질문을 받아도 "어떻게 하다니……" 라고 당황하는 것만으로도 벅찼다.

"역시 안 내켜?"

"흠."

확실히 내키지 않지만 하루코가 그런 마음을 먹고 있는 동안 응하지 않으면 기회를 놓치게 되기에 그 질문에 확실하게 반응할 수 없었다.

"우선 상담만이니 가보기라도 할래?" 하루코는 타협을 재촉하듯이 그런 말투로 바꿔 다시 권했다.

"그러게……." 아키미는 한 차례 질질 끌며 고민한 끝에 그 애매함에 응하기로 했다.

"그럼 그렇게 할까."

이틀 후 아키미는 소요코가 나유타를 데리러 가는 저녁 무렵까지 돌아오겠다고 한 뒤 가게를 비웠다. 예전에는 컨디션이라도 나빠지지 않는 한 아키미가 사적인 용건으로 가게를 비운 적이 거의 없었지만 지금은 소요코가 있으면 가게가 돌아가는 게 현실이다. 사다히코도 아키미에게 무리하지 말라는 소리가 입버릇처럼 되었기에 하루코가 불렀다고 얘기만 해도 보내주었다.

하루코와 동행해서 향한 곳은 요코하마의 바샤미치였다. 오래된 빌딩 4층에 하루코가 아는 법률사무소가 있었다.

조용한 회의실을 지나쳐 하루코와 어깨를 나란히 하고 앉아 있으니 얼마 지나지 않아 안경을 낀 50대 남성 변호사가 모습을 보였다. 고야마 아키노리라고 표시된 명함을 받았다.

말주변이 좋은 하루코가 한 차례 설명을 해주었다. 세간을 시끄럽게 한 히가시카마쿠라 사건과 관계가 있다는 걸 알고는 고야마 변호사도 '허' 하고 신음했지만 그 후에는 표정을 바꾸지 않고 잠자코 하루코의 이야기를 들었다.

"그렇군요."

이야기를 들은 고야마 변호사는 한 번 맞장구를 쳤다.

"우리가 면회를 가는 데 뭔가 문제가 있을까요?" 하루코가 차에 입을 대며 물었다.

"구치소에 있는 피고인의 면회는 접견금지조치가 내려져 있지 않는 한 방해받지 않습니다." 그가 말했다. "다만 만나러 가도 면회에 응할지 말지 결정하는 건 상대니까요. 뭐, 큰 사건과 관계되어 있을 때는 못 들어봤지만, 작은 사건이라면 가끔 피해자 또는 피해자 가족 중에 가해자와 이야기 나누고 싶다고 요청합니다. 다만 그건 가해자 측이 사

과해주었으면 좋겠다는 생각에서 나서는 것이고, 그러면
가해자 쪽이 만나고 싶어 하지 않으니 실현되지 않습니다."

"사과를 하든 하지 않든 그건 별다른 문제예요." 하루코
가 그리 말하고 아키미에게 시선을 보냈다.

"사과를 받을 거라고는 생각하지 않습니다." 아키미도
말했다.

구마모토가 사과했다고 해서 고헤이가 돌아오는 것도
아니고 용서할 마음도 없다. 판결에 불만을 노골적으로 드
러낸 모습을 떠올려도 그 점에서 기대는 티끌만큼도 가지
고 있지 않다.

"그러면 사죄는 요구하지 않는다는 조건을 붙여 상대측
변호사에게 신청해볼까요?" 고야마 변호사는 그리 말하고
나서 아키미의 의사를 확인하듯이 이어나갔다. "이야기를
들어보니 가해자는 속죄의식이 부족한지 또는 자신만 무거
운 형벌을 받아서 불합리하다고 생각하는지, 어쨌거나 지
금도 마음이 안정되지 않았을 우려가 있습니다. 예를 들어
이야기가 통하지 않아 듣기에도 거북한 욕을 하거나 돌아
가신 아드님을 모욕하는 말을 퍼붓는 것도 예상해둘 필요
가 있습니다. 그런데도 역시 한번 이야기를 들어보고 싶다
는 마음은 변하지 않습니까?"

다시 그리 질문을 받자 기가 죽었다.

"잠시 생각 좀 해볼게요."

아키미는 이 자리에서는 그리 대답하고 멈추기로 했다.

대답을 보류하고 사흘 정도 이런저런 생각을 했다. 본심을 말하자면 구마모토를 만나러 가고 싶지 않았다. 다만 거기에는 생리적인 기피심과 공포심이 섞여 있었는데 공포감쪽이 생각에 따라 서서히 줄어드는 게 의외라고 하면 의외였다. 그 대신 각오 같은 것이 싹텄다. 우선 상담하러 가기로 하는 형태였지만, 이미 한 걸음 내디딘 것과 마찬가지였고, 이왕 이렇게 되고 말았으니 하는 심정도 드러났다. 그만큼 어떻게 해야 할지 깊이 생각한 증거이기도 했다.

만날 수 있을지도 모르는 사람을 이쪽에서 제멋대로 뒷걸음질 치면 나중에 분명 후회하게 될 것이다. 직접 구마모토를 확인하지 않는다고 해서 평온한 일상으로 돌아가는 것도 아니다. 여기까지 온 이상 각오를 하는 수밖에 없다.

아키미는 자기 마음이 하나의 결론으로 굳었음을 의식하고 하루코에게 그 사실을 전했다.

계절은 겨울로 바뀌었고 기획물인 질냄비 마켓이 끝났을 무렵, 하루코에게 불려서 계단을 올라갔다. 하늘은 엷은 먹색이고 북풍이 강해졌지만 일부러 스톨을 가지고 오는 것도 이상해서 난방을 틀어놓은 매장에 있을 때 입는 안감이 도톰한 기모노 차림으로 뻥 뚫린 옥상으로 나갔다.

"고야마 선생님한테서 연락이 왔어."

구마모토에게 면회를 신청한 일은 사다히코에게도 비밀로 해서 교섭 역할을 하루코에게 부탁했다.

"구마모토가 면회를 하겠대."

이쪽에서 의뢰했지만 막상 그게 실현되자 왠지 현실이라고는 생각할 수 없는 일이 일어나는 듯한 불가사의한 느낌에 빠졌다.

"고야마 선생님은 솔직히 거절당할 거라고 생각했대. 물론 나도 가고 고야마 선생님도 동행할 거라고 하는데 과연 어떻게 되려나."

구마모토는 1심 판결에 불복해서 항소했고 항소심은 도쿄고등법원에서 열리므로 지금은 도쿄구치소로 이송되었다고 한다. 고야마 변호사의 사정으로 이미 일정 후보도 나와 있었다.

아키미는 찬바람에 살짝 떨면서 돌이킬 수 없는 길로 발을 내디딘 것 같은 두려움을 되새겼다.

고야마 변호사가 보내준 후보날에 가게 휴일이 있어서 연말도 닥쳐오는 그날 아키미는 오전 중에 집을 나가 하루코와 만난 뒤 전철을 타고 도쿄로 향했다.

요코하마에서 고야마 변호사와 만나 도중에 우에노역에서 점심을 먹고 나서 다시 고스케로 이동했다.

고스케역에서 내려 서늘한 북풍이 지나가는 구치소 앞의 길을 걸었다. 점점 우울해져서 지금부터 다가올 일을 견딜 자신이 없어졌다. "어쩌지"라고 하루코에게 작은 목소리로 우는소리를 하며 도움을 구했다.

"맡겨둬." 하루코는 할 수 없다는 듯 옅은 쓴웃음을 지어 보였다. "아키는 가만히 보기만 하면 되니까."

그래서 기분이 조금 홀가분해졌다.

아주 서늘한 길을 걸어 구치소 건물에 들어갔을 무렵에는 가볍게 숨이 찼다. 고야마 변호사가 접수처에서 면회 수속을 밟는 동안 간신히 호흡을 고르고 기분을 진정시켰다.

수속을 마친 고야마 변호사를 따라 엘리베이터를 타고 접견실이 있는 층으로 올라갔다. 지정받은 번호의 문을 열고 들어가자 드라마에서 본 듯한 투명한 아크릴판으로 건너편과 이쪽이 가로막힌 방이 그곳에 있었다.

한가운데 의자에 고야마 변호사가 앉고 아키미는 하루코와 함께 그 양편에 앉았다.

숨이 막힐 듯한 정적 속에서 이윽고 건너편 문이 열리고 검은 스웨터 차림의 남자가 느릿느릿 들어왔다.

법정에서 봤을 때보다 말랐는지 오랜만에 본 구마모토는 뺨이 좀 여위어 있었다. 한편 부라린 눈은 이상한 빛을 내뿜는 것처럼 보였다.

구마모토는 아무 말 없이 의자에 앉아 세 사람에게 날카로운 시선을 보냈다. 순간 시선이 충돌한 아키미는 그것만으로도 눈을 피하고 싶은 충동에 휩싸였다.

"변호사 고야마입니다."

고야마 변호사는 명함을 구마모토에게 보이도록 아크릴판에 대고 자기소개를 했다.

"미야타 선생님께 들으셨겠지만 오늘은 피해자 가족과 면회를 하러 왔습니다. 이런 형태의 면회는 저도 경험한 적이 없지만 피해자의 어머님과 그 언니 되시는 분, 두 사람이 부탁하셔서 면회를 신청했습니다. 요컨대 사건에 대해서, 당신 자신에 대해서 뭔가 하고 싶은 말이 있지 않을까 해서 말입니다. 그건 일단 오늘은 제쳐두기로 하고 두 분은 당신이 판결 후 법정에서 말한 건에 대해 묻고 싶어 합니다. 법정에서 당신은 피해자의 아내에게 부탁을 받아 사건을 일으켰다고 했지요. 그 발언의 진의를 직접 확인하고 싶다고 하십니다."

잠자코 이야기를 듣던 구마모토는 고야마 변호사가 말을 마쳐도 입을 떼려 하지 않고 그저 아키미와 하루코에게 끈적한 시선만 보냈다.

"진의라니?" 그는 마침내 나지막한 목소리로 물었다.

"그 이야기가 진짜인지 아닌지 묻는 겁니다." 하루코가 말했다.

"그걸 지금 물어서 어쩌자는 겁니까?" 구마모토는 다시 물었다.

"어떻게 하다니요. 중요한 일이니 묻는 거잖아요."

"내가 진짜라고 하면 검찰이 움직이려 하지 않아도 당신들이 그걸 믿는 겁니까?"

"말에 따라 달라지죠."

하루코의 대답에 구마모토는 살짝 입가를 누그러뜨렸다. 그도 면회의 진의를 의심하듯 경계심을 보였지만 그게 서서히 풀려가는 듯했다.

"소요코는 뭐라고 합니까?"

"물론 부정합니다. 당신이 나오는 대로 지껄인 말이라고 해요."

소요코의 반응을 묻는 모습을 봐도 구마모토가 여전히 그녀를 신경 쓰는 걸 알 수 있었다. 다만 자신이 나오는 대로 지껄인 말이라고 했기에 그 반응이 신경 쓰이는지 아니면 약속을 위반해서 진상을 무심코 폭로했기에 신경 쓰이는지 진짜 의도는 알 수 없었다. 하루코의 답을 들은 구마모토는 뺨을 살짝 움직였으나 그게 어떤 의미인지까지는 읽을 수 없었다.

"소요코가 부정하는 것도 100퍼센트 믿을 수 없다는 건가요……?" 구마모토는 그리 말하고 아키미와 하루코를 염탐하는 시선을 보냈다.

"그런 건 아니지만요."

하루코는 상황을 수습하듯이 말했지만 구마모토 얼굴에는 옅은 미소가 퍼져 있었다.

"믿는다면 일부러 내게 물으러 오지 않았겠죠."

"기분 나쁜 소릴 하니." 하루코가 대답했다. "그야 신경 쓰이죠."

"소요코는 지금 어떻게 지냅니까?"

"그건 대답할 필요가 없겠네요." 고야마 변호사가 끼어들었다. "당신도 계속 그녀를 신경 쓸 필요가 없잖아요."

"소요코 얘기를 꺼냈으니 물었을 뿐입니다." 구마모토는 비스듬히 쳐다보며 말했다.

"게다가 면회 와서 바깥 이야기를 해주는 친구 한둘은 있으니까요. 소요코 이야기도 소문 정도는 듣고 있어요. 시댁 가게에서 일하나 보더군요. 히가시카마쿠라역 앞 식기점이죠? 옛날에 그 집 아들이 그 녀석한테 집적댄다는 걸 알고 들여다봤는데 노포라고 해야 하나 근사한 가게더군요. 그 아들이 성장배경이 나와 다르고 내 손이 닿지 않는 걸 가지고 있다고 인정해야 하니 씁쓸한 이야기죠. 그런데 여자는 그런 점을 야무지게 찾아내죠. 빈틈이 없다고 해야하나, 잘 꼬셨죠."

'잘 꼬셨다'는 말투가 불쾌해서 아키미는 인상을 찌푸렸다. 그 소소한 표정 변화를 놓치지 않고 구마모토는 아키미를 힐끗 보고 웃었다.

"그렇잖아요." 그는 말했다. "소요코도 생활이 빠듯한 시골집에서 도시로 뛰쳐나왔으니까요. 그런 점은 민감해요. 그 가게는 당신네 빌딩에 있고 재개발로 큰 상업 빌딩이 될 계획도 있잖아요."

"그런 말은 누구한테 들었어요?" 하루코가 무심한 듯이 물었다.

"소요코가 말했어요." 구마모토는 당연하다는 듯 말했다. "단순한 장사꾼이 아니라 자산가라고 하던데요? 시어머니가 그렇게 그 애를 신경 쓰는 건 지금은 그 녀석이 생활을 보살펴주어서 아닌가요? 남편이 없다면 그게 우선이고 자식한테 뒤를 잇게 할 마음도 있으니까요. 그게 제대로 안 풀렸다면 어떻게 했을까 싶네요."

"당신은 피해자의 부인에게 꽤 복잡한 감정이 있나 보네요." 고야마 변호사가 말했다. "당신에게는 그녀를 돌아보게 할 마음이 있었고 그게 사건으로 이어진 게 아닌가요. 그런데 그 와중에도 그녀는 자신과 자녀의 생활을 위해서 새로운 길을 선택한 거죠. 한편 당신은 늪에 빠져서 헤어 나올 수 없어졌고요. 법정에서 한 발언은 그런 당신이 그녀를 길동무로 삼고 싶다는 마음에서 한 말이 아닌가 싶네요."

"그게 어떻다는 얘기죠?" 구마모토는 나지막한 목소리로 물었다.

"구노 씨 앞에서 그렇다고 인정해야죠. 당신 발언으로 헤

매고 있으니까요."

"내가 그렇게 인정한들 과연 이 어머니가 후련해질까
요?" 구마모토는 아키미 마음을 들여다보는 듯한 시선을
힐끗 보냈다. "조금 전에도 말한 것처럼 믿는다면 망설일
거 없죠. 그렇게 망설인다는 건 처음부터 소요코를 믿지 못
해서죠. 아닌가요?"

아키미는 답할 수 없었다. 구마모토에게서 눈길을 피하
지 않는 것만으로도 벅차다고 해도 좋았다.

"우습게 봤더니 의외로 만만치 않다거나 기어오르거나
점점 욕심을 슬쩍 비치거나 해서 같이 있으면 그런 점도 갈
수록 신경 쓰이죠? 아는지 모르겠지만 나는 그 녀석을 요코
하마에 있는 스낵바에서 만났어요. 인기가 있었고 나 말고
도 그 녀석을 목표로 삼아 드나드는 사람이 몇 있었죠. 그런
사람을 마음대로 농락했지만 본인은 농락할 생각이 없다는
얼굴을 했죠. 그렇게 타고났으니까요. 질이 나빠요."

"적반하장으로 소요코 씨를 나쁘게 말하고 싶은 심정은
이해하지만, 그런 소릴 해도 구노 씨가 당혹스러울 뿐이에
요." 고야마 변호사가 달래듯이 말했다. "구노 씨는 당신 행
동으로 아들을 잃고 엄청난 정신적 고통을 겪고 있어요. 더
구나 이런 발언으로 더더욱 심적인 고통을 주는 건 너무하
다 싶네요. 물론 이 자리는 사죄를 구하고자 마련한 건 아니
지만, 당신도 피해자 부모님을 슬프게 한 건 본심이 아니라

고 생각하죠? 적반하장으로 나온다고 해도 그 상대는 구노 씨가 아닐 겁니다. 이 이상 당황스럽게 해도 별도리가 없다고 생각하지 않나요?"

구마모토는 잠시 침묵을 지키더니 살짝 턱을 들고서는 어딘가 흥이 깨진 듯한 표정을 보였다.

"네에네에, 알겠습니다." 구마모토는 말했다. "소요코는 아무 관계도 없어요. 이걸로 됐어요?"

고야마 변호사가 아키미를 힐끗 보더니 구마모토에게 시선을 되돌렸다.

"진짠가요?"

구마모토는 문득 웃었다. "결국 내가 무슨 소리를 한들 못 믿는다는 거잖아요."

"그런 건 아니지만……."

고야마 변호사는 그리 말했지만 이제 와서 구마모토가 부정으로 돌아선들 그걸 바로 믿기도 어려운 이야기였다. 아키미는 더욱 당황했다.

"아무래도 검찰도 내 이야기를 듣고도 움직일 마음은 없는 듯하고 나도 구노 부모님을 괴롭히면서까지 주장할 마음은 없어요."

"당신 말이야, 그런 말투는 부정하는 게 아니야. 듣는 쪽은 괜히 어느 쪽일까 생각하게 된다고."

"그럼 어떻게 말하면 되죠?" 구마모토는 사람을 깔보듯이 물었다. "알려주면 그대로 말할게요."

"이쪽이 이야기하는 대로 말해줘도 의미가 없잖아." 하루코가 말했다. "당신의 진심에서 우러나온 말이 아니면."

"마찬가지잖아." 구마모토는 내치듯이 말했다. "내가 전부 부정한다고 해도 당신들은 생각하겠지. 구마모토와 소요코는 뒤에서 이어져 있다. 법정에서는 이성을 잃고 무심코 그런 말을 했지만 결국 소요코는 인정하지 않았고 검찰도 움직이지 않으니 잡히지 않는다. 그러면 구마모토도 차분해져 형기를 마치면 소요코가 기다릴 거라고 마음을 고쳐먹고 위기를 극복할 거라고 말이야. 그래서 어떻게 대답한들 당신들 기대에는 맞출 수 없어."

이쪽 생각을 간파당한 건 울분이 솟구쳤지만 구마모토가 말하는 대로였다. 어떤 말을 기대하고 이곳에 왔는지 아키미는 알 수 없어졌다.

"인정하는 이야기라도 돼."

정신을 차리고 보니 아키미는 그런 말을 하고 있었다.

아키미가 처음 입을 열어서인지 구마모토는 눈썹을 흠칫 움직이면서 다시 쳐다보았다.

"관계가 있다면 있다고 확실히 말했으면 해."

구마모토는 잠시 가만히 아키미를 응시했지만 이윽고 얼버무리듯 고개를 흔들흔들 가로저었다.

"그것도 의미 없잖아." 구마모토가 말했다. "내가 법정에

서 한 말을 못 믿는다면 여기서 또 같은 말을 들어도 마찬
가지겠지."

"못 믿는다고는 안 했어." 아키미가 말했다. "근거를 확
실히 보여달라는 거지."

구마모토에게서 아무리 말을 끄집어낸다고 한들 소요코
에 대한 의심은 풀리지 않았다. 그렇다면 차라리 범인이라
고 해도 상관없으니 범인이라고 확신하게 해줬으면 좋겠
다……. 아키미는 그런 생각에 빠져들었다. 그게 정당한 사
고방식인지 아닌지는 모르지만 어쨌거나 이 불안정한 심리
상태를 어떻게든 하고 싶다는 마음이 강했다.

"구두 약속으로 근거를 원한들 뭐." 구마모토는 어처구
니가 없다는 듯이 말했다. "억지스러운 얘기로군. 그러니
아무것도 없었던 걸로 해도 되지 않아?"

"설마 당신 우리 손자가 당신 자식이라고 생각하는 건
아니지?"

소요코가 구마모토를 부추겼다면 나유타를 그의 자식이
라고 했을 가능성도 있다. 아키미는 그가 동요하는지 확인
하려고 그런 질문을 들이댔다.

아키미의 필사적인 시선이 날카로워서인지 구마모토는
그에 반사적으로 맞서려고 노려보았다.

"우리 손자는 틀림없이 고헤이 자식이야."

"그건 상관없어. 귀여워서 눈에 넣어도 아프지 않겠지."

흔들리는지 아닌지까지는 모른다. 흥미가 없다는 반응으로 보였지만, 일부러 그렇게 행동한다고 파악할 수 있었다.

"내 자식일지도 모른다고 생각한다면 불쾌해서 참을 수 없을 테니 그건 그리 생각해도 되잖아." 그는 호언장담하듯이 그리 덧붙였다.

"꼼꼼히 감정해서 확실히 알고 있어."

아키미가 아주 진지하게 말하는 한편 구마모토는 어깨를 들썩이며 웃었다.

"일부러 DNA 검사를 했어? 힘들었겠네."

구마모토가 계속 웃어서 아키미는 자신이 꺼낸 말이지만 왠지 부끄러워졌다.

구마모토 손바닥에서 농락당하는 것일까. 반응에서 보면 그는 나유타에게 그다지 집착하지 않는 듯하다. 나유타를 사이에 두고 두 사람이 이어진 형태는 아닐지도 모른다.

"뭐, 죽은 아드님 자식이니 실컷 예뻐해주면 되잖아요." 구마모토는 옅은 웃음을 띤 채 말했다. "소요코도…… 그렇게 차가운 시선으로 보지 말고 예뻐해주면 될 테고요."

다만 소요코에게는 여전한 집착이 느껴졌다. 그게 있는 만큼 결국 두 사람이 이어져 있다는 심증이 깊어졌다.

"당신은 계속 소요코를 신경 쓰지만 소요코는 당신을 완전히 잊은 느낌이야."

구마모토 얼굴에 희미하게 떠 있던 웃음기가 사라졌다.

"소요코가 진심으로 그리 생각하는지 아닌지까지는 모르잖아." 그는 나지막하게 말했다.

"같이 살다 보면 알게 되는 일이지." 아키미는 생각하지도 않은 말을 했다.

"그걸 알 수 있는 사람은 나뿐이야."

구마모토가 거의 들어보지 못한 목소리로 읊조렸다.

그의 일방적인 집착인가.

아니면······.

"내가 형무소에서 나가면 그것도 알게 되겠죠. 구치소에서 형기가 어떻게 될지는 모르지만 어느 쪽이든 형기를 어느 정도 채워야 할 테니까요. 열심히 죗값을 받죠."

"형기가 끝나면 또 소요코 씨한테 엉겨 붙으려고 하다니 멍청한 생각을 하면 안 되죠." 고야마 변호사가 못을 박듯이 말했다.

"변호사 양반은 상관없잖아."

그리 말하는 구마모토 표정에는 상대를 비웃는 듯한 여유가 돌아와 있었다.

"어머니도 그 무렵까지 건강할지 어떨지······ 지켜보고 싶다면 부디 장수하시죠."

그런 도발적인 말을 예전에도 들었다. 법정에서 내뱉듯이 그가 한 말이었다.

그저 되는대로 지껄이는 말인가.

또는 형을 마치면 정말 소요코가 맞이해주리라는 자신 감이 있어서 하는 말인가.

아키미는 역시 알 수 없었다.

구마모토는 여유로운 미소를 띠는가 싶더니 다음 순간 에는 눈을 가늘게 뜨고 이쪽을 노려보았는데 그 감정에 기 복이 있었다. 이쪽이 한 질문이나 몇 가지 말에 흔들리는 게 틀림없었다.

하지만 그게 소요코와 이어져 있어서인지, 소요코와 이 어져 있지만 배신당해서인지, 일시적으로는 배신당했다고 오해했는데 그렇지 않다고 다시 생각해서인지, 아니면 전 혀 이어져 있지 않아서인지 흔들리는 감정 뒤편에 있는 것 을 아키미는 파악할 수 없었다. 직접 만나서 이야기를 들으 면 무언가 알 거라고 생각했지만 그렇게 간단하지 않았다.

접견실의 긴장감에서 생긴 피로는 집으로 돌아가는 발 걸음을 무겁게 했다.

"경솔한 소리를 하려는 건 아니지만, 저 사람은 소요코 씨에게 상당히 집착하는군요. 그의 모든 말과 행동은 그 점에 도달하는 게 아닐까요. 그건 소요코 씨가 그의 편에 서 있어서가 아니라 오히려 그렇지 않아서 그런 게 아닐 까…… 저는 그런 생각이 들었습니다."

고야마 변호사는 객관적인 인상을 그리 말했지만 아키

미는 그렇게까지 간단히 단언할 수 있는 상태가 아니었다. 그런 의견을 들어도 억지로 사태를 수습하려는 것처럼 들릴 뿐이었다.

"기자한테서 뭔가 들으면 말할게." 고야마 변호사와 헤어진 후 하루코가 근심스럽게 말했다.

"구마모토라고 하는 본체에 다가가도 이렇다 할 답이 안 보이면 이 이상 아키가 이렇게 저렇게 속을 썩는 것도 쓸데없는 일이 아닐까 싶어. 명료하게 결론을 짓든지 말든지, 이참에 그런 건 내버려두고 소요코가 불완전한 모습으로라도 구노가와 그 가업에 익숙해지려고 노력한다면 일단 다 눈을 감고 구마모토에게 전부 떠넘기는 것도 한 가지 방법일지 몰라."

하루코는 아키미를 배려해서 그리 말해주었을 테지만 아키미가 순순히 받아들일 수 있는 말이 아니었다. 왠지 소요코와 공범이 되는 듯한 기분만 들었다.

　정초 3일간 쿡 하루가 아래층 도키야 깃페이와 다 같이 가게 문을 닫은 한편 하루코는 가마쿠라의 하루샌드를 1월 1일부터 열었다.

　다쓰야는 "아무리 그래도 1월 1일부터 일할 건 없잖아"라고 소파에 누운 채 하루코를 배웅했지만 수요가 있을 때 가게를 여는 건 장사의 기본이다.

　정초 3일간 새해 첫 신사 참배를 하는 참배객으로 가마쿠라는 시끌벅적하다. 기념품 가게도 열어 고마치 거리는 사람으로 북적였다. 그곳에서 한 블록 들어간 하루샌드 앞까지 사람들이 흘러들었다. 이 시기에 '핫샌드' 꾸러미를 특별하게 디자인만 바꿔서 평소 가격의 50퍼센트를 더해 내놓았지만 걸어 다니면서 먹는 용도로 불티나게 팔렸다. 다쓰야처럼 정월을 잠으로 보낼 때가 아니었다.

정월 이튿날 오후 하루코는 임시로 고용한 아르바이트 생을 부리며 카운터를 보다가 문득 가게 바깥으로 시선을 보냈을 때 취식코너 빈자리를 기다리는 줄에서 소요코와 나유타를 발견했다. 기모노 차림에 전통 스타일의 코트를 걸친 소요코는 하루코와 시선이 마주치자 미소를 띠며 가볍게 인사했다.

이윽고 줄이 앞으로 나아가 두 사람이 가게 안으로 들어왔다.

"새해 복 많이 받으세요."

소요코는 청초하게 고개를 숙여 신년 인사를 했다.

하루코도 그에 답으로 "나유, 엄마랑 새해 첫 참배도 오고 좋겠네"라고 나유타에게도 말을 걸었다. 나유타는 소요코에게 재촉받아 우물대며 인사를 했다.

"한번 와보고 싶었어요." 소요코가 말했다. "나유타도 샌드위치가 먹고 싶다고 했거든요."

하루코는 소요코에게 특별히 마음을 쓰지 않았고 그러기는커녕 연말에는 아키미를 부추겨 도쿄구치소에 있는 구마모토에게 가서 궁금증을 추궁하는 데 가담했을 정도였다. 그러한 일은 물론 소요코에게는 알려지지 않았을 테지만 자신에 대한 시선의 온도 정도는 느껴지는 게 당연하다.

그런데 이렇게 친근하게 발걸음을 옮겨오면 오히려 기

분이 불쾌하다고 해야 할까, 무슨 바람이 불어서일까 생각하게 된다.

하지만 아무리 봐도 소요코에게 다른 뜻이 있는 건 아닌 듯했다.

"뭐든 주문해. 서비스로 다 줄 테니까." 하루코는 얼버무렸다.

"아니에요. 당연히 돈을 내야죠."

가방에서 천천히 지갑을 꺼내는 소요코의 모습은 왠지 작위적이기도 했다.

"됐어. 대접도 변변찮고 나유한테 주는 세뱃돈이기도 하니까."

"괜찮으세요?" 소요코는 송구스럽다는 듯이 말하고 나유타에게 미소를 보냈다. "나유, 좋겠네. 뭐든 좋아하는 걸 먹어도 된다고 하셨어."

두 사람은 카운터의 메뉴판을 앞에 두고 이게 좋다는 둥 저게 좋다는 둥 즐겁게 메뉴를 정하더니 비프가스샌드와 과일샌드 그리고 핫밀크티를 주문했다.

"사가 소 가스샌드인 거죠? 맛있겠어요."

어떻게 사가 소라는 메뉴의 글귀에 시선이 멈추었는가 싶었는데 그러고 보니 소요코가 사가 출신이었다는 걸 깨달았다.

"우리 가게 명물 메뉴라서 이제 다 팔리려던 참이었어.

살살 녹을 거야."

하루코는 그런 말을 곁들이고 샌드위치와 핫밀크티를 내주었다.

소요코와 나유타는 취식코너 테이블에 앉더니 스마트폰으로 샌드위치를 찍으며 즐겁게 식사했다.

그 모습에서 남편이자 아버지라는 기둥을 참혹한 사건으로 잃은 불행한 모자 같은 어두운 그림자는 어디에도 보이지 않았다.

사건으로부터 2년이 흘러 용케도 이렇게까지 회복했다고 봐야 하나.

소요코가 구마모토와 은밀하게 이어져 있다는 의심은 하루코 내면에 아직 남아 있지만 아키미와 같이 실컷 의심하다 보니 이제는 의심하려고 해도 어떻게 의심해야 할지 모르겠다는 게 현실이었다.

"잘 먹었습니다."

소요코는 하루코에게 감사 인사를 하고 "맛있었지?" 하며 나유타의 손을 이끌고 가게를 나갔다. 그 모습은 만약 그녀가 사건에 엮였다면 승리를 깨달았다는 듯 보였다.

다만 그녀가 일부러 그 모습을 보여주려고 왔는지, 또는 그런 의미 등은 전혀 없이 자연스럽게 그리 행동하는지는 여러 세계를 건너 고생으로 닳고 닳은 하루코도 도저히 알 수 없었다.

하루코는 하루샌드와 쿡 하루 홈페이지 말고도 자신의 SNS나 블로그에서 문화회관 강좌나 가게 정보 등을 계속 홍보하고 있다.

원래 에세이스트로 활동해서 그런 문장을 쓰는 데 재주가 있었다. 고헤이 사건 후에는 잠시 삼가기도 했지만 사건 보도에서 옛날에 나름대로 이름을 날리던 하루코에 대해 다른 매체도 적지 않아서 그런 활동을 재개했을 때는 SNS 팔로어 수나 블로그 액세스 수가 예전보다 느는 뜻밖의 좋은 결과를 얻기도 했다.

그날 블로그를 업데이트하고 나서 평소에 이따금 그러하듯이 무언가 새 정보라도 올라오지 않았는지 도키야 깃페이 사이트를 들여다보다 '젊은 여사장의 블로그'라는 배너가 새로 나와 있어서 놀랐다.

"이게 뭐야?"

무심코 그런 말이 나왔다. 소파에 누워서 텔레비전 정월 방송을 보던 다쓰야가 "왜 그래?" 하고 별반 흥미가 없다는 듯 물었지만 답하지 않고 배너를 클릭했다.

안녕하세요. 히가시카마쿠라 도자기점 도키야 깃페이의 젊은 여사장 소요코입니다.

올해부터 마음을 굳게 먹고 블로그를 시작하기로 했습니다. 잘 부탁드립니다.

가게는 정초 3일간 휴일입니다.

그래서 오늘은 시이모님 가게를 아들 N과 방문한 이야기를 하고 싶습니다.

쓰루가오카하치만구 신사에서 첫 참배를 마치고 발걸음을 옮긴 곳은 가마쿠라의 인기 샌드위치 가게인 하루샌드였습니다. 예전부터 오고 싶었는데, 실은 처음 방문했습니다. 가게 앞에는 나들이옷을 입은 행렬이 있었습니다.

잠시 줄을 서 있다가 가게에 들어가 시이모님에게 신년 인사를 드렸습니다. 그리고 하루샌드의 명물인 비프가스샌드위치와 과일샌드위치를 주문했습니다.

비프가스샌드위치는 가격도 제일 나가지만 인기도 가장 좋아서 오늘은 품절 직전이었습니다. 그것도 당연한 게 고급 브랜드 소인 사가 소를 사용해서입니다. 숨길 것도 없이 저도 사가 출신으로 이럴 때 시이모님과 인연을 느낍니다.

아, 맛있었다. 잘 먹었습니다.

샌드위치를 앞에 둔 그녀 사진도 올라가 있었다. 나유타의 얼굴은 숨겼지만 소요코 자신은 그대로 기모노 차림을 자랑스럽게 보이는 듯했다. 사진발이 잘 받는 걸 보니 사진 앱이라도 사용했는지 모른다.

왜 우리 가게를 찾아왔나 싶었는데 좋아요를 노려서라고 할까, 블로그 주제로 삼으려고 왔다는 걸 알고 하루코는 냉랭한 기분이 들었다.

"쥐치는 많이 어려워요. 이쪽이 모르는 사이에 능숙하게 고리에서 먹이를 채가니까요. 고헤이는 잘했는데."

"분명 많이 잡아왔죠. 두 마리뿐이라도 시이모님은 좋아하시지 않나요?"

"아뇨, 기뻐하긴요. 뭐 하러 이 작은 물고기를 잡아왔느냐는 반응이죠."

"작아도 열심히 잡아왔으면 좋은 거죠."

"다음번에 잡아왔을 때는 소요코 씨가 가져가는 편이 낫겠네요."

"그럼 남을 만큼 잡았을 때 주세요."

"아뇨. 남을 만큼 안 잡아도 가지고 가요. 하루코한테 먹이는 건 아깝기만 하니까요."

도키야 깃페이의 새해 마수걸이 날 하루코는 신년 인사를 겸해서 가게를 들여다봤는데 그곳에 소요코는 없었다. 나유타를 어린이집에 데려다 주느라 늦나 싶었는데 3층으로 돌아오니 다쓰야와 다정하게 이야기 나누는 모습이 보였다. 엇갈린 모양이다.

"아이고, 호랑이도 제 말 하면 온다더니." 다쓰야가 하루코를 보더니 장난스럽게 말했다.

다쓰야는 외환 등에 투자해 부지런히 용돈벌이를 했지

만 초겨울에 시세가 상하로 심하게 변동될 때 자금이 단번에 손실된 모양이다. 연말 무렵에는 경마에 쏟아부을 돈도 없자 풀이 죽어서 가게 일도 만족스럽게 돕지 않았다.

새로운 해가 찾아와도 매일 집에 틀어박혀 늦잠으로 정월을 보내기에 용돈을 조금 줘서 바깥으로 내보냈더니 예전에 고헤이와 이따금 즐기던 배낚시를 하러 갔던 모양이다. 그런데 숙취인 상태로 배를 탔는지 거의 낚시를 할 수 없었던 듯하다. 간신히 손바닥보다 작은 쥐치 두 마리를 아이스박스에 넣어서 돌아왔다. 그것도 옆에서 낚시하던 사람에게 나눠 받은 모양이었다.

그걸 소요코에게는 컨디션이 나쁜 와중에도 열심히 낚시해서 어떻게든 하루코를 기쁘게 하려고 한 것처럼 이야기했다.

그 사실에도 어처구니가 없었지만 그런 이야기에 눈을 반짝이며 다쓰야에게 동조하는 소요코에게도 질리는 감정이 솟구쳤다.

"엊그제는 잘 먹었습니다." 소요코는 다쓰야와 나누던 대화를 끝내고 하루코에게 말을 걸었다. "나유도 특히 과일 샌드위치가 마음에 들었는지 또 가고 싶대요."

"과일샌드위치, 일부러 가마쿠라까지 안 와도 언제든 간식으로 가져올게." 하루코는 그리 대답하고 나서 "그것보다 블로그를 시작했던데 금방 그날 일이 적혀 있어서 깜짝 놀랐어"라고 가볍게 언급했다.

"네." 읽어준 것이 기뻤는지 소요코는 평소와 달리 활기차게 말했다.

"글은 잘 못 쓰지만 조금이라도 가게 홍보가 되면 좋겠다고 생각해서 시작했어요."

"솔직하고 읽기 편안한 글이었어."

"시이모님께서 칭찬까지 해주시고." 소요코는 그리 말하며 기뻐했다. "시간이 있으면 시이모님 에세이 강좌에 다니면서 공부하고 싶어요."

마음에도 없는 소리를 한다고 생각했지만 그 자리에서는 하루코도 상냥하게 대답했다.

하지만 저녁 무렵 창고 앞에서 붙들린 아키미에게는 자연스레 인상을 찌푸릴 듯한 말투가 나왔다.

"그거 본인이 하고 싶다고 말을 꺼냈어?"

그렇게 말하기만 해도 소요코의 블로그라고 말이 통했다.

"그런가 봐." 아키미의 말투에서도 번거로움이 전해졌다. "그이도 마음이 약하니까 바로 좋다고 했대."

"노포 간판이 꽤 가볍게 느껴지지 않겠어?"

"맞아. 나도 그리 말했지만 그이는 젊은 사람의 관심을 끄는 것도 중요하다고 하더라고."

"그런 글을 기뻐하면서 읽는 건 젊은 사람이 아니라 아무 취미도 없는 아저씨야." 하루코는 그리 내뱉었다. "더구나 '젊은 여사장'이라니, 남한테 그리 불리는 건 그렇다 쳐도 자기 입으로 그런 호칭을 대는 건 아니잖아."

"'그리 불러주는 사람도 있으니 타이틀로 붙여도 될까요?'라고 그이한테 물었어."

아키미는 쓸쓸한 감정을 노골적으로 드러내며 소요코가 사용한 애교스러운 말투를 흉내 냈다.

"저래 보여도 인정받고 싶은 욕구가 강한가 봐." 하루코가 말했다. "뭐, 딱히 의외도 아니야."

하루코도 블로그나 SNS를 빼놓을 수 없는 생활을 했고 방문자 수나 팔로어 수도 신경 쓰는 사람으로서 남의 말을 할 처지는 아니지만 그건 별다른 문제라고 생각했다. 자신은 중년의 대수롭지 않은 취미 부류였지만, 소요코는 그곳에 노골적으로 드러낸 상승지향 욕구라고 할까, 처세 욕심이 느껴졌다.

"나도 블로그 정도로 일일이 걸고넘어지고 싶지는 않지만." 아키미는 한숨을 쉬면서 말했다. "결국 사건이 내 안에서 정리되지 않아 여러모로 생각하게 돼."

"아무리 애써도 그쪽으로 돌아오게 되지?" 하루코도 끙끙댔다. "나도 구마모토를 만나고서도 모르겠는 이상 이제다 속에 담고 지금 생활을 계속해나가는 수밖에 없나 생각했으니 아키의 기분도 이해해."

의혹을 추궁하는 일이 막막한 걸 아는지 모르는지 소요

코는 그런 일은 진즉에 떨쳐내고 목욕재계를 마친 듯 표정도 밝아 보였다.

그걸 우호적으로 받아들일 수 없는 것은 아키미도 마찬가지인지 하루코는 그녀와 시선으로 서로 마음을 확인하고 견딜 재간이 없다는 듯 한숨을 쉬었다.

그로부터 열흘 가까이 지난 1월 중순 주말 가마쿠라 하루샌드의 계산대에 서 있는데 바깥에서 가게 모습을 카메라로 담는 남자가 눈에 들어왔다.

길거리 맛집 탐방 취재가 먼젓번 달에 한 건 있었고 이번 달에도 한 건 예정되어 있었다. 그런 방송의 영향 때문인지 일종의 팬이라고도 할 수 있는 관광객이 요즘 더 늘었다. 손이 비었을 때는 하루코도 같이 사진을 찍기도 하는데 다들 대단히 즐거워했다.

바깥에 있는 남자도 그런 사람인가 싶었지만 유심히 보니 〈주간동서〉의 요네무라였다.

작년 가을에 나유타의 DNA 검사 결과를 아키미에게서 듣고 관심이 있던 요네무라에게도 그 사실을 알려주었다. 그를 만나는 건 그때 이후 처음이었다.

주말이라고 하지만 저녁 무렵이라 취식코너 자리가 여기저기 비어서 하루코는 그를 그곳에 앉혔다.

"우리 가게를 찍다니 SNS라도 해요?"

하루코가 그리 말하자 요네무라는 "여기는 유명한 곳이니까요"라고 긍정이라고도 부정이라고도 할 수 없는 대답을 건넸다.

그의 SNS를 일일이 확인할 마음은 들지 않았다. 아무래도 상관없다고 마음을 바꿔먹고 바로 화제를 돌렸다.

"뭔가 알게 된 거라도 있어요?"

하지만 요네무라는 선뜻 고개를 저었다.

"아, 그쪽이야말로 무슨 일이 없나 싶어서요."

DNA 검사 결과를 알려주자 그는 자기 짐작이 틀렸다는 사실에 그 이상 파고들어봤자 아무것도 나오지 않을 거라는 듯 포기한다는 반응을 보였다. 이제 소요코 건으로는 움직이지 않을 것이다.

"작년 말에 마음먹고 구마모토를 만나러 갔어요."

하루코가 그 이야기를 꺼내자 요네무라가 "오" 하고 흥미를 보였다. 다만 그것도 아무 반응도 수확도 없다는 결론을 내릴 수밖에 없었다고 하자 요네무라는 당연하다는 듯이 냉소를 띠었다.

"이 의혹은 조금 어렵긴 하죠." 그가 말했다. "조사하는 쪽도 전혀 움직이지 않고 없는 걸 있는 것처럼 생각하게 할 뿐일지도 모르고요."

"나도 그렇게 결론을 내릴 수밖에 없나 생각해요." 하루코가 말했다. "그런데 그 아이를 보고 있으면 하는 행동이

거짓 같아 보인다고 할까, 무언가 작위적인 느낌이 들어요. 사람을 신경 써주는 것처럼 보이면서도 자기 본위 같다고 할까요."

"그야 남들만큼 자의식은 있으니까요. 블로그를 보니 사진발도 꽤 잘 받더라고요."

"그거 봤어요?" 하루코는 자연스럽게 목소리가 커졌다. "나 깜짝 놀랐잖아요. 이미 사건은 완전히 잊은 듯한 얼굴을 해서요."

"뭐, 계속 상중인 얼굴을 요구하는 것도 가혹해요."

"그렇긴 하죠."

"어쨌거나 나도 여러모로 움직이긴 하는데 이렇게 되면 아무 기사도 안 나올 것 같아서 단념하는 수밖에 없어요."

"그렇죠."

하는 수 없다고 생각하면서도 하루코로서는 석연치 않은 마음을 말투에 싣고 싶어졌다.

한편 요네무라는 하루코의 그런 기분을 흘려버리듯이 "다만 나도 사가 변두리까지 발걸음을 옮겨본 결과 이대로 아무 수확도 없이 물러나는 건 조금 그렇다고 생각했어요" 라고 이어나갔다.

"무슨 소리예요?" 소요코에게 뭔가 다른 흠집이 있나 싶어 하루코는 흥미가 생겼다.

"아니요." 하루코를 보는 요네무라의 눈이 묘한 빛을 발

했다. "예전에 제가 사가까지 갔던 이야기를 했을 때 하루코 씨는 사가가 아무 인연도 관계도 없는 곳이라고 하셨죠."

또렷하게 기억나지는 않지만 실제로 그러니 그렇게 말했다고 해도 이상하지 않다. 그 이야기가 어떻게 굴러갈지 파악하지 못한 채 하루코는 고개를 갸웃거렸다.

"여기 명물 비프가스샌드위치가 사가 소를 사용한다는 사실을 그녀 블로그를 보고 알았어요. 그리고 생각했어요. 아무 인연도 관계도 없다고 한 게 이상하다고요."

"아니, 그건 업자한테서 매입하기만 하고 내가 사러 가는 것도 아니니까."

"뭐, 그렇죠." 요네무라의 목소리는 어느새 나지막해져 있었다. "신경이 쓰여서 만약을 위해 관계자들을 접해보고 알았어요."

"뭐, 뭐가요……?" 하루코는 무심코 목소리에 긴장을 띤 채 물었다.

"전혀 아니던데요." 그가 말했다. "평범한 국산 소, 즉 젖소라던데요."

"자, 잠시만요." 하루코는 초조해졌다. "누구한테 물어보았어요?"

"그건 말씀드릴 수 없지만, 분명한 증언이라고 생각해요. 이 가게 메뉴판 안에서도 눈에 띄게 비싸서 보통은 진짜 브랜드 소를 사용한다고 생각해요. 그런데 그게 설마."

〈주간동서〉출신인 구라모리가 그더러 심부름값이든 뭐든 본전을 뽑으려는 빈틈없는 남자라고 한 말을 떠올렸다.

"아니, 아니에요. 처음에는 사용했어요. 그런데 업자 사정으로 들어오지 않아서 일시적으로 대용했을 뿐이에요."

"확실히 처음에는 사가 소를 사용했던 모양이더군요. 아니, 정확하게 말하면 사가산 와규라고 해야 할까요? 사가 소라고 하는 것은 일정한 등급 이상의 것으로, 그것보다는 등급이 떨어지는 고기죠. 하지만 1년도 지나기 전에 노브랜드 국산소로 떨어지고 이후 십수 년이나 그게 이어지니 일시적이라는 건 좀 그렇지 않나요? 사가 소 간판을 뗄 기회가 있었다고 생각하는데요."

"딱히 나쁜 뜻이 있어서 그랬던 건 아니니까요. 애초에 노브랜드라서. 그게 왜요? 오히려 마블링이 적어서 담백한 고기가 더 어울리거든요? 맛있으니 평가가 좋고."

"괜찮은 코멘트네요." 요네무라는 히죽 웃더니 웃옷 안 주머니에서 녹음기를 꺼내 보였다. "이 말 사용하죠."

"잠시만 있어 봐요."

"그리고 치킨샌드위치의 닭고기도 히나이지도리닭이 아니라 브라질산이죠?"

"그러니까 잠깐만요!" 하루코는 주변 손님의 귀를 신경 쓸 여유도 없이 비통한 소리를 질렀다. "우리 같은 작은 가게를 기사로 써서 어쩌려고 그래요?"

"요즘 텔레비전에서 자주 다뤄지잖아요. 예전에 당대를
풍미했던 에세이스트가 지금은 가마쿠라에서 사업가로 성
공을 거두었다는 것도 세간에 알려져 있어요. 페이지를 채
우기에 충분하고 편집자한테 오케이도 얻었어요."

녹음기를 다시 넣고 일어나는 요네무라를 하루코는 지
나가지 못하게 하려는 듯 손을 펼쳐 말렸지만 그는 코웃음
을 칠 뿐이었다.

1월도 하순에 접어들었고 반년에 한 번 있는 작가전도
다음 달에 찾아오기를 기다리던 날, 준조가 각 작가의 견본
을 가지고 도키야 깃페이를 방문했다.

"세이치로 군이 이번에는 기세토를 냈어. 부디 깃페이의
평가를 듣고 싶다고 부탁을 받아서 말이지."

사다히코는 테이블에서 야마모토 세이치로가 만든 찻잔
을 집어 들었다. 여전히 그립감이 좋아서 그건 센스라고밖
에 표현할 방법이 없었다.

기세토도 시노나 오리베와 나란히 미노야키를 대표하는
도자기다. 옅은 황색 유약이 칠해진 그릇의 살결은 소박하
지만 뭐라고 표현할 수 없는 풍취가 감돈다. 원래 미노에는
오래전부터 도자기를 굽는 곳이 있었지만 번성기는 센고쿠

시대 다이묘인 오다 노부나가*가 오와리에서 기후현까지 기세를 떨쳐 도자기 이름으로도 알려진 세토 도공을 미노로 많이 이주시켰을 때이다. 그때 이주해온 도공들 손에서 기세토가 만들어졌다고 일컬어진다.

"역시 기세토에서는 아직 어린애 수준이구먼."

기세토는 사다히코도 좋아하는 도자기라서 그만큼 많이 보아왔다. 꾸밈없는 풍경이 있는 만큼 실력 유무가 그곳에서 드러나기 쉽다. 당연한 결과로 짓궂은 감상평이 입에서 나왔다.

"또 기이치 선생과 비교하는 건가?" 준조가 쓴웃음을 지었다. "그분은 우리 아버지가 가지고 있던 젊은 시절의 기세토를 수치라며 깨부수었을 정도니까. 그 대신에 가마에 있는 것 중 마음에 드는 걸 가져가라고 하셨어. 그거랑 비교하는 건 불쌍할 정도지."

"알아." 무의식적으로 기이치 옹의 명품과 비교하던 사다히코는 어깨를 살짝 으쓱했다. "내가 오늘 밤에 데운 술을 기분 좋게 마신다면 이걸 선택하겠네."

"내가 기다리던 게 바로 그 말이야." 준조가 손뼉을 치며 말했다. "요즘 젊은 친구들은 깎아내리면 기가 죽어. 칭찬

* 센고쿠 시대 다이묘로 일본 통일의 기반을 닦은 무장.

해서 성장시켜야지."

"기이치 선생의 찻잔으로 반주를 한다면 손이 떨려서 마실 수 있어야지."

사다히코가 말하자 준조는 "그건 그러네"라며 웃었다.

준조는 그 외에도 출품할 작가가 저마다 구워준 화병을 가지고 왔다.

제안자는 소요코였다. 작가의 부스마다 말 그대로 꽃을 곁들이자는 것이었다.

2월 들어 이벤트 전날이 되자 그녀는 꽃을 사다가 각 작가의 화병에 꽂았다.

"올해는 화려하네요."

아르바이트 스태프인 야마나카 쇼코가 그런 감상평을 할 만큼 예년 이상으로 보기 좋은 디스플레이가 완성되었다. 소요코는 꽃꽂이에 재주가 있어서 플로리스트 학교에도 다녔던 만큼 센스 있게 장식했다. 오리베 그릇을 내놓은 작가에게는 초록색 잎을 많이 장식하거나 색상이 화려한 작품을 내놓은 작가에게는 꽃도 화려하게 장식하는 등 각 작가의 색에 절묘하게 맞추었다는 점도 감탄하게 했다.

"꽃이 너무 눈에 띄면 오히려 작품의 장점이 가려지지 않으려나."

아키미가 그런 것까지 걱정해서 소요코를 당혹스럽게 했지만, "그릇을 사러 오는 손님은 그렇게까지 꽃에 정신이 안 팔릴 거야"라고 사다히코가 일축했다.

"내일부터 이벤트인가?"

준비하느라 매장과 창고를 오가려니 4층에서 다쓰야가 말을 걸어왔다. 그는 휴식 중인지 옥상으로 이어지는 계단에 걸터앉아 전자담배를 피우고 있었다.

"네." 사다히코가 가볍게 답하고 나서 그에게 물었다. "처형은 어떤가요?"

"완전히 기가 죽었어."

"그런가요? 마음이 안 좋네요."

보름 정도 전에 하루샌드가 식재료 산지를 위조했다는 고발 기사가 주간지에 실렸다.

하루코는 유명인으로서는 과거 사람이라서 작은 기사가 세간에는 화제로 퍼지는 듯 보이지 않았지만, 하루코의 SNS가 악플로 넘쳐나는 등 인터넷에서는 나름대로 반향이 있었던 모양이다. 하루샌드 자체에도 클레임 전화가 쇄도하고 손님 발길이 뚝 끊겼다고 한다. 아키미에게 상태를 물어본 바로는 하루코도 완전히 초췌해져 있다고 했다.

사다히코도 말로는 염려했지만 같은 상인으로서 진심으로는 전혀 동정할 수 없었다. 도키야 깃페이로 말하면 공장 생산품을 유명 가마에서 구웠다고 위조해서 파는 것과 같아서 나쁜 뜻이 없었다는 변명은 통하지 않았다. 하루코를 사업 수완이 뛰어난 사람으로 인정해서 경의를 표했지만 실망했다는 게 솔직한 심정이다.

한편 다쓰야는 여전히 초탈했다고 할까, 하루코 일과 관계없이 유유자적했다. 최근에는 도박을 자제하고 이따금 배낚시를 가는 정도라고 들었는데 그마저 지금은 선뜻 즐기지 못할 테다. 하지만 그 자신은 그렇게까지 사태를 심각하게 생각하지 않을지도 모른다.

"그건 그렇고, 동서."

말하면서 다쓰야가 손짓을 해서 사다히코는 계단을 올라갔다. 다쓰야도 층계참까지 올라가 그곳에서 멈춰 섰다.

"우릴 염려한다면 그럴 필요 없어. 우리는 뭐가 어떻든 이걸 꼭 해야 하는 건 아니니까."

지금 무슨 이야기를 하는가 싶어 사다히코는 고개를 갸웃거렸다.

"재개발 말이야."

"아."

"있는 말 없는 말 다 듣잖아. 다른 토지소유권자는 이제 다들 찬성으로 돌아선 모양이니 이대로라면 고집을 부리는 동안 주변에서 갈수록 겉돌게 되지 않을까 걱정이야."

무슨 소리를 들었는지 모르지만 어차피 제대로 된 이야기도 아닐 테니 자세히 확인하고 싶은 마음은 들지 않았다.

"뭐, 나도 회사에서 일했더라면 정년일 나이니까 여기가 없어져도 집사람 가게도 있고 때마침 물러날 때가 아닐까 싶은 마음이 들더라고."

회사에서 근무했더라면이라니. 다른 사람이 허덕이며 일하는 사이에 그는 오래 놀았다. 한량 기질이 몸에 밴 만큼 아키미한테 들은 하루코의 생각과도 꽤 다르다 싶었다. 더구나 하루샌드는 막 신용을 잃어서 한창 회복하는 중일 테다. 장사에 싫증이 났다고 하면 이해하겠지만 하루코의 가게를 의지하는 것은 감각이 뒤떨어졌다고밖에 할 말이 없었다.

"그 계획은 형님 가게를 배려해서 반대하는 게 아닙니다." 사다히코가 말했다.

"주변에서 겉돌게 된다고 해도 나카도리 거리 사람들은 저희 가게를 응원해주니 걱정하지 않으셔도 되고요."

히가시카마쿠라역 앞 상가회는 역 앞 거리와 그에 교차하는 나카도리 거리 상점으로 구성되어 있다. 깃페이 빌딩은 역 앞 거리와 접하고 있지만, 애초에 구노 깃페이가 일으킨 이전 가게는 나카도리 거리 안에 있었다. 그러한 역사적 사실도 있어서 나카도리 거리의 각 가게와는 지금도 옆집 이상으로 연결고리가 단단하다.

"나카도리 거리도 앞으로는 상황이 악화될 거야." 다쓰야는 고개를 가로저었다.

평론가처럼 떠든다고 사다히코는 비아냥을 섞어서 생각했다.

나카도리 거리는 쇼와 무렵 아케이드 상점가로 역 앞 이상 번성했지만 지금은 아케이드도 낡아서 철거되었고 셔터를 내린 가게가 드문드문 보일 만큼 지난날의 흔적은 없다.

"상점가가 악화될 거라는 말은 30년 전부터 들었어요. 그런데도 다들 살아남았고요."

"지금은 그걸로 괜찮을지 모르지만, 옆에 큰 빌딩이 생겨서 고생하는 건 소요코 씨나 나유타 대가 아닌가? 소요코 씨도 기특하게 열심히 일하는데 심하게 표현하면 가여워."

소요코에 대해서도 긍정적인 말투를 사용하지 않는 경향은 여전한 모양이다. 그건 어찌 됐거나 다쓰야는 실제 사회에서 부대끼며 살아오지 않은 만큼 악의 없이 무신경한 말을 할 때가 있다. 준조라면 간섭하더라도 조금 더 근사한 말을 했을 테다.

사다히코가 대답하지 않으니 다쓰야는 너무 끼어들었다고 생각했는지 "뭐, 내가 이러쿵저러쿵할 일은 아니지만" 하고 어깨를 으쓱하며 전자담배를 넣었다.

소요코와 나유타 대가…… 흘려듣는 것처럼 했지만 다쓰야의 말은 의외로 끈질기게 사다히코 머릿속에 남아 답답함을 느끼게 했다.

사다히코도 다음 세대를 생각하지 않는 건 아니다. 아니, 생각하기에 지금의 판단에 이른 것이다. 그 점을 외부인은 이해해주지 않고 이러쿵저러쿵 떠들어대니 난감하다.

사다히코는 생각을 멈추고 창고로 들어갔다. 이벤트 준비가 대부분 끝나서 소요코가 바닥을 쓸고 있었다. 그 모습을 눈가로 지켜보며 안쪽 선반으로 향했다. 세이치로의 출품에 맞춰 야마모토 기이치의 기세토를 내놓을까 여러모로 생각했다.

"사장님은 이 중에서도 기이치 선생님의 기세토가 제일 마음에 드시는 거죠?"

사다히코가 중앙의 작업 테이블 위에서 오동나무 상자를 열 때 소요코가 빗자루를 든 손을 멈추고 그렇게 말을 걸어왔다.

"난 기세토를 좋아해." 사다히코가 말했다. "오리베나 시노도 좋지만 기세토에는 뭐라고 할 수 없는 소박한 기품이 있거든."

"분명 그러네요."

"특히 기이치 선생 작품은 일품이지." 사다히코는 그 말차 다완을 상자에서 꺼내 다도에서 흔히 그렇게 하듯이 손바닥에 놓고 주둥이 끝을 따라 어루만지며 아끼는 모습을 보였다.

"자주 내놓으시죠?"

"올해도 내놓을까 싶네. 세이치로 군도 기세토를 내놓았거든. 다만 비교하듯이 내놓으면 세이치로 군이 가엽다는 생각이 들어." 사다히코는 그리 말하고 가볍게 웃었다.

"세이치로 씨 작품도 잘 만들어졌다고 생각했는데 아직 그렇게 다른가요?"

"아부라게데라고 하는데." 사다히코는 세이치로 그릇 중 재고 하나를 꺼내 기이치 그릇과 나란히 놓았다. "기세토는 유부처럼 윤기가 없고 매트한 질감을 선호하지. 기이치 선생의 작품은 그게 완벽해. 세이치로 군 작품은 아직 젊기도 해서 윤기가 흐르고."

"그렇군요."

소요코도 사다히코 옆에서 두 그릇을 비교하며 이해하는 듯했다.

"이 정도로 뛰어난 작품이니 가격도 높지 않나요?"

그녀는 호기심 어린 눈으로 들여다보듯이 그런 질문을 했다.

"이건 매입한 게 아니란다. 선대가 이 빌딩을 세웠을 때 준공기념으로 선생님이 구워주셨어. 오픈 첫날에 유리 케이스에 장식되었던 거지."

"어머나, 그렇게 귀중한 거였군요." 소요코가 그리 말하고 눈을 크게 떠 보였다. "그래서 제일 소중하게 다루는 거네요."

"뭐, 그런 거지." 사다히코가 말했다. "기이치 선생님 작품은 열 점 정도 가지고 있는데 이것과 베니시노 화병이 쌍

벽을 이루지."

"그 화병은 대단하지요." 소요코도 예전부터 눈여겨보았다는 듯 말했다. "저도 좋아해요."

"마음에 든다면 걱정이 안 된다만." 사다히코가 말했다. "기억해주길 바라는 건 나중에 설령 가격이 5백만 엔이 붙든 1천만 엔이 붙든 이것들을 절대 손에서 놓아서는 안 된다는 거야. 이런 그릇을 가지고 있는 게 우리 가게가 미노야키에 식견과 애정이 있다는 증거가 되지. 오랜 세월에 걸친 그 가치는 1천 만 엔이나 2천 만 엔으로 통하지 않아. 선대도 나도 그리 생각해서 이것들을 지켜온 거야."

소요코와 나유타 대라는 다쓰야의 말이 머리에 남아 있는 탓인지 정신을 차리고 보니 이야기가 그런 방향으로 흘러가고 있었다.

다만 사다히코의 생각은 소요코에게 확실히 전해진 것 같았다.

"손에서 놓다니 말도 안 돼요." 그녀는 사다히코의 이야기에 감격한 표정으로 말했다.

"소요코도 이따금 보고 싶을 때 봐도 돼." 사다히코는 그녀의 반응에 만족하면서 말했다. "명품을 접하면 물건을 보는 눈도 길러지지."

"감사합니다."

외야에서 끼어들지 않아도 다음 대는 신경 쓰고 있다. 이런 마음을 전해나가는 것이야말로 중요하다고 사다히코는 생각했다.

열흘에 걸쳐 열린 작가전은 성황을 이루었다. 야마모토 세이치로는 평소 매대에도 코너가 설치되어 있었지만, 작가전에서는 다루는 그릇 종류가 늘었다. 그의 팬이 된 고객이 그것들을 다 사들여 대부분 완판되었다. 다른 작가도 준조와 사다히코 눈에 좋은 것만 골라낸 만큼 기대대로 팔림새를 보여주었다.

사건이나 재판으로 한때는 방문을 꺼리던 손님도 시간이 흐르자 돌아왔다. 오랫동안 멀리 가 있던 일상을 마침내 되찾은 듯해서 작가전이 완료된 날 밤에는 오랜만에 술을 얼큰하게 걸쳤다.

하지만 작가전이 끝난 주에 상가회의 오니시 회장을 비롯한 간부들이 왠지 모르게 심각한 얼굴을 하고 도키야 깃페이를 찾아왔다.

사다히코는 시의 상공회나 미노야키 부흥회 등 몇 군데 단체에서 간부를 맡고 있지만, 이것저것 활동하거나 생각해야만 하는 일이 많은 건 역시 지역 상가회였다. 지금은 부회장을 맡고 있고 원래대로라면 작년쯤 회장을 물려받을 예정이었으나 사건이 있어서 진정될 때까지는 아무래도 힘들 거라며 나카도리 거리에서 오니시 포목점을 운영하는 오니시가 임기를 연장해서 맡아주었다.

사다히코는 그들을 4층 창고로 들였다. 작업 테이블에 파이프 의자밖에 없는 살풍경한 자리이지만 스스럼없이 상담할 수 있어서 복잡하게 얽힌 이야기가 있을 때는 이곳을 이용했다. 복잡한 이야기는 재개발 계획에 대한 대응책이라든가 임원 인사에 대해서라든가 하는 것이다.

"감춰두면 분위기가 괜히 이상해질 테니 도키야에는 알려야겠다 싶어서 말이지."

오니시는 그리 말하더니 종이 한 장을 사다히코에게 보여주었다.

'도키야 깃페이의 역 앞 상가회 회장 취임 반대'라는 큰 글자가 적혀 있었다. '부회장도 사임하라'고도 나와 있었다.

"이 부근 일대에 뿌려졌어."

이른바 괴문서였는데 표제 밑에 이어지는 글은 대충 눈으로 쫓기만 해도 기분이 나빠졌다. 사다히코가 죽은 아들의 아내를 감싸고 있고, 지금은 첩처럼 다정하게 대한다고 했다. 그 아들의 아내는 아들을 죽이는 데 가담한 용의가 있고 사건의 배후는 사다히코로 여겨진다는 어처구니없는 폭언이 길게 쓰여 있었다.

다쓰야가 한 말이 이것이라는 사실을 알아차렸다.

"터무니없긴." 사다히코는 몹시 분개하며 괴문서를 돌려주었다.

"상가회 위원은 딱히 뭔가 특권이 있지도 않고 좋아서 하는 것도 아닌데 말이야." 오니시는 곤란한 기색으로 말했다.

"그러게 말이에요." 사다히코도 호응하듯이 말했다. "하고 싶은 사람이 있으면 한다고 해도 전혀 상관없어요."

지역을 위해 땀을 흘릴 마음이 없으면 맡지도 못할 일이었다.

"아니, 도키야가 그만두면 곤란해."

물론 이런 악의에 지다시피 해서 내려올 생각은 없었다.

"전 신경 안 쓰니까 적당히 찢어서 버려주세요."

사다히코가 그리 말하자 오니시는 안심한 듯했다.

"그런데 누가 이런 짓을 했을까?" 상가회 임원을 맡고 있는 문구점 기타세가 고개를 갸웃거리며 말했다. "시장 선거가 반년 후로 닥쳐와서 이제 뭔가 행동으로 나오는 건가?"

"아닐걸요."

시장 선거가 다가오면 사다히코는 최전선에 서서 상가회나 상공회 표를 모으는 데 힘이 되어주는데 지금 시점에서는 요시카와 시장의 대항마로 누가 있다는 이야기도 귀에 들어오지 않았다. 관계가 있다고는 생각할 수 없었다.

다만 시장이라는 말을 듣자 사다히코 머리에 떠오르는 게 있었다. 아니, 그것 말고는 관계가 있을 만한 게 떠오르지 않았다

"재개발 계획 건이겠죠…… 아마도."

사업자 측에서 교섭 이야기를 간헐적으로 꺼냈지만 사다히코는 단호하게 거절했다. 속을 태우던 상대가 어떻게든 하려고 사다히코를 흔드는 게 아닐까.

"역시 그렇군." 오니시 머리에 있던 것도 그러한 듯했다. "소문으로는 상대가 계획을 진행하려고 질 나쁜 업자한테 의뢰한 모양이야. 수단도 일임해서 거품경제 시대의 땅투기꾼 같은 짓도 하지 않을까 싶네만."

"이런 거네요." 사다히코는 괴문서를 가리키며 말했다. "이런 괴롭힘에는 안 져요."

오니시 일행을 돌려보낸 후 속이 가라앉지 않은 사다히코는 그길로 가게를 나서 화과자 가게 가마쿠라팜을 들여다보았다.

"아, 오셨어요?"

카운터 건너편에 서 있던 점주 가사야마가 태평한 목소리로 사다히코를 맞이했다.

"나에 대해 쓰인 전단지가 이 부근에 뿌려진 모양인데 못 봤어?"

"전단지요?" 가사야마가 어딘가 시치미를 떼는 듯한 모습으로 대답했다. "아니, 못 봤는데요."

하지만 계획 찬성 측인 그가 못 봤다고 하는 건 사업자 측 짓이라고 하는 것과 마찬가지였다.

"그곳 사무국 녀석들한테 말해줘." 사다히코는 재개발

계획 사무국이 들어서 있는 옆집 써니빌딩을 엄지로 가리키며 말했다. "너무 지저분한 짓은 하지 말라고. 그런 짓을 하면 이야기를 들을 마음도 없어지고 상점가 사람들도 같이 화가 날 뿐이라고."

"아니, 무슨 전단인지 모르지만 사무국이 그런 짓을 하려고요……."

"됐으니 말해줘."

사다히코는 우물쭈물 발뺌하는 가사야마에게 그렇게 못 박고 그의 가게를 뒤로했다.

사다히코의 일갈이 통했는지 그로부터 새로운 전단이 뿌려졌다는 이야기도 들려오지 않았고 사업자 측에서 접근하는 일도 한동안 열기를 식히려는 듯이 중단되었다.

짧은 2월이 눈 깜짝할 사이에 끝나고 3월에 들어섰다.

결산하는 달인 3월에는 기획물로 매해 아웃렛 마켓을 연다. 1천 엔이 있으면 몇 장이나 살 만한 접시가 평대나 선반에 쌓여 있다. 평소에 파는 유명한 가마의 상품과 비교하면 초라하지만 국산 미노야키로 일정한 품질은 보장됐다. 그때까지 예를 들어 100엔 숍의 중국산 등으로 타협하던 사람들이 페어를 계기로 한꺼번에 사가는 일도 많아서 매상으로는 가장 높은 기획이기도 했다.

오픈 전날에는 스태프가 총출동해서 매장의 상품을 교

체한다. 그릇 종류나 크기 등으로 매대나 테이블을 나누고 물품이 빠짐없이 쌓인다. 쓸데없는 피오피도 없어 고객은 오로지 그릇에 붙은 가격표를 보고 살지 말지를 결정하기만 하면 된다.

이벤트장이 된 매장은 고객이 들어오지 않을 때부터 잡다한 분위기가 형성된다. 이 이벤트에 기모노는 어울리지 않아 사다히코는 슈트 차림으로 나가기로 했다. 평소에 그다지 나설 차례가 없다고는 하나 적당한 헌 옷으로 어물쩍 그 자리를 넘기고 싶지 않아서 매해 슈트 한두 벌은 새로 장만한다.

올해도 양복점에서 맞춘 옷을 첫날에 처음 입었다. 처음 입는 옷을 몸에 걸치면 기분이 좋아서 등줄기도 꼿꼿해지지만 어떤 의미에서는 자기만족에 지나지 않는다. 그리 생각하는데 개점을 기다리는 시간에 소요코가 갑자기 사다히코 곁으로 다가와서 어깨에 손을 뻗었다.

"새로 맞춘 옷은 먼지가 눈에 잘 띄죠."

개점 준비로 움직이는 동안 작은 먼지가 어깨에 붙은 모양이었다. 소요코는 어딘가 장난스러운 미소를 띠며 그걸 떼주었다. 그녀도 오늘은 사다히코에게 맞춘 듯 봄빛 원피스 차림이었다.

"새아가."

이번에는 그 모습을 보던 아키미가 성큼성큼 다가왔다.

그녀는 소요코와 반대로 이 이벤트에도 기모노 차림으로 참여할 모양이었다.

"그렇게 누군가의 몸을 거리낌 없이 만지면 되겠니. 우린 물장사랑 다르니까. 남들은 교태를 부리는 것처럼 봐."

"그게……." 소요코는 전혀 생각지도 못했다는 듯 표정이 굳었다.

"너, 손님 중에도 남자 손님한테는 거리낌 없는 행동을 할 때가 있잖니."

"그럴 생각은 없었어요."

"아무 생각 없이 한다고 해도 이상하게 받아들이는 사람이 있어."

"네……. 조심하겠습니다."

아키미의 따끔한 말투에 소요코는 말대답을 하려다가 움츠러들어 사과했다.

"그렇게 일일이 흠을 잡지 않아도 되잖아." 사다히코는 쓴웃음으로 웃어넘겼다.

"괜한 색기를 부리면 이상한 소문이 나는 법이에요."

사다히코에게는 아무 말도 하지 않았지만 아키미는 아키미대로 전단지 사건을 어딘가에서 들었다는 걸 알 수 있었다. 아키미는 원래 이렇게 잔소리가 심한 사람이 아니다. 다른 스태프도 귀 기울여 듣는 듯한 와중에 소요코가 설 곳을 잃은 듯했다.

사다히코는 소요코가 이따금 허물 없이 대한다는 건 그
녀와 그만큼 친부녀 같은 관계로 가까워졌다는 증거라고
받아들여 오히려 흐뭇하게 생각했다.

아키미도 구마모토의 말을 들은 뒤 소요코를 묘하게 의
심하는 말을 하지 않게 되었고 집 안에서나 가게 안에서도
무난하게 차분함을 되찾은 듯이 느껴졌다. 하지만 주위에
서 전단지로 동요하게 만들면 그런 안정감도 순식간에 무
너지고 만다. 아키미의 내면에도 소요코를 완전히 믿을 수
는 없는 마음이 남아 있을지 모른다.

그날 저녁 무렵 손님 발길이 조금 뜸해진 것을 가늠해서
사다히코는 재고를 보충하려 창고로 올라갔다. 남자 힘이
필요한 일이기도 하고 점주라고 해서 스태프에게 이것저것
다 시킬 수는 없었다.

창고에 들어가자 어린이집에서 돌아온 나유타가 작업
테이블 의자에 앉아 경단을 먹고 있었다. 아이를 데리러 갔
던 소요코도 같이 돌아와서 소장품의 오동나무 상자를 열
고 있었다.

"죄송합니다. 나유타가 배가 너무 고프다고 해서요."

소요코는 땡땡이 치다가 들켰다는 듯한 매우 난처한 얼
굴을 하고 접시를 오동나무 상자로 돌려놓기 시작했다.

"아니, 손님도 좀 빠졌으니 서두를 필요 없어."

나유타는 여전히 편식이 심해서 어린이집의 급식을 제

대로 먹지 않는 날이 있다는 걸 사다히코도 알고 있었다.

"기이치 선생님 작품이니?"

소요코가 보던 것은 야마모토 기이치의 베니시노 화병이었다. 요 며칠 소장품에 흥미를 갖기 시작한 모양이었다.

"사장님께서 기세토와 견줄 만큼 대단한 작품이라고 하셔서 그런 건 아니지만요." 그녀는 살포시 웃으며 답했다. "보고 있기만 해도 마음이 차분해지는 근사한 화병이구나 싶어서요."

일괄적으로 시노라고 해도 시노 유약 바탕에 화장칠*하는 점토액 종류에 따라서 발색도 달라진다. 황토를 이장으로 사용해 전체적으로 희미한 붉은색을 띠는 색상으로 완성하는 것을 베니시노라고 하는데, 야마모토 기이치의 베니시노는 붉은 기가 강하고 화병치고도 꽃으로 승부를 보는 듯한 존재감이 있다.

"어떤 꽃이 어울리는지 생각하는 것도 재미있지."

"네." 소요코는 때마침 그 생각을 했다는 듯 고개를 끄덕였다. "여기에 진달래를 꽃꽂이하면 어떨까 싶어서요."

"오." 사다히코는 작게 신음했다. "그러고 보니 기이치 선생님 공방에도 진달래가 있어서 선생님이 그걸 베어다가

---

* 완성품을 아름답게 보이려고 바탕에 고운 백토를 바르는 것.

베니시노에 꽃꽂이를 한 적이 있단다."

"그런가요?" 소요코가 기쁜 듯 웃었다.

"난 송구스러워서 선생님 그릇에는 물도 못 따르지만, 공방에 놀러 가면 꽃꽂이가 돼 있고 차도 선생님 찻잔으로 마시게 해주셨지."

"그건 정말 사치스러운 경험이네요."

"그렇지."

한바탕 감상평을 즐긴 소요코는 그릇을 넣어서 선반에 되돌려놓고 "보충하시는 건가요?" 하고는 사다히코 작업을 돕기 시작했다.

"오늘 아침 이야기는 신경 쓰지 마라." 사다히코는 그녀와 함께 재고 그릇을 손수레에 얹으며 말했다.

"네?"

"시어머니가 한 말 말이다."

"아."

"어떤 소문이든 그런 건 소문 내는 사람의 사상이 그래서인 거니까."

"전 전혀 신경 안 써요."

소요코는 담백한 어조로 그리 말하고 아침과 마찬가지로 사다히코 어깨에 손을 얹어 일그러진 넥타이를 다시 고쳐주었다.

"우리 가게는 남자 일손이 사장님뿐이니 가만히 계실 수 없어서 힘드시겠어요."

소요코도 의외로 배짱이 두둑한 면이 있다. 그 장난스러운 표정을 보고 걱정은 필요 없겠구나 싶었다.

"나유, 경단 다 먹으면 엄마는 일해야 하니 아래로 갈게."

소요코는 젊은 여사장의 얼굴로 돌아가 말했다. 그리고 수레를 밀면서 "한번 여쭤보려고 했는데요" 하고 사다히코에게 눈길을 되돌렸다.

"이 부근의 재개발 이야기를 자주 듣는데 사장님은 반대하시나요?"

그러고 보니 소요코 앞에서는 그 이야기를 하지 않았다.

"어떻게 들었니?"

"그게 대부분 사장님만 반대하신다고 들어서 무슨 일인가 해서요."

"나뿐만인 건 아니지만"이라고 했지만 지금도 반대하는 건 주변 상점가이며 토지소유권자로는 사다히코뿐이다. "우리는 우리를 믿고 나아가는 거야."

"그런데 들어가는 빌딩 계획을 들으면 상당히 매력적이던데 아깝지 않으세요?"

나쁜 뜻 없이 그렇게 말해서 사다히코는 난감했다.

"그렇게 생각하니?"

"사장님은 노포 간판에 안주하지 않으려 노력한다고 늘 말씀하시기도 했고 젊은 손님을 끌어들이는 데도 제 아이디어를 너그럽게 채택해주셨어요. 상업 빌딩은 젊은 친구들이나 젊은 가족을 타깃으로 할 테고 앞으로 10년, 20년을 생각하면 나쁘지 않은 이야기라고 생각해서요."

20년 후를 생각하면 다쓰야가 말한 소요코나 나유타의 대가 된다. 즉 그녀는 자신들의 대를 생각하면 상업 빌딩에 들어가는 편이 낫다고 말하고 싶을지도 모른다.

소요코의 그런 의견을 듣는 건 처음이어서 신선하다는 느낌은 있었다. 하지만 자신이 장래를 생각하지 않고 고지식한 사고방식을 관철하려 한다고 여겨지는 건 달갑게 느껴지지 않았다.

"나도 장래 일을, 소요코나 나유타 일까지 생각해서 판단을 내린 거란다."

사다히코의 어조가 엄격해진 탓인지 소요코는 흠칫한 듯 안색이 바뀌었다.

"죄송합니다. 저나 나유타를 생각해서 찬성해주시기를 바란 건 아니에요." 그녀는 그리 변명했다. "주제넘게 나서서 죄송합니다."

그녀는 의견을 철회하고 입을 다물었지만 사다히코는 결론을 내렸을 터인 문제에 조금이나마 마음에 걸리는 일을 남긴 기분이었다.

10일간 열린 아웃렛 마켓은 제품 수가 적어지면서 손님의 발길이 줄었지만, 토요일과 일요일에 만회하고 마지막 날도 막바지 손님이 이어져 결과적으로는 예년 못지않은 판매량을 기록했다.

그 후 연도 말*을 향해 각종 단체의 용무가 겹쳐 사다히코는 아주 바빴다. 지역 상가회 일도 오니시를 비롯해 간부들이 몇 번이나 사다히코에게 찾아와 새해 관리 인사에 대해 서로 이야기를 나누었다. 최종적으로 회장을 교체하지 않고 1년 더 전원이 지금의 직무를 계속하기로 결정했다. 괴문서의 영향이 없었다고는 할 수 없어서 창피한 마음도 있었지만 상가회로서는 재개발 계획에 반대하는 사다히코를 정면에 세우는 것도 아니라고 생각한 듯했다.

각종 단체의 연말 총회를 소화해낸 후 월말에 도키야 깃페이는 이틀간 쉬면서 스태프가 총출동해 재고 조사를 했다. 매장과 창고에 있는 모든 재고를 품별로 다시 세었고 장부상 숫자와 틀리지 않는지 점검했다.

"'구쿠리가마'의 사발이 두 개 모자라네요."

"'고이즈미가마'의 다완도 부족해요."

개중에는 모르는 사이에 도둑맞았는지 장부상 숫자보다 모자란 상품이 드러나기도 했다.

---

* 일본의 회계연도는 매년 4월 1일부터 다음 해 3월 31일까지를 기준으로 한다.

또한 짧은 2월의 작가전에 바로 이어 3월에 아웃렛 마켓을 열어서 창고 안은 어디에 무엇이 있는지 모르는 상태가 되고 말았다.

"'쓰키요시가마'의 네모난 접시가 이런 곳에 있었네요."

이벤트를 열 때 창고에 넣어놓은 채 매장에 되돌려놓지 않았던 상품도 여기저기에서 발견되었다.

"그럼, 그것들은 아래에 내려놔 줘."

스태프들이 창고와 매장을 분주하게 오가며 재고 조사 작업도 순조롭게 진행되었다.

저녁 무렵이 되어 막바지에 접어들었을 무렵에 사다히코는 하던 작업에서 멀어져 혼자서 소장품을 확인하러 안쪽 선반으로 향했다. 소장품 수량은 70점이고 선반에 나란히 늘어선 오동나무 상자를 세어보면 알 수 있지만, 이럴 때가 아니면 상자에서 내지 않는 그릇도 있기에 매년 이날을 이용해 내용물을 점검했다.

접사다리를 사용해 위 칸에서부터 신중하게 오동나무를 열어 안을 확인해나갔다. 위 칸에 있는 건 좀처럼 전시하지 않는 작품으로 선대에서 취미로 모은 특이한 형태의 오리베가 많다. 야마모토 기이치처럼 사후에도 이름이 남는 작가는 드물어서 가격도 지금은 그 정도가 아니다. 하지만 상자에서 꺼내니 나이를 먹으며 보는 눈이 바뀌었는지 예상 외로 근사한 그릇으로 보이는 것도 있다. 그런 건 아랫단 선반으로 옮겨 이번에 매장에 내놓을지 생각했다.

아랫단 선반에는 빈번하게 전시하는 사다히코의 컬렉션이 나란히 줄지어 있다. 야마모토 기이치의 기세토는 2월에 막 전시했다.

그것도 만약을 위해 열어보려고 상자를 가까이로 살짝 옮겼다. 순간 작은 소리가 드르륵 나서 사다히코는 인상을 찌푸렸다.

잘못 넣어서 그릇이 기울어졌나⋯⋯ 그런 생각을 막연하게 하면서 오동나무 상자를 열었다.

안에는 그릇을 보호하는 광목천이 말차 다완 형태에서 일그러져 있어서 오싹했다.

조심스럽게 천을 풀어보자 기세토가 깨진 조각 무더기가 되어 그곳에 있었다.

"아⋯⋯!"

무심코 비명 같은 소리가 사다히코 목에서 새어 나왔다.

"왜 그래?"

아키미가 의아한 듯 뒤에서 말을 걸었지만 사다히코는 대답할 수 없었다. 눈앞의 광경을 믿을 수 없었다.

그저 괴로워하듯이 숨을 쉬는데 아키미가 사다히코 옆에서 오동나무 상자를 들여다보았다. 그리고 그녀도 비명을 질렀다.

"이게 왜 이래?!"

심상치 않은 모습에 다른 스태프들도 작업하던 손을 멈 춘 듯했다.

"깨졌어……."

"네……?"

그 자리에 있던 사람들 모두가 숨이 멎은 듯해서 창고 안 이 고요해졌다.

"기이치 선생님 기세토인가요?"

소요코도 다가와서 사다히코가 가장 소중히 여기는 작 품이라는 사실을 알고는 흠칫한 듯 얼굴이 굳었다.

"누구야?" 아키미가 그 자리에 있던 사람들 얼굴을 둘러 보았다. "누가 한 짓이야?"

아무도 나서지 않았다. 어색한 공기가 흐르는 가운데 모 두 우두커니 서 있었다.

사다히코는 말이 나오지 않았다. 깨진 것은 이제 원래대 로 돌아갈 수 없다. 아무리 깔끔하게 수복한다고 해도 그건 다른 물건이자 오리지널을 재현한 것밖에 되지 않는다. 인 간문화재 야마모토 기이치가 깃페이 빌딩 준공 축하 선물 로 구워준 기세토는 이제 이 세상에서 사라졌다.

이 상실감은 주인으로서 오랫동안 이 그릇을 아껴온 자 신밖에 모를지도 모른다. 고락을 함께한 상대가 갑자기 죽 어버린 듯한…… 고헤이를 잃었을 때의 슬픔과 닮았다고 한다면 고헤이가 화를 낼까. 하지만 거짓말이 아니라 사실이었다. 그 정도로 깊고 큰 구멍이 마음에 뻥 뚫린 듯한 느낌이 들었다.

"누구든 짚이는 데가 있으면 말해줘. 화 안 낼 테니까…… 솔직하게."

사다히코는 목소리를 쥐어 짜내듯이 말했다. 이름을 대지 못하는 심정은 이해하지만 이 상실감에 더해 답답한 마음마저 남기고 싶지 않았다.

하지만 사다히코 마음도 허무하게 아무도 목소리를 내려고 하지 않았다.

"새아가, 뭔가 아는 거 없니?" 아키미가 정적을 깨듯이 입을 뗐다. "너, 최근에 이 그릇 자주 봤잖니?"

그 말에는 소요코를 의심하는 듯한 느낌이 또렷하게 있었다.

"사장님께서 봐도 된다고 하셔서요." 소요코는 조금 떨리는 목소리로 답했다. "그래도 저는 모릅니다."

"다른 사람들은 소장품을 건드리지도 않고 이런 안쪽 선반에는 다가오지도 않잖아." 아키미는 아르바이트 스태프들을 보았다. "재고 정리를 한창 하던 중에 누가 여기서 상자를 건드렸어?"

아르바이트 스태프들은 고개를 저었다.

"나도 소장품은 안 건드려." 아키미는 그리 말하고 소요코를 보았다.

"전 몰라요." 소요코는 그저 그리 반복해서 말했다.

"이제 됐어…… 관둬."

당사자가 이름을 대고 나온다면 몰라도 마녀사냥을 하고 싶은 마음은 들지 않았다.

"끝나고 나면 모두를 나카니시에 데리고 가줘. 나는 돌아가서 좀 쉴 테니."

재고정리 후에는 나카니시에서 뒤풀이를 할 예정이었지만, 지금은 도무지 그럴 기분이 아니었다. 사다히코는 아키미에게 그리 말하고 창고에서 나갔다.

때마침 옆에서 하루코가 나와 "어라, 수고가 많네"라고 말을 걸었다. 쿡 하루에서도 오늘은 재고정리를 해서 창고 문을 열어놓고 있었다. 낮에는 간식으로 샌드위치를 깃페이에 가져다주었다.

"무슨 일 있어요?"

사다히코 얼굴에 너무나도 생기가 없어서인지 하루코는 의아한 듯 물어보았다.

사다히코는 아무 말도 할 수 없는지 샌드위치에 대한 감사 인사조차 할 기분이 들지 않아서 고개를 그저 느릿느릿 저었다.

하루코는 난감한 듯 끙끙대는 수밖에 없었다. 요즘에는 그녀의 신통치 않은 표정이 눈에 띄었지만 지금은 풀죽은 사다히코가 더 심상치 않을 터였다.

다쓰야도 무슨 일이 있었냐는 듯 옆 창고에서 얼굴을 내밀었다. 사다히코는 그들을 상대하지 않고 아무 말 없이 엘리베이터를 탔다.

사다히코는 소요코가 부정했지만 사실 그녀가 부주의해서 깨고 말았다고 받아들였다. 아키미가 말한 대로 아르바이트 스태프는 소장품을 자신들이 만져도 된다고는 생각하지 않을 테다.

다만 소요코가 자기 입으로 털어놓지 않는 한 강하게 추궁할 수 없다. 어찌 된 걸까 하며 혼자 집으로 돌아간 후 거실 소파에 힘없이 몸을 맡기고는 이런저런 생각에 괴로워했다.

얼마 지나지 않아 소요코가 나유타를 어린이집에서 데리고 돌아왔다. 아마 소요코도 사다히코가 가게를 뒤로하자 견디지 못하고 바로 그 자리에서 물러난 모양이었다.

"뒤풀이에 가렴."

계속 나유타와 거실에 머무는 소요코를 재촉했지만 그녀는 "저도 마음이 편하지 않아서요"라며 움직이려 하지 않았다. 사다히코도 그 이상은 권하지 않았다.

"저녁, 뭐를 차릴까요?"

소요코가 그리 말했지만 사다히코는 "나는 됐으니 나유타한테 차려주려무나"라고 말했다. 식욕이 없어서인지 소요코를 두고 생각하는 바가 있어서인지는 자신도 잘 알 수 없었다.

아키미는 이른 밤 시간에 돌아왔다. 어쩌면 당연하지만 뒤풀이가 빨리 끝난 모양이었다. 나카니시의 요리를 가족에게 주려고 2인분 챙겨왔다.

"뭐라고 했어?"

"아니."

소요코와 대화가 없었던 사실을 사다히코가 말하자 아키미가 "나 원 참" 하고 어처구니가 없다는 듯 말을 내뱉었다.

"이쪽은 아무 말도 안 하는 편이 나아. 당신도 아무 소리 하지 마."

일부러 한 일은 아니지만 큰일을 저질러 버렸다는 생각은 본인도 강하게 할 테다. 그 때문에 나설 수 없었다면 옆에서 이러쿵저러쿵 떠들어대도 원만하게 수습되지 않는다.

아키미는 하는 수 없다는 듯 탄식하고 2층에 올라가 버린 소요코를 불러서 가족을 위해 사온 요리를 건넸다. 소요코는 몇 마디 감사 인사를 하고 받아들더니 다시 2층으로 가버렸다.

사다히코는 휴일인 다음 날 하루 종일 멍하니 집에서 보내고 나니 꽤 차분해질 수 있었다.

깨진 건 어쩔 수 없다. 계속 끙끙댄다고 해도 어떻게 할 수 없다. ……그런 심정으로 바뀌었다. 야마모토 기이치의

기세토는 도키야 깃페이의 영혼과도 닮았지만 영혼 자체는
아니다. 그것과 바꿔 더 중요한 것까지 잃을 수 없다. 사다
히코는 그런 생각에 이르고서 혼자 고개를 끄덕였다.

휴일이 끝나고 새해에 접어들었다.

"이번 달 이벤트, 이제 곧 견본이 도착할 텐데 뭔가 괜찮
은 판매 방식이 없으려나?"

아침 식사 자리에서 사다히코는 일부러 떨쳐냈다는 듯
한 말투로 소요코에게 말했다.

"머그컵 마켓은 어떨까요?" 소요코는 그 화제가 나오기
만을 기다렸다는 듯 밝은 표정을 지었다. "조금 생각해봤는
데 가마쿠라의 하루샌드 근처에 라테아트를 잘하는 카페가
있어요. 그곳에 부탁해서 몇몇 머그컵에 라테아트를 해달
라고 해서 사진을 찍으면 피오피로도 사용할 수 있고 블로
그에도 올릴 수 있어서 상당히 이목을 끌지 않을까 생각하
는데, 어떠세요?"

사다히코 이상으로 그저께 일은 잊어버린 듯한 말투였
다. 옆에서 듣고 있던 아키미는 어처구니없다는 표정을 지
었다.

"라테아트는 커피 표면에 우유로 그림이라든가 무늬를
그려주는 거예요."

황당해서 무슨 말을 해야 할지 몰라 침묵하는 것을 어떻

게 받아들였는지 소요코는 라테아트에 대해 설명했다.

"그렇구나…… 꽤 재미있는 아이디어구나."

사다히코가 간신히 대답하자 그녀는 "그 카페에 이야기해볼게요"라며 미소 지었다.

"대체 어쩜 저렇게 눈치가 없지?"

아침 식사 후 침실에서 기모노를 입으며 아키미가 투덜댔다.

"이 상태로는 아무것도 해결이 안 될 텐데 괜찮아?"

"아니, 언제 시기를 봐서 이야기할 자리를 마련할 거야." 사다히코가 말했다. "더구나 아직 소요코가 한 게 분명하지는 않으니까."

"어리석긴." 아키미가 말했다. "저 애가 아니면 누가 그랬다는 말이야."

사다히코도 그리 생각하지만 소요코의 오늘 아침 모습을 보면 그 행동에 죄책감의 단편도 보이지 않아서 어쩌면 잘못 짚은 게 아닐까 하는 마음도 솟구쳤다.

"저 애는 늘 그래."

아키미가 노골적으로 의심하는 시선을 보내서 소요코 자신도 겸연쩍은 마음을 품고 있을 것이다. 하지만 시간이 지나면 아무 일도 없었다는 듯 태연하다. 그 무신경을 이해할 수 없다고 말하고 싶은 걸 테다.

속마음은 어떤지 모르지만 그리 보이는 게 확실하기도 하고 사다히코도 소요코의 속내를 미처 다 파악할 수 없기도 하다.

어찌 됐거나 사다히코도 마음을 달리 먹고 싶어서 소요코와 이야기하기에는 좀 더 시간을 두고 싶은 차였다.

"좋은 아침입니다. 오늘도 잘 부탁드립니다."

가게로 나가 아르바이트 스태프들에게 나름대로 산뜻한 신년 인사를 했다. 소요코를 보는 아키미처럼 여우에 홀린 듯한 기분이 들지 모르지만, 소장품 사건을 계속 질질 끌지 않는 사다히코 모습에 마음을 푹 놓은 듯 그녀들이 대답하는 목소리에도 밝은 빛이 돌아와 있었다.

사다히코는 깃발을 내놓는 등 솔선해서 개점 준비를 한 뒤 개점 시간에 매장을 다른 사람에게 맡기고 4층으로 올라갔다.

깨진 기세토는 이 세상에서 사라진 것과 마찬가지지만 그건 그거고 이 건물의 준공 축하 선물로 이런 그릇이 구워졌다는 증거를 남기려면 수복하러 보내야 한다는 마음이 싹터 있었다. 전시되는 일은 두 번 다시 없더라도 창고 한구석에 계속 들어가 있기만 해도 된다.

동시에 자기 몸에 입은 상처가 얼마나 심한지 일일이 확인하고 싶은 충동과도 닮아서 사다히코는 창고에 들어가 안쪽 선반으로 간 다음 야마모토 기이치의 기세토 상자를 다시 한번 열어보았다.

처음 접했을 때의 충격은 사라졌지만, 여전한 참상은 무심코 얼굴을 찡그리게 했다. 딱 두 동강이 났으면 몰라도 무수한 조각으로 깨져버렸다. 수복하는 데도 입체 퍼즐처럼 조립해서 고쳐야만 하고 제대로 수복될지 어떨지 걱정마저 들었다.

대체 어떻게 떨어뜨리면 이렇게 깨질까……. 그리 생각하다가 사다히코는 답답함을 느꼈다.

엊그제는 너무나도 심한 참상에 마음이 흔들려 깊이 생각하지도 못했다.

평범하게 떨어뜨려서 이렇게 깨질 리가 없다. 몇 번이나 바닥에 두드려서 깬 듯이 깨졌다.

일부러 깬 게 아닐까……. 그런 가능성이 진실인 듯 머리에 떠올라 으스스하게 불쾌한 느낌을 느꼈다.

그와 동시에 정체를 알 수 없는 불안감이 눈앞에 밀려와서 재고 정리를 할 때 도중에 멈춘 남은 소장품을 확인하기로 했다.

야마모토 기이치의 오리베 접시. 33센티미터나 되는 큰 접시로 유리케이스에 넣으면 한층 보기 좋은 그릇이다.

큰 오동나무 상자를 열어서 안을 확인하고 안도의 숨을 쉬었다. 이상이 없었다.

마찬가지로 야마모토 기이치의 세토구로 찻잔. 아담한

오동나무 상자를 살며시 열었다.

이것도 괜찮았다.

구로오리베 구쓰가타 다완. 시노 말차 사발. 네즈미시노 찻잔.

야마모토 기이치가 만든 소장품 열 점을 차례대로 확인했지만, 기세토 말고 다른 것은 무사해 사다히코는 가슴을 쓸어내렸다.

지나친 생각인가…….

하지만 열 점째인 베니시노 화병 상자를 가까이에 끌어당겼을 때 사다히코는 다시 드르륵 하는 희미한 소리를 들었다.

기세토와 나란히 소장품 중에서도 1, 2위를 다투는 뛰어난 작품이다.

설마…….

숨을 멈추고 열어 보니 상자 안 광목천은 감싸고 있을 터인 화병의 형태를 이루지 않았다. 천을 풀어서 그 참상을 확인하니 목 안에서 흐릿한 소리가 새어 나왔다.

"무슨 일이야?"

아키미를 창고로 불러 사정을 이야기하자 그녀는 놀란 표정을 지은 채 긴장된 목소리로 되물었다.

"이건 부주의로 깬 게 아니야." 사다히코가 말했다. "일부러 깬 거야.”

“왜 그런 짓을…….” 아키미는 믿을 수 없다는 듯 고개를 저었다. “여보. 그 애 화를 돋우는 행동이라도 했어?”

“아무 생각도 안 나.” 사다히코는 그리 말하고 이어나갔다. “아니, 이렇게 되면 소요코 짓이라고는 단정할 수 없을 듯해.”

“또 그런 소리 한다.” 아키미는 어처구니가 없다는 듯 사다히코를 보았다. “그게 아니면 좋겠다고 생각할 뿐이잖아.”

“아니, 그 애는 이 베니시노를 마음에 들어 했어. 그걸 이렇게 할 거라고 생각해?”

“기이치 선생의 기세토와 베니시노는 당신도 옛날부터 엄청 가치가 있다고 소중히 여겨온 거잖아. 그런 건 다른 사람이 봐도 알 수 있고 복수로 한 걸 수도 있어.”

“분명 소요코한테도 이 두 도자기 이야기는 했어.” 사다히코는 인정했다.

“거 봐.”

“소요코일 가능성이 없다고는 못 하지만 그런 짓을 할 만한 짐작 가는 바가 없어. 더구나 일부러 부쉈다면 다른 스태프가 건드렸다는 이론도 성립돼.”

“다른 스태프 누구?” 아키미는 전혀 이해가 가지 않는다는 듯 되물었다. “뭔가 마음에 안 드는 일이 있으면 가게를 그만두면 되고 야마나카 씨처럼 오래 일한 사람이 이제 와서 그런 짓을 할 거라고도 생각 못 하겠는데."

"누가 했는지는 모르지." 사다히코는 그리 말하는 수밖에 없었다.

"어찌 됐거나 일부러 일으킨 범죄야. 경찰에 신고해야 하고. 아무것도 안 하고 가만히 있으면 다른 물건도 계속 깨질 거야."

아키미의 불안도 맞지만 소요코 짓이라는 가능성도 없지 않은 만큼 경찰 소동을 일으키고 싶지 않았다. 그녀가 했다면 꾸짖고 원만하게 마무리하고 싶었다.

어쨌거나 사다히코는 창고 잠금장치 시스템의 비밀번호를 바꾸기로 했다.

1층으로 내려가서 베니시노 사건은 말하지 않고 당분간 창고는 출입금지로 하고 무언가 용건이 있을 때는 사다히코나 아키미에게 전달하도록 스태프에게 말했다. 소요코에게도 마찬가지였다.

그러고 나서 사다히코는 요코하마에서 미술품 수리업을 하는 에노키라는 남자에게 연락했다.

손님에게서 깨진 그릇의 수복 의뢰를 받으면 사다히코는 그에게 주문한다. 사다히코 자신이 마음에 들어 하며 사용하던 비젠야키의 찻잔을 깨고 말아 수복을 부탁한 적이 있는데 깔끔하게 긴쓰기*되어 돌아왔다.

깨진 기세토나 베니시노는 고친다면 긴쓰기가 아니라 깨진 부분이 눈에 띄지 않도록 해달라고 할 작정이었지만 상황에 따라서는 경찰에 신고해야 할지도 모르는 만큼 바로 움직일 수 없었다. 다만 깨진 것을 보여주어 어떻게 깨졌는지 그의 눈으로 봐주기를 바랐다.

오후가 되어 에노키가 찾아왔다. 창고로 가서 기세토와 베니시노의 잔해를 보여주자 그가 "아이고" 하고 동정하는 듯한 소리를 냈다.

"이거 심하네요."

"정말 곤란하던 참이야." 사다히코는 그리 말하고 나서 물어보았다. "어떻게 생각해? 보통 떨어뜨리면 이렇게 깨지나?"

"아뇨. 평범하게 떨어뜨리면 한 점에 힘이 가해지니 조각도 크거나 작게 생기죠." 에노키가 말했다. "부분들이 다 비슷한 크기로 깨졌다는 건 크게 남은 조각도 몇 번이나 내리쳐서 이렇게 된 거겠죠."

"역시 그렇군." 사다히코가 신음했다.

"그런데 기이치가 이렇게 되니 말 그대로 착잡하네요."

---

* 깨진 그릇을 생옻으로 메우고 갈라진 틈새를 금은분으로 장식하는 일본의 공예 기법.

에노키는 깨진 조각을 들면서 허무하다는 듯이 말했다.

"언젠가 수복해달라고 할 테지만, 지금은 누가 그랬는지 알아내는 게 먼저라서 말이지."

"그런데 이거." 조각을 보던 에노키가 문득 인상을 찌푸렸다. "기이치의 기세토 맞나요?"

"응?"

"기이치의 기세토는 전에 한 번 다른 곳에서 다룬 적이 있는데요."

사다히코는 그가 손에 든 기세토 조각을 빼앗듯이 손에 들고는 아 하고 소리를 냈다.

분명히 사다히코가 오랜 세월 아껴온 기이치의 기세토가 아니었다. 표면에 유부처럼 윤기가 없고 매트한 질감이라고 할 정도의 느낌도 없고 두께도 달랐다.

그러고 보니 간단히 알 수 있었다. 발견했을 때는 당황해서 알아차리지도 못했다.

베니시노도 살폈다. 이쪽도 자세히 보니 붉은빛 상태가 달랐다. 무엇보다 입구 테두리 부분의 조각이 많아 화병 형태가 아닌 것을 알 수 있었다.

그러고 보니 하고 사다히코는 짚이는 데가 있었다. 재고 조사에서 몇 점인가 장부와 맞지 않는 그릇이 있었다. 도둑을 맞았다고 생각했지만 그 안에 고이즈미가마의 기세토 다완이 있었을 테다. 구쿠리가마의 베니시노 사발도 두 개

정도 사라졌다.

"아무래도 도둑맞았나 보네요."

에노키가 말한 결론에 사다히코도 때마침 도달해 있었다. 작품이 깨지지 않았을지도 모른다는 희망이 어렴풋이 싹 텄지만 사태의 불가사의함이 그것을 뒤덮었다.

에노키를 돌려보내고 나서 혼자 생각해보았다.

훔친 사람이 기이치 작품의 가치를 신경 쓴다면 오동나무 상자까지 통째로 훔칠 테다. 상자가 있고 없고 차이로 진위 판명 문제에 얽히게 될 테고 가치도 크게 달라진다.

내용물만 훔치는 건 단순히 그 도자기가 가지고 싶을 뿐 타인에게 팔아넘길 생각은 없다는 것인가.

또는 다른 이유가 있을까.

창고의 잠금장치는 원래 평범한 금속 열쇠를 사용했지만 이따금 분실할 때가 있고 옆의 다쓰야 가게 창고에서도 그것을 사용해서 5년 정도 전에 비밀번호식으로 바꾸었다. 다만 분실을 신경 쓰지 않게 되어서 관리 자체도 엉성해진 면이 있다. 비밀번호를 빈번히 바꾸면 혼란스러워서 요 5년간 바꾸지 않았고, 외부 사람이 있을 때도 그 시선을 크게 신경 쓰지 않으며 버튼을 눌렀다. 악의가 있는 사람이라면 몰래 훔쳐봐도 이상하지 않다. 스태프만이 이상하다고 단언할 수 없다.

사다히코는 창고를 나가 3층의 쿡 하루를 들여다보았다. 하루코는 없었지만 다쓰야는 가게를 지키고 있었다.

손님 기척이 없었기에, "왔어?" 하고 인사하는 그에게 사다히코는 단도직입적으로 물었다.

"요 근래에 우리가 쉴 때 4층에 누군가 수상한 사람이 드나든 적 없나요?"

깃페이가 휴업해도 쿡 하루는 영업하는 날이 있다. 안쪽의 업무용 엘리베이터를 사용하면 4층으로 갈 수 있고 계단도 문이 닫혀 있을 뿐 지나가려면 지나갈 수 있다.

"글쎄." 다쓰야가 고개를 갸웃거리면서도 질문 자체에는 느낌이 왔다는 듯 되물었다.

"그건가? 뭔가 보물이 부숴졌다고 하는……."

다쓰야 부부도 엊그제 옆에서 재고 조사를 해서 무슨 일이냐고 얼굴을 들이밀었다. 사다히코가 돌아간 후 아키미나 누군가에게 들었을 테다.

"네, 뭐."

실은 바꿔치기당했다는 이야기까지는 하지 않았다.

"수상한 사람을 찾는다는 소리는 가게의 누군가가 깬 게 아니라는 거야?"

"아무도 짚이는 데가 없다고 하네요." 사다히코는 곤혹스러운 감정을 숨기지 않고 말했다. "다급히 창고 비밀번호를 바꿨는데 지금까지 한 번도 바꾸지 않아서 너무 방심했나 싶더라고요."

"뭐, 우리도 번호는 안 바꾸니 남의 말을 할 처지가 아니지만." 다쓰야는 자조적으로 말했다. "그러면 바깥에서 누가 왔다는 건가…… 아니 그렇게 수상한 사람은 못 봤는데."

"그런가요?"

그 대답은 그의 반응에서 예상할 수 있어서 사다히코는 담담하게 받아들였다.

"일단 하루코한테도 물어볼게." 다쓰야는 그리 말하면서도 아직 뭔가 있는 듯했다. "다만 지금 좀 생각한 건, 요즘에 상점가 임원이 종종 드나들지 않았어?"

"네. 연말에 회의가 많아서요."

"의외로 그중 누군가가 의심스럽지는 않고?"

다쓰야의 이야기는 생뚱맞게 들렸지만 그는 아주 진지한 표정을 짓고 있었다.

"전에 동서, 전단지가 뿌려진 건 알고 있지?"

"네, 뭐."

"예전에 내가 잠깐 이야기한 것도 그거였어. 음, 재개발 계획에 동서가 반대해서 심리전이 펼쳐진 게 아닌가 싶은데 말이야."

"뭐, 그렇겠죠." 사다히코는 그것도 알고 있다고 고개를 끄덕였다.

"어디라고는 말 안 하겠지만 상가회 안에서도 젊은 친구들은 재개발 빌딩에 입점하고 싶어 하는 모양이니까." 다쓰야가 말했다. "그런 게 심리전의 하나로 몰래 움직일 가능성이 있지 않을까 싶은 마음도 드네. 얼른 찬성으로 돌아서지 않으면 실질적인 손해를 보게 될지도 모른다면서 말이야."

원래는 제대로 상대할 이야기가 아니었지만 지금의 사다히코는 나름대로 진정성을 느껴 그 사실에 곤혹스러운 느낌마저 솟구쳤다.

상점가 임원 중 젊은 쪽이라고 하면 가마쿠라팜이나 아사히나 베이커리의 점주가 그에 해당할까. 가게 자체도 활기차고 상가회 서기나 회계 같은 중역에도 적극적으로 나서서 맡았다.

그들은 재개발 계획에도 무리해서 반대하지 않았다. 큰 상업시설은 사람의 흐름을 만들어 근처 상점가에도 좋은 영향을 미친다고 생각했다. 고참 멤버 중 강경한 반대파가 많다 보니 앞장서서 주장하지는 않으나 의견이 같은 사람은 그 외에도 있을 것이다. 그 이면에는 잘만 해서 새로운 상가 건물에 입점할 수 있다면 들어가고 싶다는 자신만의 욕망이 숨어 있어도 이상하지 않다. 그것을 사업자 측이 이용해서 무언가 교섭 조건을 다는 형태로 이번 같은 일을 시켰다는 이론은 성립할지도 모른다.

가마쿠라팜 점주도 아사히나 베이커리 점주도 쾌활하고 그런 이면의 활동에 가담할 사람으로는 보이지 않지만, 본심은 어디에 가 있는지 모른다.

"부아가 치밀어 오를지도 모르지만 이대로 추잡한 싸움에 맞선들 토박이들이랑 같이 죽자는 이야기일 테고 의외로 여기서 한 걸음 물러서는 게 평화롭게 수습되는 길이 아닐지. 옆에서 보면 그런 생각이 들어."

일전에 한 번 들은 의견이지만 지금 들으니 그 생각도 일리가 있다는 느낌이 드는 게 신기했다.

이번 도난 사건이 사업자 측 꿍꿍이에 따른 것이라면 사다히코가 그 계획을 받아들이는 날 그릇이 돌아올지도 모른다. 그게 실제 물품을 부수지 않았고, 또한 상자를 남겨놓아 되팔이할 의도도 없다는 것을 나타낸 그 범행 방식으로 드러나지 않았는가.

그렇다고 해서 여기서 꺾이고 말면 더러운 수작에 굴복하는 것과 마찬가지라서 바로 응할 만한 이야기도 아니었다. 사다히코는 근심 어린 표정으로 신음하면서 쿡 하루를 뒤로했다.

가게로 돌아가지 않은 채 바깥으로 나갔다. 발걸음은 자연스레 나카도리 거리의 오니시 포목점으로 향했다.

거리에서 가게 앞을 들여다보니 점주인 오니시가 매장턱에 앉은 여성 손님과 담소를 나누고 있었다. 그리고 오니시의 시선에 덩달아 사다히코 쪽으로 고개를 돌린 그 여성 손님은 소요코였다.

"사장님." 가게로 들어선 사다히코에게 소요코는 자리를 양보하듯이 일어섰다. "주문한 띠가 들어왔다고 해서 가지러 왔어요."

"그러니?"

아키미도 그렇지만 소요코도 업무용 기모노를 이곳에서 맞추었다.

"그럼 가게로 돌아가 볼게요."

소요코는 그리 말하고 오니시에게 가볍게 인사하고서 오니시 포목점을 나섰다.

"며느리가 꽤 열심히 하네." 오니시가 눈을 가늘게 뜨고 말했다.

사다히코는 소요코가 나간 쪽을 힐끗 보기만 하고 그의 말에 답하지 않은 채 "상가회 일은 아니지만 잠시 시간 괜찮을까요?"라고 말을 꺼냈다.

"무슨 일인가?"

오니시는 사다히코의 찡그린 얼굴을 보더니 앉으라고 손으로 재촉했다.

"지난달에 우리 창고에서 회의를 몇 번 했잖습니까." 사다히코는 소요코와 마찬가지로 턱에 앉아 평소보다 목소리를 낮추고 이야기했다. "회장님과 기타세도 사장님과 마치다 도장 사장님 그리고 가마쿠라팜 사장님과 아사히나 베이커리 사장님이 참석한 적도 있었죠."

"그래, 있었지."

"그때 제가 자리를 비운 시간도 있었을 텐데 회장님이 보시기에 누가 부자연스러운 행동을 하지 않았나요?"

"음…… 무슨 말인가?"

"예를 들어 창고 안을 어슬렁거리거나 선반에 놓인 상품에 흥미를 보이거나요." 사다히코가 말했다. "여기서만 하는 이야기로 들어주셨으면 합니다만 누가 그 창고에 소장하던 대가의 작품을 두고 장난을 친 것 같더군요."

심상치 않은 일이라는 듯 오니시가 신음했다.

"물론 우리 스태프의 짓일 가능성도 있지만 동기를 알 수 없습니다. 저에 대한 괴롭힘이라는 의미라면 재개발 일이 얽혀 있지 않을까 하는 생각도 들고요. 그 경우 외부의 누군가가 관련되어 있지 않을까 싶습니다. 다만 사업자 측은 그곳에 들이지 않았으니 애초에 그런 수를 떠올릴 수 있을까 싶고요."

"그럼 임원 중 누군가가 상대와 내통하고 있다……는 뜻인가?"

"네." 사다히코가 고개를 끄덕였다. "여러 가지 일이 있어서 제가 억측할 뿐일지도 모르지만요."

"그러게." 오니시가 팔짱을 끼며 말했다. "전단지 사건도 있었으니 의심하게 되긴 하지."

"그건 가마쿠라팜에 항의해서 건너편 짓이라면 배후 인물에게 전해졌을 겁니다. 그래서 일단 조용해졌던 것 같았는데."

"그랬더니 더 추잡한 수단을 썼다는 소린가…… 아니, 있음직하다고는 생각해." 오니시가 말했다. "그런데 임원 중 의심스러운 행동을 한 사람은 없었어. 그거잖나, 자네로서는 가마쿠라팜 사장이나 아사히나 베이커리 사장이 어땠느냐는 거잖은가?"

사다히코는 아무 대답도 하지 않는 것으로 그 말을 인정했다.

"그 사람들이 본심으로는 재개발에 반대하지 않는다는 건 나도 알아. 그래도 그런 방법에 손을 빌려준다면, 그 전에 자네를 설득하려고 하지 않았으려나."

"그렇겠죠." 사다히코도 그게 자연스럽다고 느꼈다. "그들은 딱히 재개발 이야기를 꺼내지는 않으니까요."

"참 나, 일이 어렵게 됐군." 오니시는 근심스럽다는 듯이 천장을 올려다보다가 사다히코에게 시선을 되돌렸다. "그 소장품에 친 장난이라는 게 뭔가? 돌이킬 수 없는 건가?"

"아니요. 만약 사업자 측이 관련되어 있다면 이쪽이 어떻게 나오는지에 따라 원상태로 회복해놓을 마음이 있는 것처럼 보입니다." 사다히코가 말했다. "다만 범행 성명도 뭣도 없으니 뭐라고 말할 수 없지만요."

"잘 모르겠지만, 꽤 미묘한 부분을 건드린 듯하군." 오니시는 탄식을 섞어 말했다. "그렇다고 해서 그런 수를 쓰는 상대에게 백기를 드는 것도 싫고 말이지."

"그렇습니다."

"지지 말라고 하는 건 간단한 일이지만." 오니시는 팔짱을 끼고 있던 팔을 풀며 말했다. "이건 자네의 문제잖은가. 나도 무책임하게 싸우게 하려는 생각은 없어. 이렇게 말하면 너무 노골적이지만, 우리가 아무리 반대해도 재개발은 진행되고 있다네. 그건 이미 모두가 아는 사실이고. 한편 찬성하는 녀석들도 있지. 우리가 뒤처지는 쪽이라는 사실을 자각하면서 반대하는 걸세. 말하자면 젊은 며느리가 들어온 집의 시어머니 같은 거지. 불만이라도 안 부리면 직성이 안 풀려서 말이야."

'젊은 며느리가 들어온 집의 시어머니'라는 표현이 오니시다운 낡은 느낌이 들었지만 사다히코는 친근감이 들어 조금이나마 쓴웃음을 지었다.

"더구나 자네까지 얽히게 할 생각은 없다네. 어떻게 판단하든 자네는 자기 일만 생각하면 돼. 그쪽은 며느리도 손자도 있어서 장래가 달렸잖나. 그 판단이 어떻든 난 이러쿵저러쿵 말 안 할 테니까."

자신이라면 사다히코처럼 고집은 피우지 않겠다고 말하

고 싶은 듯했다. 오래된 개인상점의 모임 대표로서 표면적
으로는 말하지 않으나 그게 본심일지도 모른다.

사다히코는 오니시 포목점을 나와서도 마음속으로 방향
성 같은 것마저도 찾아내지 못했다.

재개발 계획을 두고 양보한다고 해도 기세토와 베니시
노가 무사히 돌아온다는 확증이 필요하다. 하지만 지금 이
대로는 누구에게 그것을 확인하면 좋을지 알 수 없었다.

강경 자세를 관철한다고 해도 현재 상황에서 경찰에 신
고하기도 난감했다. 가마쿠라팜이나 아사히나 베이커리 점
주가 관련되어 있지 않다면 사다히코의 가게 스태프에게
사업자 측 배후 조종자가 접근해서 바꿔치기에 가담하게
했을 가능성이 나온다. 소요코가 그 인물이 아니라고도 말
할 수 없다. 그 점을 확실히 하고 싶은 마음은 굴뚝같지만,
경찰이 안을 헤집어서 가게가 더는 제 기능을 할 수 없는
상태까지 끌려가고 싶지 않았다. 그렇다면 어영부영 넘기
는 편이 낫다는 마음도 있었다.

다만 사업자 측이 꾸민 짓이라면 이걸로 끝난다는 보장
도 없다. 그걸 신경 쓰느라 하루하루 몸을 사려야 하는 것도
우울한 이야기다.

사다히코는 자기 가게까지 돌아왔을 때 지금까지 자랑
스럽게 여겨온 그 건물을 울적하게 올려다보았다.

〇

"사모님, 실례합니다."

아키미가 카운터에서 손님이 구입한 찻잔 세트를 선물용 종이가방에 담고 있는데 소요코가 접시를 들고 다가왔다.

"쓰키요시가마에서 구운 이 접시, 재고가 위에 있을 텐데 고객님이 보고 싶다고 하셔서요."

작가나 가마의 작품은 수작업으로 구워져서 같은 형태의 그릇이라도 유약 칠이나 철분점 등이 하나하나 미묘하게 다르다. 고객 중에는 재고를 꼼꼼하게 비교해서 마음에 드는 것을 사는 사람도 적지 않았다.

때마침 사다히코가 창고 비밀번호를 바꿔 그와 아키미만 창고에 드나들 수 있는 상태였다. 사다히코는 바깥에 나가 있으니 아키미가 움직일 수밖에 없었다.

"그럼 이쪽 부탁할게."

선물용 포장을 소요코에게 맡기고 아키미는 4층으로 올라갔다. 새로운 비밀번호로 창고를 열고 쓰키요시가마 접시를 찾았지만 보이지 않았다. 여기저기 찾고 나서야 재고 확인을 할 때 매장에 내려놓지 않았나 하는 생각이 들었다.

매장에 돌아와서 소요코에게 그 말을 하자 그녀는 "아" 하고 얼이 나간 듯한 얼굴로 손뼉을 치고 상품 선반 밑의 진열장을 열었다. 그리고 찾던 그릇을 바로 찾은 듯했다. 그길로 접객을 계속하느라 아키미에게는 사과의 말도 없었다.

"사모님, 이 찻잔, 2개 더 사고 싶으시다는데 재고 있는지 봐주실 수 있을까요?"

"사모님, 이 시리즈의 15센티미터 접시, 위에 재고가 있었나요?"

다른 스태프한테서도 재고 확인을 부탁받을 때마다 아키미는 매장과 창고를 왔다 갔다 했다. 마치 심부름꾼 같다는 생각이 들어 도중에 짜증이 났다.

마침내 밖에서 돌아온 사다히코는 보기만 해도 고심하는 표정을 짓고 있었다. 깨진 그릇 사건을 어떻게 처리할지 정하지 못해서 아직 경찰에 신고하지 않은 듯했다.

소요코가 아닐 가능성이 있다고 말하지만 마음속 어딘가에서는 소요코가 한 게 아닐까 하는 의심이 떨쳐지지 않을 테다. 섣불리 경찰에 사건을 맡겨서 곤란한 진상이 세상에 알려지면 난감하다……고 아키미 눈에는 그가 그런 생각을 하는 듯했다.

한편 아키미는 은근슬쩍 소요코의 거동에 눈을 밝혔지만 안절부절못하는 그녀의 모습은 볼 수 없었다. 평소와 다르지 않았다. 오늘 아침에 사다히코가 기분을 전환하도록 시원스럽게 행동했으니 혐의가 풀렸다고 생각할지도 모른다. 그렇다면 뻔뻔스러운 데도 정도가 있다고 말하고 싶지만 결국 그녀는 늘 그랬다.

하지만 가게의 소중한 소장품을 망가뜨린 일은 절대 용서받을 수 없다. 일부러 그랬다면 더더욱 그렇고 무언가의 분풀이치고는 선을 너무 넘었다.

반대로 생각하면 고헤이 사건에서는 어느 정도 파고들어도 소요코가 얼마나 관여했는지 불명확했지만 이번 건은 소요코 짓이라고 판명되면 그녀를 내쫓을 훌륭한 구실이 될 수 있다. 사다히코도 지켜내지 못할 테다.

그래서 흐지부지 넘어가서는 안 된다고 생각했다.

아키미는 휴식 겸 쿡 하루를 들여다보았다.

하루코는 있었지만 접객 중이었다. 옥상으로 데리고 가려고 기다리다가 다쓰야에게 붙들렸다.

"그러고 보니 엊그제 사건으로 요즘 4층을 어슬렁거린 의심쩍은 사람을 못 봤냐고 동서가 묻던데 역시 하루코도 그런 사람은 못 봤대."

사다히코는 소요코가 아닐 가능성을 뒷받침하고 싶은지 여러모로 움직이는 모양이었다.

"외부의 관계없는 사람이 일부러 숨어들어서 도자기를 깨고 가지는 않겠죠."

다쓰야에게 말해도 무슨 뾰족한 수가 나지는 않지만, 사다히코 시선이 어긋난 방향으로 향한다는 느낌이 들어 아키미는 무심코 그리 투덜댔다.

"아니, 그게 그렇다고 단정 짓지는 못한다고 이야기했어." 다쓰야가 말했다. "동서가 재개발 건으로 고집을 부리니까 의외로 동료라고 생각했던 상가회 사람 중에 있을 수도 있다는 거지."

그런 이야기가 나왔던 건가. 사다히코가 외부를 의심하기 시작한 이유는 이해하지만 그것도 가능성 중 한 가지에 지나지 않는다. 그래서 내부를 추궁하는 일을 적당히 넘긴다면 그건 그것대로 위험한 일이라고 생각한다.

"처제가 은근슬쩍 말해두는 편이 나을 거야. 이대로라면 동서가 큰일 나. 상대는 온갖 수단을 동원할 거야."

다쓰야는 시원하게 굴복하는 편이 낫다고 생각하는 모양이었다. 그리 권했다고 해서 사다히코에게 그대로 충고할 작정은 아니지만, 다쓰야 입에서 그런 이야기가 나온 것을 생각하면 마침내 재개발 계획도 벼랑 끝에 몰렸고 지금까지와 마찬가지로 방관하는 처지에서 지켜보는 것도 어렵게 되었다는 사실을 알았다. 사다히코도 이것저것 생각이 많아서 끙끙 앓는 얼굴이었다.

"엊그제 사건 이야기?"

하루코가 접객을 마치고 나서 이야기에 끼어들었다. 다쓰야는 소요코를 편애하는 면이 있다고 들어서 노골적으로 소요코를 의심하는 이야기를 하기 어렵다. 애매하게 얼버무리니 다쓰야가 "그래그래"라고 대신 대답했다. "외부 사람은 생각하기 힘들다고 해서 그렇지도 않다고 이야기하던 중이야."

"혹시 아키, 소요코를 의심해?" 하루코는 뺨을 살짝 일그러뜨리면서 이야기를 이어나갔다. "글쎄, 동조하고 싶은 마음은 있지만 또 이상한 재앙이 덮쳐오면 곤란하니까."

하루샌드의 식재료 산지 위조 보도가 상당히 버거웠던 모양이다. 소요코가 산지 위조의 이면을 알았다고는 생각할 수 없지만 그녀의 블로그가 발단이 되어 비밀을 말한 근원이 그녀가 아닌가 하는 생각이 하루코에게 있는 듯했다. 어찌 됐거나 하루코에게는 역병이 틀림없고 더 엮이는 건 사양한다고 말하고 싶은 모양이었다.

"이것저것 다 소요코 씨 탓으로 돌리면 안 되지. 너무 가엽잖아."

다쓰야에게도 그런 말을 듣고 기세가 꺾인 아키미는 별

다른 이야기도 하지 않은 채 쿡 하루에서 물러났다.

하루코도 가세해주지 않으니 혼자서 어떻게든 하는 수밖에 없는 듯하지만 어떻게 해야 할지 생각이 정리되지 않았다.

"나유타를 재우고 나서 잠시 내려오렴."

밤에 목욕을 끝낸 소요코에게 거실 소파에서 쉬던 사다히코가 말을 걸었다. 저녁 식사 자리에서는 사다히코가 생각에 잠긴 듯 묵묵부답이어서 엊그제 건은 물론 대화다운 대화 자체가 없었다. 그런 만큼 소요코에게 무슨 이야기를 할 작정인지 아키미도 살짝 긴장했다.

이윽고 2층에 있던 소요코가 내려왔다.

"마실 거라도 준비할까요?"

오늘 밤에는 저녁 식사 후 반주를 하지 않은 사다히코를 배려하듯이 물어왔다.

"아니야. 괜찮아."

사다히코가 그리 대답하자 소요코는 소파 앞 카펫에 앉았다. 그것을 기다렸다는 듯 사다히코는 소파에 맡기고 있던 상체를 일으켜서 고쳐 앉았다.

"소요코의 의견을 듣고 싶구나." 사다히코가 입을 열었다. "전에 재개발 계획에 대해서 나쁘지 않은 이야기라고, 매력적으로 생각한다고 했지?"

"아니…… 그건." 소요코는 조금 당혹스러운 듯 고개를 살짝 끄덕였다.

그런 이야기를 했구나 하고 아키미는 조금 놀랐다. 아키미는 소요코 앞에서는 재개발 계획 이야기를 한 기억이 거의 없다. 고헤이라면 계획의 존재 정도는 들었을지도 모르지만 그도 당시에 사업자 측 조건은 우습지도 않다고 말했고 생각도 사다히코와 동떨어지지 않았을 테다. 소요코가 어디에서 그 이야기를 듣고 언제 그런 의견을 드러냈나 싶었다.

"지금도 그 생각은 바뀌지 않았니?" 사다히코는 확인하듯이 물었다.

"그건 그다지 생각 없이 한 말이니 진지하게 받아들이지 마세요." 소요코가 말했다.

"재개발 상업시설은 순조롭게 진행되어도 완성되는 건 5, 6년 후고 더 걸릴지도 몰라. 나는 길잡이 역할을 해서 형태를 잡는 정도야. 실제로 그 결단이 가게 운명을 좌우하는 건 소요코나 나유타 대라고 할 수 있지. 그래서 소요코의 솔직한 생각도 들어두고 싶구나."

소요코에게 가게를 잇게 하는 게 기정사실인 듯한 말투를 아키미는 받아들일 수 없었지만, 이야기의 요점은 그게 아니었다.

"저는 지금 가게 이대로도 괜찮다고 생각해요."

사다히코가 반대파라는 건 이해하고 있을 테다. 그 입장을 더욱 고려하는 듯한 말투로 들렸다.

사다히코는 이해했는지 안 했는지 고개를 한 번 끄덕였을 뿐이다. 그로부터 잠시 침묵이 끼어들어 "기이치 선생의 기세토 건 말인데"라고 이야기를 이어나갔다. "그건 재개발 문제가 얽혀 있지 않을까 짐작해."

"일부러 괴롭힌다는 건가요?"

"괴롭힌다기보다 일종의 심리전이지."

사다히코 말에 소요코는 이해한 듯했다.

"그런데 확실히 스태프는 소장품을 건드리지 않았고 우연히 누군가의 손이 미끌어지는 바람에 그렇게 된 것도 아니라는 말씀이시네요."

지극히 자연스럽게 그리 생각하는 말투였지만 아키미에게는 시치미를 딱 떼는 것처럼밖에 여겨지지 않았다.

"일부러 그런 게 맞잖아." 아키미는 끼어들 듯이 말했다. "그렇지 않으면 베니시노의 화병까지 깨질 일은 없을 테니까 말야."

"그 화병까지 깨졌나요?" 소요코가 깜짝 놀란 듯이 말하며 사다히코를 보았다.

사다히코는 아무 대답도 하지 못했지만 그게 아키미 말을 뒷받침했다.

"너무하네요." 소요코는 그리 읊조렸다. "괴롭힘이라고

쳐도 그렇게 돌이킬 수 없는 짓을 하다니."

교묘하게 이쪽 편에 섰다고 생각했다. 애초에 외부 범행설에는 무리가 있고 이대로는 소요코가 달아날 뿐이었다.

"그렇지." 아키미는 그렇게 맞장구를 치는 한편 그녀에게 날카로운 시선을 던졌다. "아무리 재개발 일로 분란을 조장하고 싶다고 해도 그렇게까지 돌이킬 수 없는 짓을 할까. 그런 짓을 하면 이쪽 태도가 강경해질 뿐인데."

결국 네 짓이지 하는 마음을 시선으로 담아 퍼부었다.

그러자 그녀는 갑자기 시선을 피하더니 "잠시만요……" 하고 이야기를 멈추었다. 그 순간 생각을 이리저리 굴리는 듯한 틈을 두고 다시 아키미와 사다히코를 향해 시선을 보냈다.

"그 파편, 진짜였나요?"

"응?"

"재개발 건이 얽혀 있다면 어쩌면 가짜일지도 몰라요."

"무슨 소리니?" 무슨 황당한 소리를 하는가 싶었다.

"이쪽이 마음을 접었을 때 진짜를 돌려줄 작정일지도요." 소요코는 진지한 표정을 짓고 있었다. "확실히 재고 파악을 할 때 기세토 다완이 부족하다 싶었어요. 베니시노도요."

이렇게 발뺌하는 방법이 또 있을까 하고 아키미는 듣다가 화가 치밀어 올랐지만 사다히코는 의외로 눈을 살짝 크게 뜨고 고개를 꾸벅 끄덕였다.

"실은 나도 그래. 나도 에노키 씨한테 듣고서 알아차렸단다. 그건 진짜가 아니야. 사라진 고이즈미가마와 구쿠리가마 거야."

"뭐?"아키미는 여우에 홀린 듯 목소리를 높였다.

"역시 그렇군요."소요코는 이해가 간다는 듯 혼잣말을 했다.

"평범한 도난이라면 상자째 훔쳐가겠지. 단순한 괴롭힘이라면 진짜를 그대로 부술 테고. 이번 일은 가짜 파편과 일부러 바꿔치기한 점에 상대편 메시지가 담겨 있다고 봐. 즉 이쪽이 어떻게 나오는지에 따라 진짜를 돌려주겠다는 거지. 사업자 측이 뒷배경에 있는 한 노골적인 범행 성명을 내지 않을 거야. 그저 평범하게 생각하면 알 수 있을 형태로 되어 있어."

"그래서 아버님은 마음을 접는 것도 생각하신다는 건가요……?"소요코가 물었다.

"솔직히 망설이고 있어."사다히코가 말했다. "그래서 소요코의 의견도 물어보는 거야."

"저도 어느 쪽이라고 말하기는 좀……."소요코는 망설이는 듯 말했다. "이런 형태로 마음을 바꾸는 것도 분하고…… 하지만 기세토가 깨졌다는 사실을 알았을 때 아버님께서 낙담하시던 모습을 봤기 때문에 베니시노도 돌아올 수 있다면 돌아왔으면 해요."

"그렇지." 사다히코가 말했다. "한때는 깨진 건 어쩔 수 없다고 포기했는데 돌려받을 수 있다면 그러고 싶어. 그러면 재개발 일도 그렇게까지 강경하게 반대할 일인가 하는 생각이 들어."

"큰 이득을 위해서 작은 손해는 감수한다는 사고방식도 있고요." 소요코가 호흡을 맞추듯이 말했다.

"잠시만." 아키미는 이야기 흐름을 타지 못한 채 끼어들었다. "재개발 사업자 측 짓이라는 증거가 어디에 있어? 마음대로 그리 오해해서 제풀에 떠밀릴 가능성도 있잖아?"

"평범하게 생각하면 그렇게밖에 생각 못 한다는 거지."

사다히코가 말했지만 아키미는 전혀 답이 되지 않는다고 여겼다.

"사업자 측의 누군가가 창고에 침입했다는 소리야? 기이치 선생의 기세토와 베니시노를 고른 건 소장품 중에서도 그 두 개가 가치가 다르다는 걸 알아서잖아. 외부의 누가 그런 사실을 알 거라고 생각해?"

"그건." 사다히코는 머뭇거리며 말을 이어나갔다. "상가회 회의 장소로 창고를 사용한 멤버 중 협력자가 있을지도 모른다고 봐. 또는 사업자 측이 우리 스태프 중 누군가를 꾀어서 그가 협력했을 가능성도 없지는 않고. 어찌 됐거나 그게 누구인지 밝혀내는 건 경찰이 아닌 한 무리야."

"그러면 경찰에 신고하면 되잖아?"

아키미로서는 당연한 소리를 한 셈이지만 사다히코는 그건 꺼리듯이 얼굴을 살짝 찡그려 보였다.

"그건 거래를 안 하겠다고 표명하는 거나 마찬가지야. 기세토도 베니시노도 어떻게 될지 모르고."

지당한 이야기를 하고 있지만 사다히코가 범인 찾기를 꺼리는 이유는 어렴풋이 안다. 스태프 가운데 누군가인 게 되면 그중 소요코도 들어가서이다. 그녀를 의심하고 싶지 않은 마음이 앞서는 것이다.

기세토나 베니시노 파편이 가짜라는 사실에 어처구니가 없었지만 아키미 머릿속도 점점 정리되었다.

재개발 사업자 측이 이 사건에 얽혀 있을 가능성은 사다히코 짐작대로 있을지도 모른다.

하지만 그 상황에서도 가게 안에 협력자가 있고 그게 소요코라고는 생각할 수 없을까.

실제로 소요코는 예전에 찬성하는 의견을 말했다고 한다. 이제 와서 사다히코에게 맡긴다는 태도를 보이지만 실은 교묘하게 찬성으로 유도하는 것처럼 보였다.

정말이지 무슨 생각을 하는지 알 수 없다.

"난 그런 근거 없는 방법엔 반대야." 아키미가 단호하게 말했다. "최소한 가까이에 건너편 협력자가 있다면 그게 누군가 하는 것 정도는 파악하지 않으면 휘둘리기만 할 테고 이쪽이 생각하는 것처럼 일이 굴러가지 않을 거야."

"그러니까 그게 어렵다고." 사다히코가 난처한 듯이 말했다. "오니시 회장한테도 회의 멤버 중 부자연스러운 행동을 한 사람이 있었는지 물어봤지만 아무도 혐의점이 없었어."

그게 아니다. 아키미는 소요코가 수상하다고 말하고 싶은 것이다.

하지만 솔직하게 말하기에는 그거야말로 근거가 부족하고, 사다히코도 의식적으로 그 점을 외면하는 것처럼 보였다.

당사자인 소요코는 어떤지 표정을 훔쳐보니 그녀는 그녀대로 고개를 숙이고 생각에 잠긴 얼굴을 하고 있었다.

"새아가, 어떻게 생각하니?"

아키미가 물어도 그녀는 좀처럼 시선을 들지 않았다.

"왜 그러니?" 사다히코가 물었다.

"아니에요." 소요코는 마침내 그런 목소리로 대답하고 수심에 잠긴 얼굴을 아키미 일행에게 돌렸다. "좀 생각하고 싶은 게 있는데…… 시간을 주실 수 있나요?"

"무슨 일이길래?" 아키미가 이맛살을 찌푸렸다.

"상대방이 있어서 지금은 뭐라고 말하기에 좀……." 그녀는 그리 말을 얼버무렸다. "아버님도 그 이야기는 일단 기다려주세요."

"무슨 일이기에 그러니?" 사다히코도 당혹스러워했다.

"어쨌거나 오늘은 여기까지 말씀드리고 싶습니다." 소요코는 절반은 강제로 이야기를 중단하고 "안녕히 주무세요"라고 말하더니 2층으로 올라가 버렸다.

뭔가 안다고밖에 말할 수 없는 그녀의 모습에 사다히코도 흔들린 모양이었다. 평소라면 침실에 들어갈 시간이 되었는데도 한동안 소파에 그대로 앉아 있었다.

아키미도 아무것도 모르는 동안에는 경찰에 신고하라는 둥 어떻게 하라는 둥 나오는 대로 말했지만, 막상 소요코가 관계가 있다는 냄새를 노골적으로 풍기자 그 불온한 느낌에 압도당해 그 이상 발 디디는 게 망설여지는 마음이 솟구쳤다. 지금의 일상이 뒤집히는 것도 달갑지 않은데, 그 뒤집히는 방법이 어째서인지 아키미까지 튀는 피를 뒤집어쓰는 건 아닌지 염려스러웠다.

결국 그녀에게 압도되다시피 해서 그 후 며칠인가 사다히코와 함께 조용히 관찰하는 날이 이어졌다.

한편 소요코에게서는 달라진 모습을 찾아볼 수 없었다.

"요전번에 말씀드린 가마쿠라 카페 말인데요, 머그컵 라테아트, 해준대요."

저녁 식탁에서 기쁜 듯 그런 보고를 했다. 기이치의 기세토나 베니시노의 일은 일찌감치 잊어버린 듯해서 사다히코도 "그러니?" 하고 독기가 빠진 대답을 할 뿐 다른 도리가 없었다.

아키미는 지켜보는 데 금방 질려서 "어떻게 할 거야?" 하고 사다히코에게 따졌다.

"이러쿵저러쿵할 거 없어. 소요코한테 무슨 생각이 있다면 그걸 기다리는 수밖에 없지."

그 답은 문제에서 달아나는 것처럼 받아들여져 아키미한테는 애가 닳는 것으로 느껴졌다.

"그 말투를 보아하니 그 애가 기세토나 베니시노 건이랑 관계가 있는 건 틀림없어."

"그건 아직 단정하지 않는 편이 나아." 사다히코는 얼버무리듯이 말했다.

"그렇게 말하는 거나 다름없잖아. 그 파편이 가짜라고 용케 그 사실을 예리하게 알아차렸구나 싶었어."

"그건 재고 조사로 사라진 다른 그릇을 생각해보면 당연히 도출할 수 있는 답이야."

"그리 생각하고 싶을 뿐이잖아." 아키미가 단정하듯이 말했다. "상대방이 있다는 건 외부 사람에게 협력한 거야. 내가 경찰에 신고하겠다고 해서 일이 커질 듯하니까 그릇을 되돌려놓을 수 없는지 상대에게 의논하고 싶어진 거겠지."

사다히코는 잠자코 있었다. 그의 머리에서도 그 정도 추리는 돌아갈 테다.

"예를 들어 그 애가 태연하게 그릇을 되돌려놓는다면 당신은 그걸로 전부 불문에 부칠 작정이야?"

"무슨 일인지는 물을 거야."

"상대방이 있어서 그건 말 못 한다고 하면?"

아키미가 거듭 묻자 사다히코는 괴로운 듯이 얼굴을 일그러뜨렸다.

"그렇다고 정해진 것도 아닌 일을 지금부터 생각해봤자 소용없어."

"휴……."

그릇이 돌아온다면 불문에 부쳐도 된다는 것이 본심이라고 아키미는 받아들였다.

사다히코는 상인 가문 사람답게 이해득실로 사물을 생각하는 게 뼛속까지 스며들어 있다. 고헤이가 중학생일 무렵 학교에서 문제를 일으켰을 때 기부금을 내는 걸로 수습했던 것도 그랬다. 부자는 싸우지 않는다고 하는데, 멀리 봐서 이익이 있다 싶으면 눈앞의 손실에는 눈을 감는다.

아키미는 그렇게까지 딱 잘라 생각할 수 없다. 용납해도 되는 일과 그렇지 않은 일이 있다. 감정적이라고 한다면 그럴지도 모르지만 어차피 인간은 그런 법이라고 생각한다.

다만 사다히코도 안절부절못하는 마음이 있는지 아키미가 그렇게 따진 다음 날 식탁에서 소요코에게 "먼젓번 일은…… 그 후 어떻게 됐니?"라고 어물쩍거리는 말투로 이야기를 꺼냈다.

"먼젓번 사건 말씀이신가요?"

소요코는 시치미를 떼려는지 고개를 갸웃거려 보였다.

"기세토와 베니시노 건 말이야."

"아." 그녀는 머릿속에서 깨끗이 사라졌다고 말하는 듯한 목소리를 했다. "조금만 더 기다려주세요."

"기다려달라니, 지금 뭐가 어떻게 되고 있니?" 아키미가 참지 못하고 끼어들었다.

"짚이는 데가 있어서 그쪽에 그릇을 돌려달라고 부탁했어요."

역시라고는 생각했지만 짚이는 데가 있다는 건 어떻게 받아들여야 할지 알 수 없었다. 자신은 직접 관계가 없다고 말하고 싶은 듯했다.

"그 사람이 누군지는 말 못 하니?" 사다히코가 물었다.

"앞으로 관계도 있어서 저는 말하지 않는 편이 낫다고 생각해요." 소요코가 말했다. "그분도 지금 확실히 인정하지는 않았어요. 하지만 전 그분밖에 짚이는 데가 없어서 돌려주기만 한다면 누군지는 전부 제 마음속에 묻어둘 거라는 말로 부탁드렸어요. 그래서 언제 돌려줄지 모르고 어떻게 돌려줄지도 몰라요. 저한테 직접이 아니라 가게 어딘가에 놓는 방식일지도 모르고요."

"넌 관계가 없다는 소리니?" 아키미가 물었다.

"전 관계없습니다." 소요코는 부정하면서 "다만……"이라고 이어서 말했다.

"다만……?"

"기세토나 베니시노 이야기를 한 적은 있어요. 설마 일이 이렇게 될 줄은 생각지도 못해서…… 죄송합니다."

마치 고헤이 사건이 일어났을 때 일이 그렇게 될 줄 생각지 못해서 자신이 친정에 간다는 사실을 구마모토에게 이야기하고 말았다는 거나 마찬가지이지 않은가.

더구나 상대가 누군지는 말할 수 없다고 한다면 자신은 관계가 없다고 얼마든지 주장할 수 있다.

실로 교묘한 도피법이라고 생각하는 건 아키미뿐인가?

"그렇구나…… 조금 더 자세히 말할 수 있을 때가 되면 이야기해주겠니?"

사다히코 쪽은 적당히 그 자리를 넘기려는 듯한 말투로 이야기를 마쳤다.

"네."

소요코에게 간단히 구슬려진 거나 마찬가지였다.

답답한 마음을 남긴 채 사태는 아무 진전 없이 또 며칠이 지났다. 머그컵 마켓 준비에 들어가자 의식을 그쪽으로 돌릴 수밖에 없어서 이벤트 첫날도 마찬가지로 지나갔다.

다만 머그컵 마켓 같은 특정 그릇에 대상을 좁힌 기획은 첫날과 토요일, 일요일 말고는 그만큼 손님이 드나들기를 기대할 수 없다. 실제로 이틀째에는 간신히 매장에 손님 모습이 끊이지 않을 정도로 북적거리는 데 그쳤다.

사흘째에 아키미는 가게를 쉬었다. 오늘도 그다지 바쁘지 않을 거라고 헤아린 것도 있지만 무엇보다 컨디션이 좋지 않았다. 마켓 준비를 하고 첫날 움직인 피로가 몰려왔을지도 모른다. 전날 밤, 협심증 증상이 있어서 오늘 아침에도 기분이 시원찮았다.

집을 나서는 가족을 배웅한 후에는 침대로 돌아와 오전을 보냈다.

늦은 점심을 오차즈케*로 마치고는 거실에서 텔레비전을 보며 오후 시간을 때웠지만 이윽고 그에도 질렸다. 몸을 조금 움직일 수 있을 것 같아서 테이블을 정리할까 싶었다.

우편으로 온 생명보험 증서 등을 파일에 넣었다. 그 파일을 선반에 넣으려다 기대어 세워놓은 노트에 시선이 머물렀다.

고헤이가 도자기 아이디어를 그려놓은 노트였다. 2층 방에서 발견해서 한동안은 매일같이 펼쳐 보았지만 언제부터인가 그것도 하지 않게 되었다. 사람이라는 건 안타깝게도

* 밥을 차에 말아먹는 요리.

그런 법일지도 모른다. 그렇다고 해서 이 노트를 버리려고는 생각하지 않았고 소중한 것인 건 여전했다.

아키미는 고헤이 노트에 오랜만에 손을 뻗다가 뚝 멈추었다.

문득 2층 방을 들여다볼까 하는 마음이 머릿속을 파고들었다. 기세토나 베니시노 사건과 소요코의 연관성을 드러낼 무언가가 나오지 않을까.

주저하는 마음도 조금 있었지만 거리낄 상황이 아니었다. 그렇게라도 하지 않으면 아무것도 알 수 없었다.

일단 그리 생각하자 안절부절못하게 되어 거의 떠밀리다시피 해서 계단으로 발걸음을 옮겼다.

계단을 천천히 올라갔다. 그것만으로도 꺼림칙해서 겨우 움직일 수 있게 되었다고 느낀 것도 기분 탓인가 싶었지만 긴장해서일지도 모른다고 마음을 고쳐먹고 호흡을 가다듬었다.

고헤이가 사용하던 방은 젊은 모자가 쓰는 산뜻하고 밝은 방으로 바뀌어 있었다. 나유타의 장난감 상자가 벽 쪽에 놓여 있고 책장에는 그림책이나 만화, 유아잡지 등이 정리되어 있었다.

고헤이가 사용하던 졸참나무 책상에는 태블릿 단말기와 노트북이 놓여 있었다.

시험 삼아 태블릿 단말기 버튼을 눌러보았다. 화면에 키보드가 나타났고 패스워드로 'SOYOKO'라고 쳐보았지만 잠금은 해제되지 않았다. 'NAYUTA'라고 쳐보아도 마찬가지라서 태블릿 단말기를 건드리는 것은 포기했다.

노트북을 열어보았다. 작업 도중에 절전 상태였는지 화면상에 무언가 타이핑한 문장이 나왔다. 머그컵 마켓에서 잘 팔리는 품목이 적혀 있었다. 아마 블로그용 글인 모양이다. 아키미도 몰래 검색해보았지만 그곳에 나오는 건 외면의 그녀로 아키미가 원하는 것은 아니었다.

섣불리 건드렸다가 소요코에게 발각되면 곤란하다. 컴퓨터는 블로그나 피오피 작성에 사용할 뿐 개인적인 것은 나오지 않을 듯했다. 외부와 주고받은 흔적이 남아 있다면 스마트폰이겠지만 역시 그걸 들여다볼 기회는 없다. 또는 구마모토와의 접촉이 그러했듯이 스마트폰에도 큰 흔적은 남아 있지 않을지도 모른다.

수첩이 있으면 보고 싶었지만 책상 서랍을 뒤져보아도 찾을 수 없었다.

책장 위 단에 미용잡지 등이 기대어 세워져 있었다. 나유타의 손이 닿지 않는 높이였다. 그곳에 대학노트 한 권이 있다는 걸 알아차렸다.

겉면에 아무것도 쓰여 있지 않았다.

하지만 안을 팔랑 넘기면서 나름대로 메모가 되어 있다는 걸 알아차린 아키미는 흥미가 생겼다.

느닷없이 '아키미'라는 글자가 시야에 뛰어들어서 흠칫했다.

〈아키미 "뭐, 날 빨리 죽게 하고 싶다면 그렇게 간을 맞춰도 상관없지만."〉

강조하듯이 빨간색 선이 그어져 있었다. 아키미는 심장이 꽉 조여드는 듯한 느낌이 들어 놀라서 숨을 멈추었다.

이건 뭐지……?

언제였는지 저녁 식사 자리에서 아키미가 그런 말을 한 것은 기억했다. 구운 연어가 짜서 왜 참고 먹어야만 하는지 생각했다.

그때 일을 적어둔 모양이지만 무슨 생각으로 그랬는지 알 수 없다. 더구나 작은 목소리로 불평을 부렸을 뿐인 일을 신문 하이라이트를 골라낸 것처럼 강조해서 적어놓은 것도 오싹하지 않은가.

〈아키미 "이런 걸 버린다는 건 고헤이 인생 자체를 없었던 걸로 하겠다는 거랑 마찬가지야."〉

그 아래에 이런 말이 적혀 있었다. 평소 소요코의 필적과 비교하면 휘갈겨 썼다고 해도 좋을 만큼 흐트러져 있었다.

이것도 기억한다. 이 방을 정리할 때 아키미가 불평을 부린 말이다. 그에 대한 그녀의 심정은 아무것도 쓰여 있지 않으니 어떤 의도로 이 글을 썼는지 분명하지 않지만, 단순한 비망록 같은 것이 아니라 그녀가 내면에 담고 있는 부정적

감정을 비추는 듯이 여겨졌다.

아키미는 노트 지면에서 끓어오르는 평온하지 않은 것을 맞닥뜨리고 순간적으로 불쾌해졌다. 아니, 그게 진짜 이유인지 어떤지는 알 수 없지만, 명백하게 악의와 같은 감정이 피어올라 있는 게 괴로워졌다.

협심증이 발작하는 조짐처럼 여겨지기도 하고, 이 방에서는 숨이 막힐 듯해서 아키미는 노트를 손에 든 채 거실로 내려갔다.

창문을 반쯤 열어 환기하고 소파에 앉아 호흡을 진정시켰다. 그러고서 노트의 맨 처음으로 돌아가 보기로 했다. 이러한 말을 써놓은 애초의 목적을 찾고 싶었다.

⟨"내 아들이 아닌 거 아냐?"⟩

⟨"날 안 따르도록 가르치는 거지?!"⟩

⟨"일부러 음침한 표정 보이지 마!"⟩

첫 페이지에는 행을 비우고 그런 말이 길게 쓰여 있었다. 누가 한 말인지는 표시되어 있지 않았지만 아마 고헤이일 것으로 짐작이 갔다. 가족 앞에서도 나유타 이야기로 "참 누굴 닮았는지"라는 투로 말했지만 소요코에게는 더 격한 말을 한 모양이다.

굳이 고헤이 편을 든다면 그 또한 나유타가 구마모토 자식이 아닌지 고민해서 마음의 균형을 잃었을지도 모른다. 이제 와서는 그의 진의를 더는 파악할 수 없다.

〈"네가 벌어온 돈도 아니면서!"〉

〈"변명만큼은 일류네!"〉

〈"무슨 소릴 해도 입도 뻥긋 안 하네!"〉

아무래도 고헤이가 한 폭언의 종류 같았다. 그녀의 속마음은 역시 덧붙여져 있지 않았지만 굴욕적인 말을 잊지 않으려고 써놓은 듯했다.

고헤이가 한 불평은 아니지만 소요코는 이쪽이 다소 따끔한 말을 해도 시간이 조금 지나면 전혀 타격을 입지 않았다는 듯 천연덕스럽게 굴 때가 자주 있다.

하지만 실제로는 이렇게 들은 말을 기록해서 울분을 쌓고 있었다. 그리 생각하자 아무래도 가슴이 술렁이는 기분이 들었다.

〈하루코 "너무 슬프면 눈물도 안 나오는 법이지."〉

페이지를 더 팔랑팔랑 넘겨보자 그런 말이 적혀 있는 게 눈에 들어왔다.

그 아래에 쓰여 있는 말은 고헤이 사후에 들은 것인 모양이었다.

〈아키미 "깨든 안 깨든 고헤이는 안 돌아와."〉

기억을 더듬어가다 떠올렸다. 장례가 끝난 후 소요코가 현관에서 도자기를 비닐봉지에 싸서 깨고 있었다. 그 모습을 보고 뭐 하냐고 물었다.

소요코는 고헤이가 사용하던 밥그릇을 깨고 있었다. 관

에 넣는 것과 함께 아파트에서 가지고 온 모양이었다. 죽은 사람이 현세에 미련을 남기지 않도록 그렇게 하는 것이 일반적 풍습이라는 것은 아키미도 알았지만 솔직히 여러 감정이 소용돌이치는 와중에 그런 것까지 생각이 미치지 않았다.

소요코는 그것을 설명했고 사다히코에게서도 고헤이를 위해서 과감하게 깨라는 소리를 들었다는 사실을 덧붙였다. 우리가 도자기 가게를 운영하는 만큼 도자기를 함부로 다루는 게 아닌가 신경 쓰여 확인한 모양이었다.

사다히코에게 허락을 받았다고 일부러 언급하는 점이 그녀답다고도 할 수 있지만 이유가 어떠하든 아키미로서는 태풍이 지나간 후의 허탈감에 휩싸인 와중에 그러한 것을 하나의 절차로 엄숙하게 소화하는 그녀에게 공감할 수 없었고 그릇이 깨지는 귀에 거슬리는 소리와 합쳐져 반감 어린 마음이 솟구쳤다.

현세에 미련이 있다면 저승에 가지 않고 돌아오면 된다. 하지만 현실에서는 밥그릇을 깨든 안 깨든 고헤이가 돌아오는 일은 있을 수 없다……. 그런 마음으로 아키미는 한마디 투덜거렸다. 소요코에게 쏘아댄 건 아니지만 그 당시에는 사건으로 그녀에게 더더욱 책임을 느끼게 하지 않도록 배려한 만큼 불쑥 흘린 이질적인 발언이었을지도 모른다.

그게 마음에 걸렸는지 소요코가 노트에 적어둔 모양이다.

그건 어찌 되었든 이 말을 한 시기를 봤을 때 하나 앞의 〈눈물도 안 나오는 법이지〉라는 건 고헤이가 죽었을 때가 분명하다. 이건 하루코가 자신에 대해 한 말이 아니라 소요코 모습을 보고 한 말이다. 예의 거짓울음 말이다.

그걸 소요코는 일부러 노트에 적어놓았다. 하루코가 무심코 던진 한마디가 소요코 마음에는 훅 꽂힌 것이다.

실제로 우는 시늉을 한 것을 간파당했다고 생각해서일 테다.

갑자기…….

바깥에서 희미하게 나유타 목소리가 들려 아키미는 생각을 멈추었다.

반사적으로 탁상시계를 보았다. 소요코가 나유타를 어린이집에서 데리고 돌아왔다는 걸 알아차렸다.

기세토나 베니시노 건으로 어떤 단서가 없는지 확인해야 하는데.

노트를 되돌려놓으려고 계단으로 향하면서 마지막 메모를 찾으려고 했지만 심한 현기증이 시야를 휘청이게 했다.

〈"소요코를 만났을 때 저 여자한테서 부탁을 받았습니다."〉〈"제일 나쁜 건 저기서 피해자인 척하는 저 여자겠죠."〉

법정에서 구마모토가 한 말이다. 하지만 소요코의 심정은 쓰여 있지 않았고 지금 그걸 헤아릴 시간은 없다.

페이지를 더욱 넘기면서도 다음 기회를 기다리자며 일단 포기하기로 했다.

〈"오니시 씨는 회장을 하고 있지만……."〉

때마침 시선을 떨어뜨린 곳에 오니시 포목점 점주 이름이 나왔다. 일련의 사건에 관련이 있을 법한 느낌이 들었지만 그 이상은 읽을 수 없었다.

우선 노트를 되돌려놓아야 한다며 계단을 올라가려고 하던 그때 가슴 부근을 도려내는 듯한 고통이 가로질렀다.

"다녀왔습니다."

현관에서 소요코 목소리가 들렸다.

아키미는 계단 중간에서 신음하며 허리를 굽혔다.

아프다.

아프다. 고통스럽다.

심한 통증에 이를 악물었다.

평소의 협심증 통증과는 달랐다.

머리가 마비되었고 비지땀이 솟구쳤다.

소요코와 나유타가 복도를 걸어오는 발소리가 들렸다.

아키미는 움직일 수 없어서 계단에 주저앉았다.

"어머님……."

계단 앞까지 온 소요코가 아키미를 확인하고 의아한 시선을 보냈다.

통증은 사라지지 않았다. 아키미 손에서 노트가 떨어져

계단에서 미끄러졌다.

"뭐 하세요……?"

떨어진 노트를 힐끗 보고 소요코가 물었지만 대답할 여유가 없었다.

가슴을 움켜쥐고 몸을 비틀면서 신음했다. 일상을 찢어발기는 듯한 통증 앞에 어찌할 수 없었다.

소요코가 그 모습을 가만히 바라보고 있었다.

도움을 청하려고 입을 움직였지만 말이 나오지 않았다.

상체를 일으키지도 못하게 되어 계단에 누웠다. 그대로 몸통째로 계단에서 주르르 미끄러져 떨어졌다.

정신을 차리고 보니 시야가 핑그르르 돌아가는 와중에 아무 말 없이 이쪽을 응시하는 소요코의 눈이 바로 그곳에 있었다.

온도를 느낄 수 없는 차가운 눈이었다.

그저 무언가를 관찰하는 듯한.

아, 죽게 내버려두려는 거구나…….

그리 생각하는 순간 시야에 들어온 모든 것의 형태가 흔들리고 의식이 날아갔다.

누군가 이야기하는 목소리와 전자음이 희미하게 들렸다.

눈을 뜨자 번쩍번쩍 빛이 나는 천장이 있는데 꽤 넓었다.

멍한 머리로 서서히 현실을 파악해나갔다. 간호사가 얼

굴을 들여다보고 아키미에게 말을 걸었다.

병원에 있는 모양이었다. 산소마스크를 쓰고 있는 건 알 았지만 몸은 자기 것이 아닌 듯해서 회복 도중인지 또는 이 미 살아날 가망이 없는 상태인지 알 수 없었다.

이윽고 늘 진찰을 해주던 이다 선생의 얼굴이 보였다.

간신히 고비를 넘겼네요 하고 그가 말했다. 이야기의 절 반도 이해할 수 없었지만 안심하라는 말이라는 것만큼은 이해했다.

아키미는 반사적으로 감사합니다 했다.

그러고서 다시 의식이 흐려지고 현실이라고도 꿈이라고 도 할 수 없는 세계를 길게 유영했다.

소요코가 옆에 있었다.

너, 왜 우는 시늉을 했니 하고 아키미가 물었다.

무슨 말씀이세요? 하고 소요코가 시치미를 뗐다.

못 울었잖아 하고 아키미가 말했지만 소요코는 더 답하 지 않았다.

잠에서 깨서 나름대로 의식이 명료해지고서부터 문득 그 사실을 떠올리자 현실이었던 듯한 느낌도 들고 꿈속에 서 나눈 대화였던 듯한 느낌도 들었다.

아키미는 시민병원 집중치료실에 있었다.

협심증보다 더욱 심각한 급성심근경색을 일으켜서 심장 혈관이 막혀 심장이 뛰지 않게 되었다고 한다. 일시적으로는 심정지 직전까지 빠졌던 모양이다. 긴급으로 카테터 시술을 받고 심장이 뛰는 데 도움을 주는 약을 투여하고서 목숨을 건졌다는 듯했다.

그것들을 마침내 인식한 것은 쓰러지고 나서 나흘이 지났을 무렵이었다.

사다히코도 소요코와 나유타를 데리고 병문안을 왔다. 집중치료실에는 내내 불이 켜져 있어서 밤낮 감각을 빼앗기고 말았지만 아무래도 밤인 모양이었다.

"오늘 밤 하루 더 상태를 보고 특별히 문제가 없으면 일반병동으로 옮기셔도 됩니다."

주치의 이다 선생이 사다히코 일행에게도 설명하듯이 말했다. 사다히코는 "다행이야"라고 안도한 목소리로 아키미에게 말을 걸었다.

"며느님 덕분에 목숨을 건지셨어요." 이다 선생이 소요코를 힐끗 보고 말했다. "구급대원이 달려갈 때까지 심장 마사지를 해서 생명을 연장해준 모양이에요. 그러지 않았으면 위험했어요. 감사 인사는 해야죠."

아키미는 믿을 수 없는 마음을 품으면서도 "고마워"라고 말했다. 소요코는 사다히코 옆에서 살짝 미소를 띠며 다소곳하게 고개를 가로저었다.

그때 괴로워하는 아키미를 죽게 내버려둘까 하듯이 아무 말 없이 바라보던 소요코 모습이 머릿속에 새겨져 있었다. 하지만 실제로 아키미를 구해주었으니 이다 선생의 말은 사실일 테다.

이튿날 일반병동 개인실로 옮기자 낮에 하루코가 병문안을 왔다.

"집중치료실에서 관이 엄청 연결되어 있는 모습을 봤을 때는 정말 최악의 상황까지 각오했어."

아키미가 생사의 경계를 헤맬 때도 매일 상태를 보러 왔다고 한다.

"걱정만 끼쳤네."

"어쨌거나 다행이야." 하루코는 절절하게 말했다.

"소요코가 구해줬대."

아키미가 그리 말하자 하루코는 얘기를 들었다는 듯 고개를 끄덕이고 나서 "이제 고개를 못 들겠네" 하고 농담조로 말했다.

"쓰러졌을 때는 죽게 내버려두는 줄 알았어."

아키미의 그런 말도 농담으로 받아들였는지 하루코는 "말 함부로 하지 마"라며 웃음으로 답했다.

갑자기 병실 문이 열리는 소리가 들리자 하루코가 입구를 보았다. 그리고 거 보라는 듯 아키미에게 눈짓했다.

"아, 시이모님. 오셨어요?"

소요코였다.

"병실이 참 좋네."

수건이나 칫솔 등 입원생활에 필요한 것을 가지고 온 듯했다.

"그럼 나는 가봐야겠네."

이곳에 온 지 시간이 별로 지나지 않았지만 물러나는 게 좋겠다는 듯 하루코는 파이프 의자에서 일어났다. 지금은 소요코에게 꺼림칙한 마음이 생겼는지 얽히고 싶어 하지 않았다.

소요코는 "수고하세요"라고 하루코를 배웅하고 아키미에게 미소를 보냈다.

"몸은 어떠세요?"

이것저것 할 것 없이 모든 게 리셋된 듯한 그녀의 미소에 아키미는 당혹스러웠다. 당황하면서도 반쯤은 굴복당한 듯이 받아들이고 "고마워"라고 대답했다.

"얼른 건강해지셔야죠."

"바쁠 때 미안해."

"토·일은 나름대로 바빴는데 주말이 지나니 조용해졌어요. 가게는 걱정하지 마세요."

쓰러졌을 때의 상황에서 아키미가 방에 숨어들어 소요코의 노트를 훔쳐보았다는 건 그녀도 알았을 테다. 그런데 아무 일도 없었다는 듯한 얼굴이었다.

인간관계는 상대와 다양하게 얽히고설키는 과정을 거쳐 그때마다 거리감 등이 변화해가는 법이다. 하지만 그녀는 그 변화를 거부하듯이 과거의 관계를 무시하고 관계를 몇 번이나 리셋해나간다.

한편 아키미는 과거의 관계를 무시할 수 없었다. 그것을 질질 끌다 보면 어째서인지 소요코에게 압도당할 것 같은 기분이 들었다.

어째서 우는 시늉을 했는지 그녀에게 물었던 것은 현실이었을까.

꿈속이었다는 느낌도 든다.

그게 현실이라면 용케도 그런 질문을 했다는 생각마저 들었지만 희미한 의식 속이었으니 그 질문을 할 수 있었을지도 모른다.

그리고 만약 그게 꿈이라고 해도 현실의 소요코 역시 그 질문을 은근슬쩍 피할 것 같았다.

아키미는 일주일 정도 일반병동에서 입원한 다음 퇴원했다.

이다 선생은 심장에 대미지는 남았으나 무리만 하지 않으면 일상생활에 지장은 없을 거라고 말했다.

한동안은 업무로 돌아가지 못하고 계단에서 떨어졌을 때처럼 집에서 요양을 이어나갔다. 이따금 재활을 겸해서 상점가로 장을 보러 나갔다. 저녁 무렵에는 어린이집에서 돌아온 나유타와 집을 보면서 저녁밥을 차렸다. 그렇게 하루하루가 지나갔다.

머그컵 마켓은 이미 끝났고 사다히코도 소요코도 의식적으로인지 아키미 앞에서 일 이야기는 거의 하지 않았다. 심근경색으로 쓰러진 이전과 이후로 세상이 단절된 느낌마저 들었다.

하지만 날이 지날수록 체력이 돌아오자 점점 쓰러지기 이전과 이후의 세계가 이어지는 감각도 들었다. 역시 무슨 일이든 체력에 달렸다고 생각했다.

"어라, 도키야 여사장님 아니신가."

우오마쓰에서 회를 산 후 상점가를 어슬렁거리다 오니시 포목점의 오니시를 만났다.

"입원했다고 들었는데 이제 괜찮으신가요?"

"네. 덕분에요." 아키미는 가볍게 억지 미소를 지었다. "아직 가게는 못 나가지만 조만간 다시 출근할 거예요."

"그거 다행이군요." 오니시는 눈가에 주름을 새기며 고개를 끄덕였다. "무리하지 말고 느긋하게 지내요. 지금까지 여사장님은 쉬지 않고 일했으니까요. 더구나 믿음직한 며느리도 있으니 맡길 수 있는 일은 맡기면 되잖수."

아키미는 소요코의 노트에 오니시 이름이 있었다는 사실을 떠올렸다. 어떤 이야기였는지까지는 읽지 못했지만, 누군가가 재개발 이야기를 하는 중에 오니시 이름을 꺼낸 듯했다.

"새아가가 오니시 씨 댁을 종종 찾아뵙는 것 같던데요."
아키미는 염탐하는 기색으로 말을 꺼내보았다. "무슨 이야기를 하나요?"

"무슨 이야기라니요?"

"제 앞에서는 어지간해서는 본심을 보이지 않는 면이 있어서요."

아키미가 가벼운 말투로 얼버무리듯이 말하자 오니시는 눈을 가늘게 뜨고 웃었다.

"무척이나 긍정적이에요. 일도 즐겁다고 하더군요."

"재개발 일로 뭔가 말하거나 하나요?"

아키미의 거듭된 질문에 오니시는 순간 입술을 다물더니 미소를 짓고 고개를 한 번 끄덕였다.

"그 친구 나름대로 신경은 쓰나 보더군요. 어느 쪽이 최선일까 하고 말이죠. 부군한테 슬쩍 들었지만 소장품에 장난질을 당했다고 하던데 아직 해결 안 됐나요?"

"네……."

사다히코나 소요코는 아키미 앞에서 일 이야기를 거의 하지 않지만, 기세토나 베니시노가 돌아왔다면 이야기할 테다. 그렇지 않다는 것은 진전이 없다는 것이나 다름없다.

"재개발이 관련돼 있다면 꽤 어려운 문제군요." 그가 말했다. "부군에게도 말했지만, 도키야 자신이 어떻게 하면 좋을지 판단했으면 해요. 우리는 우리 상황에서 반대할 뿐

338

이에요. 젊은 며느리를 호되게 대하는 시어머니처럼요. 뭐, 댁은 아니겠지만요, 하하하."

농담 같지 않아서 아키미는 웃을 수 없었지만, 의외로 생각한 것은 상가회 대표인 오니시도 본심으로는 재개발에 강하게 반대하지 않는 듯하다는 것이었다. 오히려 도키야라면 찬성에 가담하는 것도 현명한 선택이지 않느냐고 말하고 싶어 하는 투였다. 그런 의견을 들으면 사다히코가 나약해지는 것도 무리가 아니었다.

오니시는 사다히코와 띠동갑으로 원래 달관한 면이 있어서 그런 투로 말하는 것도 부자연스럽지 않다.

다만 소요코 노트에 그의 이름이 있었던 걸 어떻게 해석해야 할까.

소요코도 한때는 사다히코에게 찬성 의견을 전했다고 한다. 아키미나 사다히코는 그녀 앞에서 재개발 이야기를 하지 않는다. 그 생각은 누구에게서 감화된 걸까.

집으로 돌아온 아키미는 잠시 망설인 후 2층으로 올라가 보았다. 미안한 건 충분히 알지만 한 번 더 소요코의 노트를 펼쳐 메모를 확인하고 싶었다.

방으로 들어가 책장을 뒤졌지만 그 노트는 찾지 못했다.

어딘가 시선이 닿지 않는 곳에 숨겼을까 또는 처분해 버렸을까.

아키미가 보려고 할 가능성이 충분히 있으니 당연할지

도 모른다.

아키미는 소화불량을 느끼면서 계단을 내려왔다.

"수고했어."

폐점 작업으로 사다히코가 바깥의 깃발을 걷어 들이는 데 빌딩에서 나온 다쓰야가 말을 걸었다.

황금연휴 중이라서 하루코는 가마쿠라의 하루샌드에 몰두하는 듯했다. 그렇게 되면 쿡 하루는 가게를 일찍 닫는다. 아마 점내 청소도 건성으로 마쳤을 테다.

"처제는 어때?"

다쓰야는 입원 중 병문안을 왔다. 그 사실을 아키미에게 듣고 다쓰야에게 감사 인사를 했지만 사다히코는 다시 "덕분에 많이 나았어요"라고 고개를 살짝 숙였다.

"안색도 꽤 좋아졌고 움직일 수도 있게 됐어요."

"그거 다행이군." 다쓰야는 안도한 듯이 두세 번 고개를 끄덕였다. "우리 남자들은 배우자가 없으면 약해지니까. 소요코 씨는 고헤이를 잃었어도 꿋꿋하게 노력하지만 어지간해서는 그렇게 안 되지. 더구나 이 나이가 되면. 그러니 처제가 가능한 한 건강을 지켜야지."

"그러게요."

말투는 거슬리지만 아키미 건강을 걱정해주는 것은 이해하기에 사다히코는 진지하게 받아들였다.

"그건 그렇고 먼젓번 도자기 사건." 다쓰야는 지나가는 사람을 비키듯이 해서 사다히코에게 몸을 가까이 가져왔다. "이렇다 할 단서는 여전히 몰라?"

"네."

소요코에게 시간을 조금 달라는 말을 듣고 나서 계속 지켜보고만 있었다. 아키미 일도 있어서 움직일 틈이 없었다고도 할 수 있다.

"이상한 소문 같은 것도 여기저기서 들려와. 실은 깨진 건 진짜가 아니고 진짜는 도키야가 새 빌딩에 들어갈 때 돌아올지도 모른다는 이야기 같은 게 그럴듯하게 말이지."

음 하고 사다히코는 신음할 뻔했다. 아무래도 상대는 이런 소문이 사다히코 귀에 들어가는 것을 계산하고 교섭하려 한다고 알아차린 것이다.

사다히코는 그저 아무 말 없이 다쓰야의 염탐하는 듯한 시선에 답했다. 그도 "뭐 개입할 생각은 없지만" 하고 고개를 으쓱했다.

"그 말씀은 어디에서 들으셨나요?" 사다히코가 물었다. "이 부근의, 예를 들어 가마쿠라팜의 주인한테서라든가 또 는 나카도리 쪽이라든가요."

"이 부근도 나카도리도 이제 관계없어." 다쓰야가 말했다. "어차피 시장이 든든하게 버티고 있으니까. 재개발이랑 끼워 팔아서 상점가에도 옛날처럼 아케이드를 조성한다는 이야기도 나오고 있고. 그렇게 되면 원래 빌딩 상가에 관심을 보이던 녀석들뿐만 아니라 오니시 씨를 비롯한 사람들도 생각하겠지. 상황상 반대파였지만 본심은 몰라. 그 사람도 4층을 드나들던 사람 중 하나니까."

이번에는 오니시를 의심하라는 건가……. 이상한 풍파를 일으키는 듯해서 썩 유쾌하지는 않았지만 아케이드 조성 이야기는 금시초문이었고 그게 사실이라면 최근 그의 달관한 듯한 태도도 이해가 가는 게 사실이었다.

그날 밤 침실에 들어가서 아키미와 둘만 있을 때 "그 기세토랑 베니시노 건 어떻게 됐어?"라는 질문을 받았다.

컨디션이 나름대로 돌아와서 이전부터 그 일이 궁금했던 모양이다.

"어떻게라니, 그대로야."

"새아기는 뭐래?"

"아무것도 안 물었어." 사다히코는 쌀쌀맞게 대답했다.
"나도 최근엔 당신 몸 상태밖에 머리에 없었어. 당신도 자기 몸 걱정만 하면 돼."

그렇게 말했지만 완전히 머리에서 지워지지 않는다는 것은 이해한다.

"가만히 있으면 이대로 흐지부지 끝날 거야."

사다히코는 작게 신음하면서 이불로 파고들었다.

"여러모로 생각해보았는데 건너편 이야기를 받아들일까 싶어."

사다히코는 최근에 품고서 굳히고 있는 생각을 말했다.

아키미는 불을 끄려던 손을 멈추었다.

"사실 건너편 제시안은 양보도 해줘서 나쁘지 않아. 이쪽이 이상한 고집을 너무 부린 것 같아."

"잠시만." 아키미가 말했다. "이 상태에서 이야기를 받아들여도 기세토나 베니시노가 돌아온다는 보장은 없어."

"응." 그건 충분히 알고 있는 사실이라고 사다히코는 맞받아쳤다. "그런데 없어진 그릇 건과는 별개로 그 이야기는 그 이야기대로 생각하려고 해."

"말도 안 돼……."

"다시 생각해보면 내가 고개를 끄덕이지 않았던 건 노포의 이상한 자존심이나 상가회 임원으로서 처지가 있어서야. 하지만 주변 목소리를 듣는 사이에 그런 것도 집착이고 고집밖에 안 된다는 느낌이 들었어. 아버지는 더 유연했고. 지금의 깃페이가 있는 건 아버지가 10년 후, 20년 후를 보고 움직여서야. 나도 그렇게 해야지."

"그런 결단도 당신이 생각해서 내린 거라면 반대 안 하겠지만, 그래도 그릇이 돌아온다는 확증은 받아야 해."

"그러니까 이제 그건 별개 문제로 생각하려고 한다니까."

"그건 스스로에게 하는 변명이야." 아키미가 냉소적으로 말했다. "상대의 방식에 굴복하다시피해서 받아들이는 건 거부감이 있으니 단순히 제시안을 다시 평가한다며 자신을 이해시키고 있잖아."

부부인 만큼 거침없이 아픈 곳을 찔러왔다.

"상가회 사람들도 각자 상황에서 사고방식이 달라. 반대하는 것만이 능사가 아니라는 목소리도 실은 꽤 있어."

"나도 오니시 씨랑 이야기했으니 그런 목소리도 충분히 알고 있고 당신이 그에 영향을 받아 나약해진 것도 이해해."

"나약해지거나 그런 게 아냐."

"그래도." 사다히코의 반대에도 아키미는 이야기를 이어나갔다. "예를 들어 그런 오니시 씨 의견도 정말 우리를 위해서는 아닌지 몰라."

"응……?"

"건너편에서 우리 소장품에까지 손대서 마음을 흔들 만한 상대라면 누구에게 뇌물이 전해졌는지도 모르잖아."

"형님한테 무슨 말이라도 들었어?"

"형부?"

아키미 반응으로 보건대 아무래도 아닌 모양이지만 오니시 이름이 여러 방향에서 나오는 건 신경이 쓰였다.

"새아가 노트에 이름이 있었어."

"노트?"

"슬쩍 보기만 했지만 재개발과 관련된 이야기일 거야. 그아이 기모노 때문에 교류를 하고 있고 뭔가 아는 것 같아."

근거가 있는 듯하기도 하고 없는 듯하기도 한 그런 이야기였다.

다만 소요코가 무언가를 아는 것은 확실할지도 모른다. 그래서 시간을 달라고 말한 것이다. 상대가 누구인지 말하고 싶어 하지 않는 것도 오니시라면 설명이 된다.

이렇게나 다쓰야와 아키미가 냄새를 풍기면 앞으로 오니시와 어울리는 데 지장이 생긴다. 그대로 두는 것도 어려워졌다.

이튿날 아키미가 오랜만에 업무에 복귀했다. 대부분 카운터에서 움직이지 않았던 게 다행이었는지 걱정했던 피곤한 기색도 없었다. 조금 야윈 목덜미가 기모노 옷깃에서 들여다보였지만 이전과 다르지 않게 등줄기가 꼿꼿한 모습으로 폐점까지 손님을 맞이했다.

저녁은 쾌차 기념으로 스시를 배달시켰다.

나유타를 재운 소요코가 1층으로 내려온 차에 사다히코가 말을 걸었다.

"그 기세토와 베니시노 건은 그 이후 변동 사항이 없나 보구나."

"아, 네."

소요코는 말을 듣고서 알아차린 듯 대답했다.

"어떻게 되고 있니?"

"꽤 날도 지났는데…… 한번 물어볼게요."

대화를 듣던 아키미가 소요코의 대수롭지 않다는 듯한 대답이 오히려 마음에 걸리는지 무언가 말하고 싶어 하는 시선을 사다히코에게 보냈다. 하지만 지금은 더 지켜보기로 결정했는지 말에 끼어들지 않았다.

그로부터 이틀간 황금연휴 막바지라서 도키야 깃페이에는 종일 손님의 발걸음이 끊이지 않았다.

내내 주시한 건 아니지만 소요코의 움직임은 평소와 다르지 않아 보였다.

연휴 마지막 밤 또다시 소요코가 나유타 재우기를 기다리다 못해 이번에는 아키미가 그녀를 거실에서 붙들고 이야기를 꺼냈다.

"새아가, 상대방에게 한번 물어보겠다고 했는데 그 일 어떻게 됐니?"

아키미는 엊그제 밤은 이야기에 끼어들지 않았지만 그녀 나름대로 상당히 안달이 난 듯 "이제 요리조리 피하지 말고 확실히 대답해"라고 처음부터 추궁하듯이 압박했다.

"일단 물어봤어요." 소요코는 살짝 눈썹을 내리고 내키지 않는 얼굴로 답했다. "꽤 난감한 모양이에요."

"난감하다니, 무슨 말이니?"

"우선 그쪽이 관련되어 있는 건 틀림없어요." 그녀가 말했다. "도자기는 그쪽 손에서 멀어져 쉽게 돌아오지 않는 상태라고 하더라고요. 건넨 상대랑 교섭하는 모양인데 맨입으로는 돌려주지 않을 것 같나 봐요."

"돌려주지 않다니." 아키미는 어처구니가 없다는 듯 말했다. "훔친 물건이잖아."

"그렇긴 한데 상대는 아무래도 암흑세계와 연결고리가 있는 사람인지 상식적인 이야기가 통하지 않는다고 하더라고요."

"말도 안 돼." 아키미는 분개했다.

"재개발 이야기와 얽혀 있는 게 확실하다고 생각해도 되니?" 사다히코가 물었다.

"맞아요." 소요코가 답했다. "계획에 찬성하면 돌아올 거라고 말하긴 했어요."

"확증은 아니라는 거구나."

"솔직히 모르겠어요." 소요코가 말했다. "우선 사람 된 도리로 그릇을 돌려주고 나서 계획을 다시 검토하는 형태로 하면 안 되겠냐고 말했는데 그건 퇴짜 놓은 듯해요."

"제멋대로네." 아키미가 고개를 저었다. "이제 경찰에 신고하는 수밖에 없어."

하지만 이제 와서 경찰에 신고하는 것도 내키지 않았다.

"난 상황에 따라서는 계획에 찬성해도 좋다고 봐." 사다히코가 말했다. "하지만 그릇 건이 이 이야기에 얽혀 있고 돌아올 가망이 없다고 하니 찬성할 생각이 없구나. 오히려 찬성하지 말라고 이야기하는 듯해."

"그러게요." 소요코가 고개를 끄덕였다.

"새아가." 아키미가 나지막한 목소리로 불렀다. "너 남의 일처럼 이야기하는데 건너편이랑 무슨 관계니?"

"전 아무 관계도 아니에요." 소요코가 말했다. "다만 예전에도 말씀드렸다시피 이야기하는 상대방에게 기세토와 베니시노가 귀중하다는 사실을 대수롭지 않게 가르쳐주고 말았어요."

"그 상대가 누군지는 왜 말 못 하니?" 아키미가 더욱 물었다. "넌 내가 아팠을 때 구해줬으니 나쁘게 생각하고 싶지 않아. 그런데 정작 중요한 건 가르쳐주지 않으니 네가 그 상대의 협력자가 아닐까 하는 생각이 들어."

"앞으로의 일도 있으니 상대방이 누군지는 말하지 않는 편이 좋다고 봐요."

"그건 네가 걱정할 일이 아니야." 아키미가 말했다. "우리가 생각하면 되는 일이지."

"더구나 아버님과 어머님께는 말하지 않는다는 조건으로 여러 이야기를 하는 부분도 있어서요."

"그런데 결국 그 사람만으로는 그릇이 안 돌아오잖아."

아키미가 말하자 소요코는 난처한 듯이 얼버무렸다.

"그 사람을 통해서 사업자 측에 내가 계획에 찬성하면 그릇을 반드시 돌려놓겠다는 확약을 받는 건 가능하니?"

"그만둬." 양보하겠다는 듯한 사다히코의 물음을 아키미가 끊어버렸다. "상대가 누군지도 모르는데 약속이 성립될 리가 없어."

"그래도……."

"새아가." 아키미는 사다히코를 신경 쓰지 않고 소요코에게 이어서 말했다. "어렴풋이 알아차렸겠지만 네 노트를 조금 봤어. 그 자체는 사과할게. 그런데 네가 그릇을 훔칠 만한 사람과 어떤 관계가 있는지 그게 신경 쓰여서 하는 수 없었어."

소요코는 아무 말도 하지 않고 그저 실망한 듯이 시선을 내리깔았다.

"그 노트에 오니시 씨 이름이 있던데." 아키미는 그런 그녀를 염탐하는 듯한 시선을 던졌다. "누가 한 이야기였는지 모르지만 재개발 일로⋯⋯."

"오니시 씨는 관계없어요." 소요코는 흠칫한 듯 고개를 들고 말했다.

"그럼 그와 무슨 관계니?" 아키미는 봐주지 않고 거듭 질문했다.

"아무 관계도 아니에요."

"오니시 씨는 너랑 자주 이야기를 나누고 있고 우리 창고에도 드나들었어."

소요코는 한숨을 쉬고 고개를 살짝 저었다.

"관계없는 사람을 그렇게 의심하지 마세요."

"무슨 관계가 있으니 노트에 썼을 테잖니." 아키미의 목소리가 커졌다.

"진정해." 사다히코가 말했다.

"의심하고 싶지 않아도 여러모로 생각하게 되잖아." 아키미가 흥분을 감추지 않고 말했다.

"그 상대가." 소요코가 버틸 수 없게 되었다는 듯 입을 열었다. "그 상대가 오니시 씨 이름을 대고 자신을 향한 의심을 피하려고 했어요. 그건 바람직하지 않다고 생각해서 몇 번이나 따졌더니 마침내 인정하는 듯한 말을 해줬어요. 그뿐이에요."

"그럼 그 상대는 누구니?"

"그건 말하지 말라고 했어요."

"넌 누구 편이니?" 아키미는 어깨로 숨을 씩씩 내쉬면서 말했다. "네가 누구를 위하는지 알 수 없는 듯이 굴고 의혹은 의혹대로 방치하는 만큼 우리가 얼마나 스트레스를 받는지 알기나 해?"

"됐으니 진정해."

이대로는 또 쓰러질지도 모른다고 생각해서 사다히코가 아키미를 저지했지만 그녀는 핏발이 선 눈을 소요코에게서 거두지 않았다.

"우리 가게의 장래가 걸린 문제인데 중요한 건 비밀로 하고. 그런 사람과 앞으로 어떻게 같이해나가라는 거니?" 아키미가 말했다. "가게에도 집에도 내버려둘 수 없어. 시아버지가 됐다고 해도 난 안 돼. 아무리 나유타가 곤란해진다고 해도 안 돼."

사다히코를 거역하면서까지 아키미가 내뱉은 말은 이대로는 이 집이 붕괴되는 상황에까지 발 디디게 되니 소요코에게 최종 해답을 내놓으라고 압박하는 듯한 느낌이 담겨 있었다.

소요코 역시 심각하게 받아들였는지 잠시 호흡을 가다듬듯이 하고 눈을 감았다.

"알겠습니다."

그녀는 눈을 뜨더니 아키미의 시선을 똑바로 받아들이

며 말했다.

"정말로 오니시 씨는 아무 관계도 없고 저도 물론 관계 없습니다."

아키미는 고개를 갸웃거리며 아무 말 없이 그다음 말을 재촉했다. 사다히코도 그렇다면 누구일까 하는 생각이 들었다.

"다쓰야 씨입니다."

소요코가 말한 이름에 사다히코는 아 하고 소리를 지를 뻔했다.

"설마."

아키미가 말도 안 된다는 듯 말했다. 하지만 사다히코는 충분히 있을 수 있는 일인데 머릿속에서 빠져 있었다는 생각이 들었다.

다쓰야는 사다히코에게 은근슬쩍 재개발 계획에 대한 찬성 의견을 말했다. 그뿐만 아니라 상가회 멤버가 찬성파로 돌아섰다는 소문을 사다히코에게 불어넣어 연막을 쳤다.

무엇보다 다쓰야는 아마 깃페이의 창고 비밀번호를 알 것이다. 비밀번호식 잠금장치를 도입하면서 업자의 설명을 들을 때 다쓰야도 하루코와 같이 있었다. 깃페이의 창고 비밀번호를 아키미와 의논해서 빌딩 준공년으로 삼았는데 일일이 다쓰야 부부의 귀까지 신경 쓰지 않았으니 들었어도 이상하지 않다.

또한 다쓰야가 4층 계단 부근에서 전자담배를 피운 적이 드물지 않아서 깃페이 스태프가 비밀번호를 누르는 모습을 은근슬쩍 확인했다고도 생각할 수 있다.

"왜 형부가 건너편 사람들에게 협력해야 하지?" 아키미가 말도 안 된다는 듯 말했다.

"돈이 없을 때 말을 걸어와서 받아들이고 말았다고 했어요." 소요코가 답했다. "보수를 받아서 할 수밖에 없었다고요. 투자로 꽤 손해를 봤다나 봐요. 다쓰야 씨한테는 그 전부터 재개발의 이득을 들은 적이 있어서 아버님께 어째서 반대하시는지 한번 물어본 것도 그 때문이에요."

소요코를 향해 있던 아키미 눈에서 갑자기 힘이 사라졌다. 다쓰야라면 확실히 그럴 거라는 생각이 들었던 것이다.

"알았다…… 이제 쉬어라."

사다히코가 소요코에게 말했다.

"왔어? 연휴가 끝나서 오늘은 느긋하려나?"

이튿날 아침에 출근한 다쓰야와 깃페이 빌딩 앞에서 만났을 때 그가 말을 걸어왔다. 황금연휴 중에는 하루샌드에 몰두하던 하루코도 오늘은 다쓰야와 함께였다.

사다히코는 혼자 절로 어색하다는 생각에 인사에 대한 대답도 건성으로 했다. 그들과 헤어지고 난 뒤 그 기분은 분노로 변해 용케도 시치미를 떼는 표정으로 있구나 싶어서 화가 났다.

친척끼리 교류하자는 목적으로 여러모로 힘을 빌려줬는데 완전히 원수로 갚은 것이나 다름없었다. 내일 이후 이대로 아무 일도 없었다는 듯 계속 대할 수 없으리라고 결론지을 수밖에 없었다.

저녁 무렵 손님이 없기도 해서 저녁 6시를 넘은 차에 사다히코는 평소보다 빨리 준비 중 팻말을 입구에 내걸었다.

"야마나카 씨도 오늘은 이만 퇴근해요. 폐점 준비는 내가 할 테니까."

아르바이트 스태프인 야마나카 쇼코를 얼른 돌려보낸 후 아키미에게 말을 걸었다.

"위에 전화해서 할 말이 있으니 내려오라고 해줘. 처형도 같이."

다쓰야 혼자라면 변명만 늘어놓으며 책임을 회피하려고 할 수도 있다. 하루코의 눈이 있으면 쉽게 포기할 거라고 생각했다.

"어쩌려고?"

아키미가 불안한 듯이 물었다.

"당신은 아무 생각도 안 해도 돼." 사다히코가 말했다.

〔〕

다쓰야를 하루코와 같이 부르자는 말을 사다히코에게 들은 아키미는 갑자기 긴장감이 더해갔다.

사다히코의 평소답지 않은 엄중한 표정을 봐도 어중간하게 수습할 생각이 없다는 건 상상할 수 있었다. 보통 생각했을 때 다쓰야가 3층에서 지금의 가게를 계속 꾸려나갈 수 없을 테고 그들 부부와의 관계도 지금까지처럼 굴러가지 않을 것이다.

어째서 소요코를 추궁해서 입을 열게 했나 하고 이제 와서 후회했다. 소요코가 입을 닫으려고 했던 것의 의미를 좀 더 헤아렸어야 했다. 오니시 일이 머리에 있어서 그녀가 의미심장하게 의혹을 만드는 듯 여겨 그걸 어떻게든 부수고 싶다는 마음만이 앞서고 말았다.

소요코는 사다히코 말을 듣고 있었지만 자신이 할 수 있는 일은 이제 아무것도 없다는 듯 대걸레를 들고 바닥을 닦기 시작했다. 카운터 안에 있는 한 평 남짓한 스태프룸에서는 어린이집에서 돌아온 나유타가 그림을 그리며 가게가 끝나기를 기다렸다.

아키미가 우울한 기분으로 쿡 하루에 전화했더니 하루코가 받았다. 의논하고 싶은 일이 있으니 다쓰야와 내려와 달라고 하자 오늘 아침에 얼굴을 마주했을 때 아키미의 복귀를 기뻐했던 것과 마찬가지로 밝은 목소리로 "바로 갈게"라고 대답했다.

전화를 끊고 별생각 없이 한숨을 쉬었다.

이윽고 다쓰야와 하루코가 3층에서 내려와 엘리베이터 측 문에서 가게로 들어왔다.

"오늘은 이르네?"

매장을 청소하는 소요코를 보고 하루코가 말했다.

"앉으세요."

사다히코는 인사를 생략하고 평소에 거래할 때 사용하는 카운터 앞의 아담한 둥근 테이블에 늘어선 스툴을 권했다. 사다히코의 딱딱한 말투에 압도당한 듯 두 사람이 앉자 사다히코도 건너편에 앉았다. 아키미는 카운터에서 그 모습을 지켜보았다.

"부른 것은 다름 아닙니다." 사다히코는 작게 헛기침을 한 후 입을 열었다. "우리 가게에서 사라진 소장품 건 때문입니다."

"사라졌다고?"

하루코가 사다히코의 말이 걸리는지 그리 말했다. 하루코는 아무것도 모를 테다. 한편 다쓰야는 무표정했지만 왠지 모르게 뺨 언저리가 굳은 듯 보였다.

"야마모토 기이치 선생의 기세토와 베니시노가 깨진 상태로 발견되었는데 그 파편이 가짜라는 사실을 알아냈습니다. 누군가가 바꿔치기한 거죠. 진짜는 어딘가로 사라져 버렸고요."

"역시 그런 거였어?" 하루코는 눈을 동그랗게 뜨고 다쓰야를 보았다. "우리 남편이 들은 소문대로잖아. 그런 일도 있구나."

"그러니까 역시 재개발 이야기가 얽혀 있다니까." 다쓰야도 그걸 본 적이라도 있는 듯 말했다.

"형님." 사다히코는 그런 그에게 말을 걸었다. "그렇게 남 일처럼 말하지 마세요."

"뭐……?"

다쓰야는 허를 찔린 것처럼 사다히코를 보았다. 사다히코는 아키미 쪽에서는 등밖에 보이지 않았지만, 그를 날카롭게 응시할지도 몰랐다. 다쓰야는 뜻밖이라는 듯 시선을 피하고 소요코를 힐끗 쳐다보았다.

소요코는 배길 수 없었는지 나유타가 있는 스태프룸으로 천천히 들어갔다.

"이게 누구 짓인지 당신은 잘 알죠?" 사다히코가 다쓰야에게 물었다.

"무, 무슨 소리가 하고 싶은 거야?" 다쓰야가 쉰 목소리를 내면서 되물었다.

〇

"무슨 소리야?"

심상치 않은 일이라는 걸 감지한 하루코가 속삭였다.

할 말이 있다고 해서 이곳에 내려왔지만 아키미가 이제
막 복귀하기도 해서 쾌차 축하를 하자든가 그런 이야기인
줄 알았다. 하지만 기다리는 사다히코의 표정은 험악했고
이야기 자체도 예기치 못한 방향으로 흘러갔다.

"사라진 기세토와 베니시노가 우리 소장품 중 제일 가치
가 있고 제가 소중히 여긴다는 사실을 소요코가 형님에게
이야기한 적이 있다고 하더군요."

"그래서 내가 했다는 거야?" 다쓰야는 놀란 얼굴을 하고
말했다. "그건 우연이겠지. 애초에 그런 이야기를 들었는지
안 들었는지도 기억 안 나."

다쓰야의 안색이 변하는 것도 당연했다. 사다히코는 명백하게 의심하고 있었다. 그들 부부와는 평화롭게 어울렸고 이런 심각한 이야기를 나눈 적은 지금까지 없었다.

"이제 와서 부정하시는 겁니까?" 하지만 사다히코는 더 이어나갔다. "형님이 저한테 재개발 이야기는 찬성하는 편이 현명하다는 이야기를 했죠. 우리가 상업시설에 편입하면 자기 가게가 없어질지도 모르는데 이상한 소리를 한다고 생각은 했어요."

"난 단순히 도키야의 장래를 생각해서 이야기했을 뿐이야. 재개발도 몇 년인가 후의 일이고. 그렇다면 나도 일선에서 물러날 테니 우리 일은 신경 쓰지 않아도 된다고 말하고 싶었고."

"그런 노파심만으로 일부러 권하지는 않겠죠. 건너편 공작이 있어서가 아닌가요?"

"무슨 근거로 그런 소리를 하는 거야?" 다쓰야는 아주 곤혹스럽다는 듯이 말했다.

"투자로 꽤 손실을 봤다고 하더군요. 건너편 이야기에는 물론 협력했을 때 보수도 딸려왔겠죠."

하루코는 아 소리를 냈고 안색이 달라지는 걸 어쩔 수 없었다.

다쓰야는 외환투자 손실로 자금을 잃었고 일시적으로는 하루코가 용돈을 주지 않으면 어디에도 나갈 수 없는 처지였다. 더구나 하루샌드가 곤란한 상태에 빠져서 용돈도 줄이는 상황이었는데 어째서인지 최근 다쓰야는 기세가 등등해져 마권도 다시 사기 시작한 듯했다. 비상금 대신 사서 모으던 암호자산이 올랐다고도 말했다.

"왜 그렇게 남의 주머니 사정을 근거도 없이 이러쿵저러쿵 말하는 거야?!" 다쓰야가 감정적으로 목소리를 높였다. "우습지도 않군."

"형님, 솔직히 말하죠." 사다히코는 전혀 주눅 들지 않고 슬슬 압박하듯이 말했다. "당신 입으로 말해야 합니다."

"재개발의 숨은 찬성파라면 상점가 안에도 얼마든지 있겠지. 가마쿠라팜이나 아사히나 베이커리도 그렇고 회장인 오니시 씨도 어떨지 모르지. 전에도 말했지만 아케이드 재건이랑 맞바꿔서 반대파 깃발을 내리게 한다는 얘기도 들었어. 의심해야 하는 사람은 달리 있지 않아?"

다쓰야가 계속 관계가 없다고 주장하는 것을 듣는 하루코는 그의 말이 믿고 싶어졌다. 무엇보다 그의 짓이라고 하면 곤란했다.

"무슨 근거가 있어서 하는 말이에요?" 하루코가 끼어들었다. "이 사람이 평소에 신세를 지고 있는 제부가 곤란해할 만한 일을 할 리 없고 나는 시종 같이 있지 않았지만 뭔가 이상한 행동을 했으면 분명 알아차렸을 거예요."

하지만 그런 이야기는 아무 설득력도 없다는 듯 사다히

코가 크게 한숨을 쉬었다.

"본인 입으로 인정하지 않는 건 안타깝군요." 그는 포기한 듯이 말했다. "하지만 난 소요코한테서 전부 들었어요. 형님은 필사적으로 입막음을 한 듯하지만, 그래서는 우리가 못 견디죠. 그래서 이야기를 해달라고 했어요."

소요코는 카운터 안에 있는 스태프룸 출입구 부근에 서 있었다. 매장에는 등을 지고 있었지만 이쪽 이야기는 듣고 있는 듯했다.

"도자기는 자신의 손을 떠나 사업자 측 의뢰인에게 건너가고 말았다. 그 의뢰인은 암흑세계와도 연관이 있는 사람인데 돌려달라고 말해보았지만 이야기가 통하지 않았다. 계획에 찬성하면 아마 돌려줄 것이다. 형님은 소요코에게 그리 말했죠?"

"자, 잠시만." 다쓰야는 동요하는 모습으로 손을 저었다. "그런 이야기를, 했다고……?"

"안 했다는 말씀이신가요?"

"혹시 혼란스러워서 했을지도 모르지만……."

"했지요?"

"잘 기억이 안 난다고 해야 할까…… 아니, 했다고 해도 그런 의미로 한 말이 아니었어. 그런 생각도 할 수 있다고 말했지만 내가 했다고는 말 안 했다고."

무슨 말이 하고 싶은지 알 수 없었다.

"형님이 했기 때문에 자신의 손을 떠나서 어떻게 할 수 없다는 이야기가 나온 게 아닌가요?"

"그건 그렇긴 한데 그렇게 물으면 그렇게 대답할 수밖에 없다고 할까, 순간적으로 나쁜 마음이 들었던 부분도 있고. 내 의사가 아니니 그야 돌려받을 수 있다면 돌려받고 싶은 마음은 있어."

여전히 무슨 소리를 하는지 알 수 없었지만 그가 너무 당황하는 모습에 하루코 역시 의심할 수밖에 없었다.

"어떻게 된 거야?" 하루코가 다쓰야의 어깨를 붙들고 물었다. "당신이 했어?"

"그러니까 그건 내 의사로 한 게 아니라 그렇게 계획돼 있었다고 할까, 그렇게 되면 누가 했다고 하는 문제가 아니니 뭐라고 할까……."

저지른 것이다……. 확신이 밀려와서 절망했다. 앞뒤 종잡을 수 없이 대답하는 다쓰야를 하루코는 힘을 실어서 때리기 시작했다.

"당신! 무슨 말도 안 되는 짓을 한 거야! 그런 돌이킬 수 없는 짓이나 하고!"

"하고 싶어서 한 게 아니라고." 후려치는 하루코를 손으로 막으면서 다쓰야가 말했다.

"당신 의사가 아니면 대체 누구 의사란 소리야?" 하루코는 거의 울부짖다시피 하며 그를 나무랐다.

"그건." 다쓰야는 의자에서 엉거주춤 일어나면서 도망칠 곳을 찾듯이 시선을 이리저리 굴렸다. "소요코 씨가……."

예기치 못한 이름이 나와서 하루코가 손을 멈추었다.

"그래, 소요코 씨가 그렇게 하도록 유도해서……."

"어째서 제가?" 듣고 있다가 놀랐는지 소요코가 몸을 뒤집다시피 하며 스태프룸에서 나왔다. "제가 무얼 했단 말씀이세요?"

"그 도자기는 동서가 목숨보다 소중하게 여긴다고 했어. 그건 담보로 잡으라고 하는 말이지 않겠어?"

"말도 안 돼……." 소요코는 어처구니가 없다는 소리를 냈다.

"나, 나한테는 그리 들렸어." 다쓰야가 엉킨 혀로 지껄여 댔다. "부추김당했어. 그걸 상대에게 말했더니 그렇게 하라고 해서…… 바로 돌려줄 거라고 생각했고. 결과적으로는 아무한테도 손해가 안 되는 이야기구나 했지."

순간 구마모토가 법정에서 내뱉은 항변이 하루코의 머리를 스쳤다. 또는 다쓰야의 뇌리에도 그게 떠올라서 나온 말이었을지도 모르지만 책임 회피로는 최악의 변명이자 사다히코를 분개하게 하는 건 불 보듯 뻔한 일이었다.

"꼴사나운 변명은 하지 마!" 아니나 다를까, 사다히코가 다쓰야에게 일갈했다. "당신, 부끄럽지도 않아?!"

다쓰야는 텅 빈 눈을 보인 채 입을 뻐끔뻐끔 움직였다.

이제 말이 나오지 않는 모양이었다.

"이제 못 돌려받아?" 하루코가 다쓰야의 어깨를 격렬하게 흔들며 물었다. "제부한테 사과하고 돌려줘!"

다쓰야는 괴로운 듯이 얼굴을 일그러뜨렸지만 이윽고 "돌려주면 되잖아!"라며 비통하게 들리는 목소리를 쥐어짜냈다.

"응?" 하루코는 흔들던 손을 멈추고 그를 보았다. "돌려줄 수 있어?"

"도, 돌려줄 수 있어." 다쓰야는 어깨로 숨을 쉬면서 혼자 몇 번이나 고개를 끄덕여 보였다. "바로 돌려줄게."

"돌려주다니, 어디에 있어?"

"있어…… 우리 창고에."

"그런 곳에 있었어?" 하루코는 팽팽해진 긴장감이 절반은 풀려서 그의 어깨를 밀었다. "얼른…… 얼른 가지고 와."

"알겠어."

다쓰야는 비틀대며 일어나더니 매장을 나가 엘리베이터 쪽으로 사라졌다.

"나 원 참……."

하루코는 숨을 크게 쉰 후 이 자리에서 자신이 할 수 있는 일을 생각했다. 모든 것을 없었던 일로 하기는 불가능에 가깝지만 어떻게든 원만하게 해결해야 했다.

사다히코 쪽으로 몸을 틀어 테이블에 이마를 갖다 대다

시피 하고 고개를 숙였다.

"제부, 정말 미안해요. 뻔뻔하다는 건 잘 알지만 이렇게 사과드리고 저 사람한테는 따끔하게 말할게요. 돈에 환장한 게 아니라 마가 꼈다고 봐요. 가게를 비우라고 한다면 순순히 비울 테니 부디 용서해주세요."

그에 대해 사다히코는 "정말 창고에 있다고 생각하세요?"라고 냉소적으로 물었다.

"네……?"

"있다면 진즉에 돌아왔겠죠."

"아니, 그래도……."

"이 자리에 있는 걸 못 배겨서 나갔을 뿐이겠죠."

"그럴 리가요." 하루코는 초조해하면서 다쓰야가 나간 쪽을 보았다. "도, 돌아올 거예요…… 분명."

하지만 다쓰야의 근성을 아는 만큼 그게 터무니없는 기대라는 느낌도 들었다. 그는 번거로운 일이 닥치면 막다른 곳까지 달아나는 남자다.

"자, 잠시 보고 올게요."

차분하게 앉아 있을 수 없어서 하루코도 일어났다.

매장을 나가 4층에 멈춰 있던 업무용 엘리베이터 버튼을 눌렀다. 4층으로 올라가 쿡 하루의 창고 문을 노크했지만 안에 인기척이 없었다. 비밀번호를 눌러 잠금장치를 해제하고 문을 열었다. 역시 아무도 없었다.

옥상에 있나?

전자담배라도 피우며 머리를 식히고 있을까.

그리 생각하면서 옥상으로 향하는 계단을 올라가는데 갈수록 꺼림칙한 예감이 더했다.

옛날에 하루코와 다쓰야의 불륜이 스캔들로 터졌을 때 동반자살을 생각한 다쓰야를 하루코가 세게 때려서 막은 적이 있다. 그건 아키미에게는 거의 웃자고 한 소리처럼 이야기했지만, 실제로는 웃을 일이 아니었다. 차로 고갯길을 달리면서 문제 수습에 대해 이야기를 나누던 중에 망연자실하던 다쓰야가 모든 것을 내던지다시피 하며 벼랑 쪽으로 핸들을 꺾었다. 그걸 조수석에서 하루코가 필사적으로 매달려서 핸들을 되돌려 반대 암벽 쪽으로 차를 박아 세워 간신히 아무 일 없이 끝났다.

궁지에 몰리면 무슨 짓을 저지를지 알 수 없다.

계단을 올라가서 옥상 문을 열었다.

다쓰야가 있었다.

울타리 건너편에 서 있는 것을 보고 하루코가 달려갔다.

"여보! 무슨 짓이야?!"

하루코의 목소리에 다쓰야가 돌아보았다. 그 얼굴에서는 이미 평소의 장난기는 사라졌고, 패잔병 같은 장엄함이 전면에 떠 있었다.

그는 아무 말도 하지 않고 하루코에게 등을 돌려 옥상 가장자리로 한 걸음 내디뎠다.

"기다려!"

하루코는 열심히 달려가 화단에 다리를 걸치고 울타리를 넘어갔다.

다쓰야의 목덜미를 잡았다.

"그만둬!"

"놔줘!"

다쓰야의 저항이 강해서 본심이라는 것을 알았다.

혼자서는 제어할 수 없었다.

누군가.

필사적으로 몸싸움을 계속하는데 출입구에 사람이 보였다.

소요코였다.

"도와줘!"

하루코는 목소리를 쥐어 짜내 외쳤다.

◊

　하루코가 매장을 나간 후 아키미는 이 자리에 감도는 개
운치 않은 뒷맛을 어떻게 해야 하냐면서 곤란해했다.

　더구나 사다히코가 말한 것처럼 도자기가 쿡 하루 창고
에 없다면 문제는 아무것도 해결되지 않는다.

　다쓰야가 나갈 때 심상치 않았던 모습을 떠올렸다.

　문득 마음이 수런거려서 아키미는 사다히코를 보았다.

　"형부가 우리 창고에서 또 무슨 짓을 저지르진 않겠지?"

　욱해서 난동을 부려 이 이상 소장품에 무슨 일이 벌어지
면 참을 수 없다. 다시 생각하자 다쓰야는 그럴지도 모르는
모습이었다.

　"비밀번호를 바꿨잖아. 걱정할 거 없어." 사다히코가 말
했다.

그것도 그런가 하고 생각을 고쳐먹었다.

하지만 소요코도 가슴이 술렁이는 느낌을 받은 것은 마찬가지고, 또한 간단히 사라지지 않는 모양이었다.

"잠시 보고 올게요."

"내버려둬도 돼."

사다히코는 그리 말했지만 소요코는 약간 주저한 후 결국 매장을 나갔다. 아키미는 병이 나은 지 얼마 되지 않아서 다소 마음에 걸리기는 했지만 그렇게 간단히 몸을 움직이지 않았다.

또는 소요코도 개운치 않은 뒷맛에 몸 둘 바를 모를 기분이었을지도 모른다.

다쓰야는 소요코에게 부추김을 당했다고 말했다. 꺼림칙해도 구마모토의 불온한 발언을 떠올리게 하는 변명이었다. 다만 변명 자체는 참으로 씁쓸하고 그의 책임 회피 말고는 아무것도 아니라는 느낌이 들었다.

하지만 그리 정리하려고 해도 아키미 기분은 어째서인지 후련하지 않았다. 그게 개운치 않은 뒷맛의 원인 중 하나였다. 소요코가 목숨을 구해줬는데도 그러하듯이 그녀에 대한 불신감은 마음속 어딘가에 이미 뿌리를 내린 것이다. 그건 앞으로 어디든 따라올 감각일 것 같았다.

동시에 앞으로 이 가게는 어떻게 되려나 하는 불투명한 감각도 씻어낼 수 없었다. 사다히코도 재개발 계획 찬성을 어쩔 수 없이 받아들일 수밖에 없다는 생각으로 기울었지만, 이런 폭력적인 방식으로 당하면 응하려고 해도 응할 수 없었다.

과연 수습되기는 할지…… 아키미는 알 수 없었다.

문득 바깥을 쳐다보자 입구 문 앞에 서서 가게 안을 들여다보는 부인 손님이 있었다. 자동문은 이미 전원을 꺼서 열리지 않았다. 깃발은 가게에 들여놓았고 준비 중이라는 팻말도 걸려 있었지만, 그 사실을 알아차리지 못했는지 문을 노크했다.

아키미는 입구로 걸어가서 문을 수동으로 조금 열었지만 그사이에 상대는 준비 중 팻말을 알아차린 듯했다.

"어머, 오늘은 벌써 문 닫았어요?"

"죄송합니다…… 급하게 사실 물건이 있으신가요?"

평소라면 아직 영업 중일 시간이기도 해서 원하는 게 있으면 가게에 들이려고 했지만 부인은 고개를 저었다.

"아니요…… 다시 올게요."

"그래요? 죄송합니다. 또 오세요."

아키미도 억지로 권하지 않고 다시 한번 사과하며 그녀를 배웅했다.

셔터를 내리려고 승강 버튼을 작동시켰다.

길을 걸어가던 부인이 갑자기 뒤를 돌아보더니 저녁 하늘을 올려다보았다.

아키미도 덩달아 올려다보았다. 창문 바깥쪽에서 격자 형태의 셔터가 천천히 내려왔다.

그 건너편으로 갑자기 저녁 어둠이 깊어진 듯한 그림자가 덮쳤고, 어째서인지 그곳에 있을 리가 없는 하루코와 눈이 마주친 기분이 들었다.

다음 순간 사람 형태를 한 두 덩어리가 하나가 되어 바로 바깥 지면에 내동댕이쳐졌다.

둔탁한 땅울림이나 그와 닮은 무언가가 아키미 발 언저리에서 머리를 향해 피부를 자극했다.

아키미가 받은 충격은 그대로 비명으로 바뀌었다. 제어가 되지 않고 지금까지 살아온 인생에서 질러본 적이 없는 듯한 목소리가 전신에서 쥐어 짜내졌다.

그것을 멈추려면 차단기를 내리듯이 정신을 잃는 수밖에 없었다.

〇

한없이 펼쳐진 잿빛 세계.

그것은 흑과 백이 섞여 만들어졌다.

불확실하고 모호한 색깔이기는 하다. 다만 받아들이면 불가사의한 차분함이 주어지는 것처럼 느껴졌다.

그런 세계에 참으로 소박한 흰 꽃이 피어 있다. 무슨 꽃인지도 모르거니와 애초에 꽃인지 아닌지도 또렷하지 않다. 소요코가 그리 느낄 뿐이다.

하지만 이 불가사의한 하양이 뭐라고 표현할 수 없이 좋았다. 그곳만 검은 이장을 빠뜨리고 그 하양이 피어올랐다. 시노의 독자적인 하양을 그림 안에 가둬놓은 네즈미시노의 말차 다완이었다.

"역시 세이치로 씨."

소요코는 그릇의 만듦새에 만족해서 도키야 상점의 다이스케에게 미소를 보냈다.

"그러네요." 다이스케가 호응하듯이 끄덕였다. "페스티벌의 하이라이트인데 금세 팔리는 거 아닐까요?"

도키야 깃페이가 세입자로 들어간 대규모 상업시설인 '오리엔스 가마쿠라'가 다음 달이면 벌써 개업 10주년을 맞이한다.

각 점포가 저마다 기념 세일을 계획했는데 도키야 깃페이에서도 오래 교류한 작가에게 특별 작품을 출품받을 예정이었다.

그중에서도 하이라이트는 야마모토 세이치로의 네즈미시노였다. 소요코가 가게에 들어왔을 무렵에는 큰 접시라도 1만 엔을 내면 살 수 있는 젊은 작가였는데, 요 15~16년 동안 큰 도예전이나 권위 있는 콩쿠르에서 상을 몇 개나 타서 실력파 작가로 확고한 지위까지 구축했다. 지금은 소요코네 가게에서도 그의 작품은 유리 케이스에 들여놓고 판매한다. 이 네즈미시노는 10주년 페스티벌을 기념하려고 10만 엔이라는 가격에 팔 테지만 희귀한 말차 다완이기도 해서 그의 작품치고는 저렴하다고 할 수 있다.

"이 정도나 되는 그릇이니까요. 팔려도 페스티벌이 끝나고 나서 고객님께 전달할 거예요."

페스티벌 기간에는 판매 완료 팻말을 붙여서 장식할 작

정이다.

"그런데 벌써 10년이네요."

다이스케가 감개무량하다는 듯 말했다. 때마침 깃페이가 오리엔스 가마쿠라로 점포를 이전한 무렵부터 도키야 상점에서는 준조의 아들인 다이스케가 간토 출장을 담당하게 되었다.

"새 가게를 이렇게 성공시킨 것도 여사장님 수완이 있어서겠죠."

"아니에요, 제가 뭘 했다고요." 소요코는 웃으며 고개를 저었다. "선대가 쌓아온 걸 지킬 뿐이에요."

소요코는 자신이 이 가게에 들어오기 전의 일을 떠올렸다. 나유타가 어릴 적에는 종종 그의 손을 이끌고 당시 가게에 얼굴을 내밀었다. 그건 손주를 할아버지, 할머니에게 보여주려는 명목이었던 게 틀림없지만, 실은 소요코 자신이 매장 여기저기에 아름다운 그릇이 늘어서 있는 이 노포의 고상하고 차분한 분위기를 너무나도 좋아해서였다. 나유타에게 손이 가지 않게 되면 자신도 이곳에서 일해보고 싶다고 꿈꾸었다.

그런데 지금은 가게가 새로워진 데다 자신이 그 가게를 꾸려가게 되었다. 신기한 기분이 들어 격세지감이라는 생각이 들었다.

"선대도 여사장님을 감탄하면서 보고 있잖아요." 다이스케는 그리 이어나간 후 문득 나선형 계단 쪽으로 시선을 주었다. "어이, 나유타."

2층 매장에서 일하던 나유타가 나선 계단을 내려와서 이쪽으로 걸어왔다.

"안녕하세요. 다이스케 씨." 나유타는 소요코와 다이스케 앞까지 오더니 수줍은 듯 가볍게 인사했다.

"오랜만에 뵙습니다."

"오랜만에 뵙습니다라니 인사도 이제 의젓하게 하는군." 다이스케는 유쾌한 듯이 눈을 가늘게 떴다. "대학교는 봄방학이고?"

"네. 요즘에는 매일 아르바이트하고 있어요."

나유타는 사람을 대하는 게 마냥 능숙하지 않은 데도 여름방학에 이어서 이번 봄방학에도 아르바이트를 하며 가게에 있는 동안 표정도 부드러워지고 접객 태도도 숙련되었다. 일도 빨리 익히고 의외로 좋은 감각이 있다고 생각할 때도 있다.

"대단하네. 네 아버지가 우리 집에 왔을 무렵에는 2, 3개월 정도는 같이 스노보드를 타러 갔는데."

다이스케의 말에 나유타는 어깨를 으쓱했다.

"그런 데는 별로 흥미가 없어서요."

"취미가 없는 아이예요." 소요코는 외출을 싫어하는 아들을 난처한 듯이 보았다.

"올 여름방학에는 우리 집에 놀러 와." 다이스케가 말했다. "은어낚시라도 하자. 도키야 남자들의 관례 같은 거야."

"아, 네." 나유타는 고개를 살짝 숙여 의미가 있는지 없는지 알 수 없는 대답을 했다.

"아버지도 나유타를 보고 싶어 해."

"준조 씨는 건강하세요?" 소요코가 물었다.

"덕분에요." 다이스케가 말했다. "여사장님도 얼굴이라도 보러 꼭 와주세요."

"그러게요."

나유타를 도키에 데리고 가면 장래의 일 등 준조는 어떻게든 간섭을 하고 싶어 할 테다. 대학을 나오면 도키에 와서 요업학교에 들어오라는 말도 나올지 모른다.

소요코는 나유타에게 직접 그런 이야기를 한 적은 없지만, 시아버지 사다히코는 옛날이야기로 자신이나 고헤이가 걸어온 길을 나유타에게 들려준 적이 있다.

나유타는 나유타대로 자신이 걸어가야 할 길을 자연스럽게 받아들이는 자세를 보여주었다. 깃페이에서 아르바이트를 하는 것도 소요코가 권해서가 아니라 그가 바라서였다.

엄마 껌딱지였던 유소년 시절의 기질에서 벗어나지 못한 부분도 없지는 않지만, 그것보다는 편모가정에서 자신을 기른 소요코를 도와 편하게 해주고 싶다는 마음이 있는 듯했다. 초중학교 시절에도 작문 등으로 그런 마음을 나타낸 적이 있다.

옛날에 할머니 아키미를 계단 위에서 밀어 넘어뜨렸을 때는 대체 무슨 생각을 하나 싶었지만 아키미가 따끔하게 꾸짖은 덕분인지 그 후 성장하면서 소요코를 불안하게 만드는 말과 행동은 보이지 않았다. 소요코 자신도 애정을 듬뿍 쏟았다. 그 보람도 있어서 어지간해서는 선뜻 감정표현을 하지 않는 건 여전하지만, 다정한 사람으로 자라왔다고 생각한다.

"그리고 이건 소요코 씨께 드리는 거예요."

다이스케가 큼직한 오동나무 상자를 열었다.

그곳에서 꺼낸 것은 야마모토 세이치로의 네즈미시노이자 꽃꽂이에 사용하는 타원형 수반이었다.

"어머나, 근사해라."

무늬는 없지만 주둥이 가장자리를 하얀 시노 유약으로 빙그르르 둘렀다. 존재감이 옅으면서도 어떤 꽃도 돋보이게 할 법한 그윽함과 고상함을 겸비했다.

"근사한 그릇이네요."

감탄한 듯한 나유타에게서도 그런 말이 새어 나왔다.

"보는 눈도 조금은 길러졌구나." 다이스케가 놀리듯이 말했다. "우리 집에 오면 세이치로 씨 공방에도 데리고 가 줄게. 그분도 나유타를 궁금해하니까."

"감사합니다." 나유타도 입가가 벌어져 기쁜 듯 감사 인사를 했다.

"부탁드릴게요."

다이스케를 배웅한 소요코는 직원 야마나카 쇼코에게 가게를 봐달라고 부탁하고 겉옷인 하오리의 소매에 팔을 넣고 가게를 나섰다. 도키야 깃페이는 오리엔스 가마쿠라 도로면을 임대했다. 매장은 2층에도 있으며 1층과 2층은 점포 내의 나선 계단으로 이어져 있다.

도키야 깃페이가 재개발 계획에서 찬성으로 돌아서고 오리엔스 가마쿠라를 임대하기로 결정할 때까지 우여곡절이 있었다. 소장품이 도난당한 일을 수습하면서 점주인 사다히코의 마음은 찬성할 수밖에 없다는 방향으로 기울었지만 결정타는 그 건이 아니었다. 깃페이 빌딩 옥상에서 동반자살이 일어나자 부정을 탄다는 듯 많은 손님이 발길을 끊었기 때문이다.

그 후 매달 하던 페스티벌도 파리만 날리고 빈 3층에 임대로 들어오는 가게도 없어서 도키야 깃페이 경영이 순식간에 어려워졌다. 사태를 해결하려면 재개발 계획에 함께해서 모든 것을 새롭게 바꾸는 수밖에 없었다. 사업자 측에 약점을 잡혀서 권리면적을 얼마간 깎는 조건을 새롭게 제시받았지만 사다히코는 그걸 받아들였다. 오리엔스 가마쿠라 임대숍으로 재출발한 깃페이는 새로운 쇼핑몰의 손님을 끄는 점포로 소생했으니 사다히코의 판단은 타당했다고 할 수 있다.

오리엔스 가마쿠라 오픈 전날에는 소소한 축하 선물인 양 깃페이의 매장 안에 마련된 유리 케이스 위에 야마모토 기이치의 기세토 다완과 베니시노 화병이 돌아와 있었다. 다쓰야가 재고 창고에서 파편과 바꿔치기해서 사업자 측 투기 공작을 떠맡은 누군가에게 건네고 말았던 그 그릇이었다.

그중에서도 기세토 다완은 원래 깃페이 빌딩 준공기념으로 구워준 작품이기도 해서 사다히코는 특히 이것을 아꼈다. 하지만 새로운 오픈에 맞춰 돌아온 그 기구한 그릇을 그가 유리 케이스에 넣어 전시하는 일은 그 이후 한 번도 없었다. 다시 도둑맞을 것을 염려해서 내놓지 않은 게 아니다. 그 그릇을 둘러싼 불행한 일이 떠오르기 때문에 그에게는 애증이 교차하는 물건으로 변모해서일 테다.

그 무렵에 일어난 일련의 사건은 소요코네 가족에게 그 후 큰 영향을 주었다.

소요코는 문득 가게 앞에 서 있는 자신을 빤히 보고 있는 쉰 무렵 남자의 존재를 알아차렸다. 낯이 익다고 머릿속 어딘가에서 반응하며 피했던 시선이 또다시 그 남자에게 돌아왔다.

다쓰야의 동반자살은 도키야 깃페이와 구노가의 장래 행방을 크게 바꾼 일이었지만 가장 격변하게 한 것은 물론 고헤이가 살해당한 사건이었다. 거기서 피어오른 동요하던 심정이 진정되지 않아 깃페이와 구노가를 계속 뒤흔들어 결국 그 불행을 초래하고 말았다는 느낌마저 있다.

자신을 보는 눈앞의 남자는 아무래도 구마모토 시게쿠니인 듯했다. 짧은 머리의 절반 정도에 흰머리가 섞여 있고 피부도 묘하게 창백했지만 앙상한 뺨과 턱에 간신히 옛날 모습이 남아 있었다. 두 눈에 옛날 같은 번뜩이는 느낌은 없었지만 독특한 위태로움만은 남아 있는 게 신기했다. 다른 통행인과는 눈빛이 달랐다.

"소요코?" 시선이 뒤엉키자 그도 알아차린 모양이었다. "기모노를 입으니 묘한 관록이 느껴지는군."

말투에 어딘가 염탐하는 기색이 있었다. 그만큼이나 세월이 흘러 소요코의 겉모습에도 변화가 생겨 옛날처럼 대하기를 망설이게 하는 무언가가 느껴지는지도 모른다.

그런데도 구마모토는 어딘가 억지로 거리낌 없는 분위기를 만들며 소요코에게 한 걸음, 두 걸음 다가왔다.

"나왔군요." 소요코는 그 걸음을 눈으로 저지하고 냉정하게 물었다.

"한 달 정도 전에 드디어 나왔지." 그가 말했다.

어깨가 축 처진 몸뿐만 아니라 잇몸이 파여 잇새가 눈에 띄었다. 긴 교도소 생활 탓일 테지만 건강하게 나이를 먹지는 않은 듯했다.

"그거 참 축하드려야겠네요."

정중한 축하의 말에서 냉랭한 느낌을 민감하게 받아들였는지 구마모토는 뺨을 실룩거렸다.

"너야말로 건강해 보여서 다행이야."

"덕분에요."

"내가 가정폭력을 휘두르는 남편을 처리해준 덕분이라는 건가."

"아직도 그런 소리를 하는군요." 소요코는 들으라는 듯이 일부러 탄식했다.

"시어머니는 건강해?"

어째서 그런 걸 신경 쓰는지 알지 못한 채 아무 대답도 하지 않으니 그는 저 혼자 깨달았다는 듯 이해하는 표정을 짓고 살짝 턱을 내밀고는 고개를 끄덕여 보였다.

"그렇군, 그거 안타깝네. 그 시어머니는 너랑 내가 바람이 났는지 안 났는지 내내 의심해서 구치소에 있는 나한테까지 물으러 왔을 정도니까. 뭐 기대에 부응하는 이야기는 해주지 못했지만." 그는 그렇게 말하고 괴팍한 미소를 살짝 지었다. "그런데도 사이좋게 지내길 바랐어."

그런 일이 있었구나 싶어 멍하니 생각하면서 소요코는 "그래요?"라고 담담하게 대꾸했다.

"뭐가 즐거워서 날 보러 왔는지 모르겠지만 보는 대로예요." 소요코가 말했다. "충분히 만족하죠? 이제 물러나 주시죠."

소요코를 다시 보는 구마모토의 얼굴에는 머쓱한 기색이 떠올랐다.

기척에 힐끗 돌아보니 나유타가 꽃꽂이용 수반이 들어있는 오동나무 상자를 싼 보자기를 끌어안은 채 소요코와 함께하려 채비하고 가게에서 나오던 차였다.

나유타는 소요코와 대치하고 있는 구마모토에게 시선을 힐끗 주고 나서 의아한 듯이 소요코를 보았다.

소요코는 신경 쓰지 않고 나유타에게서 보자기를 받아들고 "저기 선반에 놓인 액막이 소금 한 줌 가지고 오렴" 하고 그를 가게로 돌려보냈다.

"이곳은 구노가의 가게이니 문턱을 넘게 할 수 없어요." 구마모토에게 시선을 되돌리고 말했다.

"너 같은 여자도 나이를 먹으니 대담해지는구나."

"덕분에요." 소요코가 말했다. "당신도 기껏 되찾은 자유니 헛되이 하지 말고 무탈하게 지내세요."

구마모토는 순간 소요코를 응시했지만 이윽고 뭔가 어리석었다는 듯 입가를 누그러뜨리며 훅 숨을 내쉬었다.

"소금을 뿌리기 전에 작별할까."

그는 혼잣말하듯이 그리 말했고 나유타가 소금을 들고

돌아왔을 때는 소요코에게 등을 지고 역 쪽으로 걸어갔다.

소요코는 나유타에게 보자기 꾸러미를 다시 맡기고 소금을 들어 길에 뿌렸다.

언젠가는 눈앞에 나타날지도 모른다고 생각했다. 그렇게 마음의 준비를 해서인지 현실에서는 놀라울 정도로 싱겁게 느껴졌다.

"누구야?" 작아진 구마모토의 등을 보면서 나유타가 물었다.

"옛날에 알던 사람이야."

쌀쌀맞게 대답하는 소요코에게 나유타는 아무것도 묻지 않았다.

차도에 다가온 택시를 잡아탔다.

"가마쿠라까지 가주세요."

나유타와 뒷좌석에 앉았고 차가 출발하면서 몸이 흔들렸다.

고헤이가 살해당한 사건으로 구마모토가 있는 곳까지 이야기를 들으러 갔다고 하는 아키미를 생각했다.

사건은 그녀의 몸과 마음을 박살 냈다. 보기에도 불안정했다. 거기에다가 깃페이 빌딩에서 동반자살한 일이 결정타를 날렸다. 언니 부부가 뛰어내리는 참극을 목격했으니 당연하다.

아키미는 그 사건 후 서서히 말과 행동이 이상해졌다. 한

때는 소요코가 옥상에서 두 사람을 떠밀었다는 망상에 사로잡힌 듯했다. 소요코는 분명히 그때 어떻게든 말리려고 옥상으로 달려갔지만 허무하게도 두 사람은 눈앞에서 사라졌다. 애초에 그런 궁지에 몰린 상황에서 기모노 차림으로 순간적으로 울타리를 뛰어넘는 건 무리라서 경찰은 소요코를 의심도 하지 않았다. 하지만 있을 수 없는 이야기라고 타일러도 그녀는 좀처럼 이해하지 못했다.

머지않아 우울증 증상을 보이자 소요코는 사다히코와 의논해서 나유타와 함께 거처를 옮겼다. 다만 아키미 상태가 뚜렷하게 나아지지는 않는 듯했다. 감정은 항우울제로 간신히 조절하는 듯했지만 심장에 지병이 있어서 건강 상태가 바람직하지 않은 날이 이어지는 것도 컸다. 가게에 나갈 수 없는 날이 많아졌고 오리엔스 가마쿠라 오픈을 몇 개월 앞둔 어느 날 요양 중이던 그녀가 집에서 쓰러져 있는 것을 일하고 돌아온 사다히코가 발견했다. 심장발작으로 돌연사한 듯했다.

아키미와의 관계는 어려웠다. 결국 그녀가 죽을 때까지 소요코는 그녀에게 이해받은 느낌이 없다. 인정받으려고 소요코 나름대로 노력했다. 반발하고 싶어지는 마음도 남들만큼 있었지만 최대한 자신을 죽이고 억눌렀다. 그런데도 좋은 평가를 받지 못했다.

구마모토가 있는 곳까지 이야기를 들으러 갔을 정도이

니 그가 법정에서 한 발언이 그녀 마음에 계속 걸렸던 걸 테다. 그건 소요코도 알았지만 어찌할 수 없었다. 아니라고 해도 믿어주지 않을 테니 어쩔 도리가 없었다.

아키미는 인생의 어두운 면에 빠져드는, 구마모토가 끌어들이려고 내뱉은 말의 저주에 걸려버린 것이다. 구마모토는 소요코에게 저주를 퍼부을 작정이었는데 실제로 걸린 것은 아키미였다. 그리 생각하자 이해받지 못했던 것을 비난하고 싶지 않았다. 가엽다는 생각마저 들었다.

또한 아키미가 소요코를 온전히 믿지 못하고 소요코 또한 의심을 완전히 풀지 못했던 배경에는 소요코 자신의 복잡한 감정도 영향을 미친 듯했다.

구마모토가 저지른 끔찍한 행위로 고헤이가 목숨을 잃고 그와의 생활이 갑자기 끝났을 때 소요코는 진심으로 슬픔에 잠겼다.

분명 고헤이가 죽었다고 들었을 때는 동요하기도 하고 충격을 받기도 해서 자신이 실이 끊어진 연처럼 의지할 곳 없는 존재가 되었다는 느낌이 들어 친정에서 돌아오는 비행기 안에서는 불안감과 슬픔이 뒤섞인 감정을 어찌할 수 없어서 눈물을 쏟아냈다. 하지만 자신이 느낀 애틋한 감정은 고헤이의 폭력에 속박되었다가 풀렸기 때문임을 금방 알아챘다. 문득 정신이 돌아온 듯 그리 생각한 차에 참으로 맥이 빠지는 느낌이 감정에 뒤섞였다.

피해자의 아내이면 슬픔에 기력을 잃는 게 당연하고 울어서 눈물에 젖는 게 당연하다. 히가시카마쿠라에 돌아오고 나서 소요코는 그러한 모습을 의식해서 행동하려 했다. 무언가 악의가 있어서가 아니다. 주변에서 그게 당연하다고 받아들이니 그래야 한다고 생각했다.

하지만 제대로 했는지 아닌지 알 수 없었다. 소요코는 원래 자신을 가장하는 데 서툴렀다. 잘될 거라고 생각해서 남의 마음에 들려고 노력했지만 아무래도 부자연스러운지 오히려 기분을 상하게 만들었다. 그래서 고헤이의 신경도 거스르고 말아 폭력으로 돌아온 적이 종종 있었다. 구마모토도 마찬가지로 그러한 약점을 꿰뚫어 보았기에 판결 때도 그런 말로 소요코의 생활을 엉망으로 만들려고 한 게 틀림없다.

그리고 아키미도 소요코의 거짓 같은 느낌을 민감하게 파악하고 있었다. 구마모토가 말한 듯한 가정폭력이 있었는지 질문을 받았을 때도 소요코는 부정했다. 목숨을 잃은 아들이 폭력성이 다분했다는 걸 알면 참으로 견딜 수 없으리라고 생각했다. 설령 사실이라고 해도 죽으면 선인善人일 뿐 잔혹한 사건의 희생자가 된 남편을 깎아내리는 말은 할 수 없었다.

아키미는 이해할 수 없었을지도 모른다. 체면을 차리는 것처럼 받아들여 불신감이 더해갔을지도 모른다. 하지만 소요코는 어쩔 수 없었다.

아키미가 심장발작으로 쓰러졌을 때 집중치료실에 병문 안을 갔던 소요코에게 그녀가 예기치 못한 것을 물은 적이 있다.

너, 왜 우는 시늉을 했니……?

아키미는 삶과 죽음의 기로에서 막 살아 돌아와서 의식 이 아직 몽롱한지 이쪽에서 이야기를 걸어도 반응이 더뎠 다. 다만 소요코가 눈앞에 있다는 사실은 이해해서 문득 산 소마스크 너머로 소요코 이름을 불렀다.

대답하고 귀를 가져다 대자 그녀가 물었다.

소요코는 머뭇거릴 수밖에 없었다. 같이 있던 사다히코 는 무슨 소리를 하냐는 듯한 얼굴을 했지만 소요코는 확실 하게 짚이는 구석이 있었다.

고헤이가 살해당했을 때의 일이다.

피해자의 아내로서 슬픔에 잠긴 모습을 보여야 한다는 생각이 너무 깊어지자 눈물이 나오지 않았다. 처음에는 간 신히 쥐어 짜냈지만 주위의 시선을 신경 쓰면 쓸수록 본래 있어야 하는 감정이 손에서 넘쳐흐르듯이 달아났다.

그때의 일을 말하는 거라는 사실을 알았다. 아키미야말 로 당시에는 슬픔의 구렁텅이에 있어서 소요코가 어떻게 슬퍼하는지 신경 쓸 상태가 아니었을 테다. 알아차리고 있 을 줄은 몰랐다.

아키미는 심장발작으로 쓰러졌을 때 소요코의 노트를 본 듯했다. 가슴에 담기에는 괴로운 말도 글로 써서 자기 바깥으로 끄집어내면 그만큼 편안해진다고, 다른 사람에게 듣고 마음에 걸리는 말을 노트에 쓰라고 친정어머니가 권했다. 그걸 보기까지 무엇을 뒤졌을지 생각했지만 그 노트에는 분명히 언뜻 사건 당시 일도 있었다.

우는 시늉을 했다고 직접 쓴 건 아니다. 눈물이 말랐던 걸 하루코에게서 우회적으로 충고받아 가슴이 철렁 내려앉았던 일에서 그 말을 기록해두었을 뿐이다. 단순히 읽기만 해서는 무슨 의미인지 모를 테다. 하루코에게 무슨 말을 들었을지도 모른다. 아키미도 소요코의 거짓 같은 행동이 마음에 걸렸기에 우는 시늉을 한다고 짐작했을지도 모른다.

그게 의식이 몽롱한 와중에 그 물음으로 이어진 것이다.

그 후 그녀는 그 질문을 소요코에게 더는 하지 않았다. 신경 쓰이는 일이 있으면 주저하지 않고 소요코에게 퍼부어대는 사람이니 제정신일 때 그 말을 하지 않는다는 것은 비교적 억누르는 부분이 있다는 것일지도 모른다.

다만 다시 질문을 받는다고 해도 소요코는 역시 얼버무릴 테니 그녀 마음을 속 시원하게 해줄 수는 없을 것이다.

그렇게 마음에 걸리는 일은 그 밖에도 있지 않을까. 그것들 하나하나가 그녀의 내면에서 계속 풀리지 않아 의문점을 부풀려 심신의 균형을 무너뜨린 것이다.

돌이켜봐도 소요코가 할 수 있는 일은 아무것도 없었다. 다쓰야의 소행을 계속 숨겨야만 했을까. 확실하게 숨겨봤자 그 상황에서는 자신과 아키미의 인간관계가 파탄 나기만 기다릴 수밖에 없었다. 그 후 현실보다는 나았을지도 모르지만 그때 소요코가 선택할 수 있는 게 아니었다.

지금은 그것을 괴롭게 생각할 뿐이다.

아키미가 세상을 떠난 후에도 사다히코는 억지를 부리다시피 일했지만 오랜 세월 모든 일에서 버팀목이 되었던 동반자를 잃은 낙담은 역시 컸던 모양이다. 오리엔스 가마쿠라의 영업이 나름대로 궤도에 오르자 어딘가 멍하고 맥이 풀린 듯한 모습을 보여주는 일이 잦았다.

또한 사생활에서 그의 건강을 신경 쓰는 존재가 사라진 것도 영향을 주었다. 그는 한번 분가시킨 소요코네를 아키미가 세상을 떠났다고 해서 되돌아오게 하지는 않았다. 몸 상태가 나빠져 병원에서 검사를 받았는데 이미 여러 장기에 전이된 4기 암이 발견되었다.

소요코는 사다히코에게 은혜를 입었다고 느꼈고, 아버지를 일찍 여의기도 해서 그 포용력에 기꺼이 의지하는 한편 왠지 모르게 보살펴주고 싶었다. 그런 만큼 가능한 모든 것을 해주고 싶었지만 그를 대신해서 가게 일도 해야 해서 그가 입원해서도 매일 병문안을 가지 못하는 게 괴로웠다. 또한 소요코가 이따금 병문안으로 얼굴을 내밀어도 그와 나누는 대화는 가게 이야기뿐으로 그런 의미에서는 소요코가 가게를 야무지게 보는 게 그의 안도감으로 이어지는 듯했다. 기분이 좋을 때는 가게가 번창했을 때의 추억을 들려주어 소요코는 그런 점에서 가게의 장래를 맡기려는 그의 마음을 받아들였다.

3년 정도 투병한 뒤 오리엔스 가마쿠라가 개업 5주년을 맞이했을 무렵 사다히코는 조용히 여행을 떠났다.

가마쿠라 와카미야 대로에서 택시를 내려 나유타와 함께 고마치도리 거리 쪽으로 걸어갔다.

시이모 하루코는 사다히코보다 오래 살았다. 작년에 세상을 떠나서 요전번 1주기가 막 끝난 차였다.

하루코는 다쓰야에게 몸이 끌어당겨지다시피 해서 깃페이 빌딩 옥상에서 추락했지만 먼저 떨어진 다쓰야 몸이 쿠션이 되어 충격을 흡수했는지 기적적으로 목숨을 건졌다.

하지만 하반신이 마비되는 등 후유증을 피할 수 없어서 여러 번 수술을 한 뒤 긴 입원생활이 끝났는데도 휠체어에 의지해 하루하루를 보냈다.

그런 하루코의 생활에 버팀목이 되어준 사람은 아키미였다. 아키미 자신도 심신에 기복이 있는 와중에 언니의 힘이 되는 것이 삶의 한 가지 보람이 된 듯했다. 쿡 하루는 망했지만 하루샌드는 아키미가 협력해서 간신히 이어갔다.

아키미가 돌아간 후에는 소요코가 그 역할을 이어받았다. 누가 시키지도 않았지만 그렇게 해야 한다고 생각했다. 소요코가 추락에 연관되어 있지 않나 하는 아키미의 의심을 하루코가 확실히 부정해주지 않아서 난감했지만 그건 단순히 당시 기억이 없어서이지 나쁜 뜻이 있어서는 아닌 듯했다. 물론 동생과 사이가 나쁜 조카며느리를 예쁘게 봐주지는 않았지만 아키미가 세상을 떠나면 달리 의지할 사람도 없었으니 소요코의 도움은 나름대로 고맙게 여겼을 테다.

하루샌드는 지난날의 인기는 시들해졌지만 하루코의 요양생활을 지탱해줄 정도의 이익은 간신히 냈다. 리모델링이나 상품개발로 새로 보강하면 좀 더 수익이 늘어나리라고 생각했지만 점주를 제쳐놓고 그렇게까지 주제넘게 참견할 생각도 없었다. 하루코가 세상을 뜨자 충분히 역할을 마친 하루샌드는 조용히 문을 닫았다.

그리고 지금 하루샌드가 있던 곳에는 새로운 간판이 걸려 있다.

'도키야 소요코.'

하루코를 대신해 하루샌드를 경영하면서 점포 주인과도 안면을 텄다.

주인은 하루코와 오래전부터 친분이 있는 80대 노인이었다. 하루코의 죽음을 안타까워하며 하루샌드 폐점도 아쉬워했다. 하루코 일을 도와주던 소요코에게 신뢰가 쌓였는지 어떻게든 당신이 가게를 이어나가는 건 안 되겠냐는 말까지 들었다.

소요코는 깃페이를 꾸려가야 했기에 그 제안은 거절할 수밖에 없었지만 한편 다른 생각도 싹텄다. 지금의 깃페이는 깃페이 빌딩에서 영업하던 때보다 가게 면적이 어느 정도 축소된 만큼 품목 수도 줄인 상태였다. 다른 매장이 있으면 지금의 깃페이에서 다루지 못한 상품도 취급할 수 있다.

소요코는 화병이나 수반 등 화기를 한데 모은 매장을 만들고 싶었다. 깃페이에서도 자신의 대가 되자 기획품으로 화기 페스티벌을 주최했는데 나름대로 반응도 좋았다.

그 생각을 이야기하자 가게 주인도 환영해서 하루샌드와 같은 조건으로 점포를 빌리게 되었다.

도키야 소요코는 점포를 향토 예술품 가게 스타일로 작년 여름 오픈했다. 몇천 엔짜리 물건이 중심이었지만 10만 엔을 넘는 유명 작가의 화기도 다루어서 상품의 질은 깃페이와 같았다. 1년도 되지 않는 사이에 현지 화도가의 단골도 생겼다. 또한 꽃 한 송이를 꽂을 수 있는 아담한 병은 관광객이 훌쩍 들러서 사가기도 했다.

도키야 상점에서도 소요코의 성공을 기뻐했고 다이스케에게서도 "여사장님은 수완가네요"라고 요란하게 칭찬을 받았다.

소요코로서도 노포의 간판을 소중히 지켜야만 하는 깃페이와 또 다르게 '소요코'에는 취미의 연장선과 같은 즐거움이 있었다. 장래에 나유타가 학교를 졸업해서 본격적으로 가게에 들어왔을 때는 일찌감치 깃페이를 맡기고 자신은 '소요코'에 전념할까 생각했다.

"다녀왔습니다."

문을 열고 도키야 소요코에 들어섰다.

"아이고, 수고했어."

그리 말하며 소요코와 나유타를 맞이한 사람은 가게를 지키던 소요코의 어머니 도시요였다.

어머니는 작년까지 사가에서 소요코의 할아버지인 시아버지와 함께 살며 그를 돌보았다. 할아버지는 고지식해서 돌보는 것도 힘들었던 듯하지만 어머니는 그의 98세 마지막까지 함께했다.

마침내 혼자가 되어 느긋해졌을 무렵 이제 뭘 해야 좋을지 모르겠다고 해서 가마쿠라에 불러 가게를 도와달라고 했다. 아직 일흔을 조금 넘긴 나이에 몸도 건강하다. 지금은 나유타에게 상속된 사다히코 집을 고쳐서 셋이서 살고 있다.

"엄마, 봐봐." 소요코는 재빨리 나유타에게 오동나무 상자를 열게 했다. "세이치로 씨의 신작이야."

어머니도 꽃을 잘 알고 있고 가게를 도우면서 여러 그릇을 봐왔다.

"어머나, 이거 정말 근사하네."

세이치로의 네즈미시노를 보여주자 눈이 휘둥그레져 진심으로 그런 소리를 했다.

"그렇지?"

"눈 깜짝할 사이에 팔리겠어."

"그렇게 간단히 팔릴 가격이 아니야." 소요코는 장난스럽게 말했다. "그래도 팔리겠지만."

팔리기를 바라지만 한동안은 가게 앞에 놓고 싶었다. 그런 복잡한 마음이 유쾌하기도 했다.

가게에는 파는 상품이 아닌 세이치로의 작품도 있다.

깃페이가 이전해서 문을 열자 돌아온 야마모토 기이치의 베니시노 화병은 가마쿠라에 여전히 들어앉아 있다. 자신도 마음에 들어 했던 작품이지만 역시 그 무렵의 일을 떠올리게 되어 마음이 복잡해진다. 사다히코가 기세토 다완을 두 번 다시 장식하려고 하지 않는 것과 마찬가지다.

대신이라고 하기에는 뭣 하지만 가게의 유리 케이스에 담겨 있는 건 세이치로의 베니시노였다. '소요코' 오픈을 기념해서 흔쾌히 구워주었다. 큼직한 화병으로 기이치 작품에 지지 않는다. 붉은 계열의 드라이플라워 부케를 꽂꽂이해서 장식했다.

이제 20년이나 지나면 이 세이치로의 베니시노도 기이치의 베니시노 이상의 가치를 지니게 될지 모른다. 그 일을 상상하니 또다시 유쾌해졌다.

시대는 달라진다.

"차과자라도 사와."

나유타에게 돈을 줘 심부름을 보냈다.

"잠시 쉬어."

어머니에게 그렇게 말했다. 조금은 마음대로 일할 수 있는 것도 '소요코'의 좋은 점이다. 어머니는 "그렇게 피곤하지 않아"라고 웃으면서도 차를 우리려고 하는지 탕비실로 돌아갔다.

"소요코는 효녀네"라고 엄마는 자주 말했다.

젊은 나이에 남편을 잃고 시부모님을 돌보는 데 전념한 어머니를 보면서 소요코는 이렇게 인내심을 강요받는 듯한 삶만큼은 살고 싶지 않다고 생각했다. 그래서 얼른 본가에서 나와 나름대로 행복을 찾는 인생을 보내려고 했다.

하지만 결혼하고 나서 겪은 불운한 처지, 덮쳐오는 일 등을 하나하나 극복할 수 있었던 것은 어머니 모습을 보고 있어서였다. 또는 누군가의 따끔한 말과 행동을 내면에 계속 담아두지 않는 테크닉을 배워서였다.

사람의 말과 행동에 일일이 감정이 어지럽혀지면 썼던 노트도 지금은 필요 없다.

도자기는 건조하고 나서 단단해지는 것도 아니고 유약만으로 그 강도를 얻을 수 있는 것도 아니다. 점토 안에 유리 성분이 있는데 그것이 구워지면서 녹았다가 식을 때 주변의 입자를 포섭해 단단해져 강도가 나온다.

조여들어 구워지며 강해진다. 구마모토마저 머쓱한 표정으로 본 지금의 자신과 같다고도 할 수 있다.

정신을 차리고 보니 어머니, 나유타와 이렇게 평온하게 생활하고 있다. 행복은 어디로 굴러가는지 알 수 없다.

소요코는 문득 결심하고서 가게 입구 근처 선반에 놓인 액막이 소금을 한 줌 쥐었다.

깃페이 빌딩에서 일어난 동반자살 사건 이후 깃페이에서는 액막이 소금을 빼놓지 않고 준비해놓게 되었고 이곳도 마찬가지다.

바깥으로 나가서 소금을 뿌렸다.

하지만 후려치는 주먹이 허공을 가르는 것처럼 느낌이 없었다.

소금으로 정화해야 할 나쁜 기운이 그곳에 없는 것이다.

언젠가는 구마모토가 나타날지도 모른다고 생각했다.

그리고 지금은 이제 두 번 다시 그가 나타나지 않을 거라고 느꼈다.

아무 불안도 없고 액운이 떨어져 나간 듯 마음이 개운해졌다.

너무나도 개운해져 그 사실에 잠시 망연자실했다.

정신을 차리고 보니 어째서인지 눈물이 뺨을 타고 흘러

내렸다.

봄바람이 스며든 걸까……. 이렇게 홀연히 흘러내리는 눈물도 있구나 싶었다.

손에 붙은 소금을 털어내고 새끼손가락으로 눈가를 닦아냈을 무렵 몇 사람인가 동행한 여성 고객이 찾아왔다.

"어서 오세요."

소요코가 문을 열어 그녀들을 들였다.

"어머나, 근사해라."

가게 모습을 둘러보던 그녀들은 그렇게 말했다.

초판 인쇄	2023년 8월 10일
초판 발행	2023년 8월 20일
지은이	시즈쿠이 슈스케
옮긴이	김현화
기획	조성근, 권진희, 최미진, 손영은
편집	최미진
디자인	권진희
표지그림	zipcy
마케팅	이승욱, 왕성석, 노원준, 조성민, 이선민
SNS 마케팅	손영은
펴낸이	엄태상
펴낸곳	(주)시사북스
등록번호	제2022-000159호
등록일자	2022년 11월 30일
주소	서울시 종로구 자하문로 300 시사빌딩
전화	1588-1582
이메일	emptypage01@sisadream.com

ⓒ시즈쿠이 슈스케

ISBN   979-11-982882-2-6   03830